노벨문학상
후보를 향해

노벨문학상
후보를 향해

초판 1쇄 발행 ㅣ 2024년 02월 08일
초판 2쇄 발행 ㅣ 2024년 02월 13일

지은이 ㅣ 나병호
펴낸이 ㅣ 최화숙
편집인 ㅣ 유창언
펴낸곳 ㅣ 아마존북스

등록번호 ㅣ 제1994-000059호
출판등록 ㅣ 1994. 06. 09

주소 ㅣ 서울시 마포구 성미산로2길 33(서교동), 202호
전화 ㅣ 02)335-7353~4
팩스 ㅣ 02)325-4305
이메일 ㅣ pub95@hanmail.net ㅣ pub95@naver.com

ⓒ 2024 나병호
ISBN 979-89-5775-321-7 03810
값 18, 000원

노벨문학상
후보를 향해

나병호 에세이

아마존북스

추천사

박성규(장로회신학대학교 초빙교수, 주인들교회 담임목사)

내가 담임하고 있는 교회를 신실하게 섬기는 집사님이 한 분 계신다.

그 집사님의 소개로 어느 날 불현듯 찾아온 분이 이 책의 저자이다.

저자의 머리말에서 알 수 있듯이 그는 60년 평생 글을 써왔다.

수백 년 묵은 포도주를 꺼내들며 자랑스러워하는 포도원의 농부처럼 40년 동안 묵혀 둔 글을 소박한 웃음과 함께 맛을 보라고 내민다.

그의 글은 담백하고 우직한 맛이 있다.

화려한 미사여구는 없지만 정직하고 정감이 있다.

언어의 연금술사와 같은 표현의 기교는 없지만 사람 사는 맛과 냄새가 난다.

때로는 평범한 일상을 녹이고 망치질하고 벼려서 세상의 환부를 깊숙이 찔러대기도 한다.

순수하고 정직한 얼굴을 눈앞에 들이밀며 사람을 당황하게 만들기도 한다.

어떤 글은 평범한 선입관과 관례를 뛰어넘는 작가적 상상력을 무한히 펼쳐 나간다.

특히 성경에 관련된 그의 글들은 일반적인 그리스도인이 납득하기 어려울 정도로 멀리 날아간다.

그는 평범한 기독교인이 아니다.

그저 소박한 한 인간이 정직하게 성경의 내용을 나름대로 해석해 보고 이해해 보려고 끙끙대고 있는 모습을 있는 그대로 보여주고 있다.

오랫동안 신학을 연구하고 신학대학에서 20년 넘게 신학을 가르친 나로서는 저자의 글을 신학적으로 이해하지 않고 인간의 글로 이해한다. 어쩌면 그의 순수한 인간적인 고민과 사색은 그리스도인이 아니라 교회 밖에서 하나님의 나라를 동경하는 자연인의 실낱같은 희망을 대변하고 있을지 모른다.

저자는 "역설"을 꿈꾼다.

나는 그 "역설"을 존중한다.

그리고 그가 펼치는 "작가적 상상력"을 존중한다.

그가 쓴 글의 내용을 다 인정하고 동의해서가 아니다.

그의 글은 그의 삶에서 나온 글이다.

그의 글을 읽으면 유리병 속을 들여다보듯이 그의 삶이 보인다.

누구나 자신의 삶을 들여다보고 싶을 때 그의 글을 읽으면 거울 속에 비친 자신을 볼 수 있을 것이다.

때로는 그 거울 속에 비친 모습에서 먼지와 티끌을 털어 낼 수도 있을 것이고, 때로는 자랑스럽고 멋진 자신의 모습을 발견할 수도 있고, 때로는 인생과 삶을 관조할 수도 있을 것이다.

저자는 그렇게 함께 공감하며 서로를 이해하기를 기대하며 대문을 활짝 열어젖히고 세상살이에 지치고 찌든 독자 여러분을 초대하고 있다.

사람의 맛과 냄새가 그리워질 때, 고향이 생각날 때, 상상의 나래를 마음껏 펼쳐 사람의 얼굴을 가진 곳으로 날아가고 싶을 때, 사회적 관습과 종교적 타성에서 벗어나 태곳적 인간의 벌거벗은 모습으로 돌아가고 싶을 때, 이 책 속으로 뚜벅뚜벅 걸어 들어가 보기를 권한다.

한 땀 한 땀 정성스럽게 지은 옷을 입어보라고 건네는 아낙처럼
손수 빚은 술을 아무런 사심 없이 맛보라고 건네는 친구처럼

피와 땀이 섞인 글을 겸연쩍은 웃음으로 건네는 작가에게 감사의 마음을 전한다.

에세이집에 부쳐

김건중(소설가, 전 한국문인협회 부이사장)

에세이집을 출간한다면서 나병호 선생이 추천사를 써달라고 했다. 그러나 필자가 정중하게 사양한 것은 작가의 작품을 놓고 일종의 평가 비슷한 글을 마음 내키는 대로 함부로 쓸 수 없다는 생각과 필자보다 더 해박한 지식이 있는 문인이 쓰는 것이 타당하다는 생각에서였다. 하지만 지난해 수강을 했고, 더구나 필자가 발행하는 문예지 「한국작가」에서 등단했다는 인연이 있다 보니 부족한 필력이지만 그저 '에세이집에 부쳐'라고 해서 쓰기로 했다.

나병호 선생의 에세이는 한마디로 논리적인 면에서 다루고 있다. 바꿔 말해 어떤 상황이나 문제를 바라보는 시각이 서정적 감성이 아닌 논리적 사고로 판단하고 그 문제에 접근하고 있음을 발견할 수 있다. 우선 20여 편은 우리가 살아가고 있는 삶에 대한 고찰에서 비롯된 인생에 대한 문제를 다루었고, 그 이야기가 보편적 가치관을 지니고 있으며 누구나 포용할 수 있는 개연성이 존재한다는 데서 큰 의미를 엿볼 수 있다. 다음 30여 편은 고서에서 인용되는 말이나 속담 등을 재해석하여 나름 논리를 구축하고 독자에게 새로운 의미 있는 교훈을 제시하려고 노력했다. 물론 그러한 교시적인 작품이 독자에게 공감을 줄 수 있느냐 하는 문제는 차치하더라도 그것은 새로운 의미의 제안일 수도 있으니 패기 있는 글이라 여겨진다. 그리고 30여 편은 기독교가 바탕이 된 작품인데 깊은 신앙심에서 비롯된 시각으로 성경을 재해석하고 진지하고 진솔하게 접근하여 보다 높은 신앙심을 갖자는 뜻이라고 볼 수 있다.

나병호 선생은 스스로 60년의 삶을 통해 사색과 철학과 종교의 사유들이 한 짐 가득하다고 했고, 또한 스스로 자신의 글은 역설(逆說)적이라고도 했다. 그리고 종교에 관해 쓴 글들이 조심스럽다고도 했는데 이를테면 나병호 선생은 삶 속에서 철학적인 사유와 기독인의 신앙심으로 세상을 올곧게 살아가려고 몸부림친 그 흔적들이 작품 속에 면면이 드러나고 있음을 느낄 수 있었다.

예술은 무엇인가. 문학은 무엇이며 또한 에세이는 무엇인가. 모두 우리 인간의 삶 속에 존재하는 형이상학적 문제라고 믿는다. 그리고 이 문제는 무엇보다도 인간을 위해 존재해야 하는 것이기에 그 모든 예술, 문학, 에세이에 앞서 인간이 먼저임을 전제 조건으로 한다고 생각한다.

이러한 측면에서 볼 때 나병호 선생의 작품은 문학적 측면에서의 평가도 어느 정도의 수준에 도달했을뿐더러, 앞서 말한 인간이 작품 속에 자리하고 있음에 마음이 훈훈해진다. 특히 나병호 선생

스스로 미래에 대한 부푼 꿈이 더욱 그러하다.

　물론 처음 상재하는 작품집이다 보니 여러 가지의 설레는 마음이 있겠으나 그보다는 소신 있게 쓴 글이라는 생각으로 긍정적인 자신감을 지녔으면 하는 바람이다. 또한 더욱 정진하여 다음에는 더 좋은 작품으로 만나길 기대하는 마음이 크다.

　끝으로 첫 작품집 출간을 진심으로 축하드리며 갈채를 보내고 싶다.

2023. 12. 하순

프롤로그

세월은 어느덧 정상을 넘어 하산 중이다.

끝이 저만치 멀지 않은 듯하다. 내리막길이지만 내 호흡은 가쁘
다. 등에는 아직도 무거운 짐이 그대로 있기 때문이다. 60년의 삶
을 통해 거둬들인 사색과 철학과 종교의 사유들이 한 짐 가득이다.
어서 빨리 짐들을 내려놓아야 한다는 강박관념이 몸과 마음을 무
겁게 한다. 누군가는 벌써 30~40대에 몇 권의 저작물들이 있는데
이 나이가 되도록 빈손이니, 마음이 바쁘기도 하고 무겁다. 그 짐
을 급기야 벗게 되었다. 이제는 독자들과 함께 나누게 되어 가벼워
진 것 같다.

이 책에는 써놓은 지 40년이 넘은 글들도 있다. 빛을 보고 싶었
지만 볼 수가 없었다. 내 스스로가 부족한 탓이다. 언론의 제재가
심했던 시대도 아니고, 표현의 자유가 없었던 때도 아닌데 보물처
럼 꼭꼭 숨겨만 온 탓이다. 드디어 옷을 입혀 세상에 내보낸다. 그

러나 옷매무새가 왠지 세련미가 없다. 시골촌뜨기 같다. 힘은 좋아 보이는데 멋이 없어 보인다. 머릿결은 빗질도 하지 않은 듯 산발되어 있다. 왠지 세상 사람들과는 달라 보인다. 나그네 같기도 하고, 기도원에서 오랫동안 수도한 사람 같기도 하다. 그러나 첫 출발이라서 아는 사람은 아무도 없다.

내 글은 '역설(逆設)'적인 에세이다. 있는 그대로가 아니라 새로운 발상들을 통해 숨어 있던 의지들의 또 다른 면면들을 세상으로 내보낸다. 그런 내용들이 인생살이에 도움이 되었으면 해서다. 그렇다고 성인들이 즐겨 쓰는 패러독스와는 다르다.

그러다 보니 생소한 상상과 논리들이, 엉뚱한 모습으로 비치기도 한다. 그와 같은 나의 의지에 '무식하면 용감하다'라는 말을 하는 사람들도 있었다.

그러나 난 그런 말들에 개의치 않았다. 나름대로는 조그만 자신감이 있었기 때문이다. 나는 의문을 일으키는 그 어떤 문장들도 거부하지 않고 받아들였다. 그런 후 나름대로 소화시켰다. 그 결과 합리적인 답을 찾을 수 있었다. 그것이 팩트라고는 믿지 않지만 사실에 가깝지 않을까라는 게 내 생각이다. 그것을 독자들과 공유하고자 하여 책을 냈다.

우리는 아직 서로 간에 아무것도 아는 게 없다. 그래서 어떤 선입견도 없다. 그러나 이제부터는 내가 어떤 정체성을 가졌는지 알게 될 것이다. 그것이 나와 독자를 이어 주는 인연의 시작이다. 좋은 인연이 되어 서로 간에 신뢰가 싹트고 견실한 열매를 맺으리라 믿는다. 그리고 언젠가는 좋은 인연이 되어 밝은 세상을 만들어 가는데 밑거름이 되었으면 좋겠다.

그만한 효과를 낼지 난 아직 모른다. 관심을 가질 수 있도록 하기 위해 한 단락 한 단락 정성을 다했지만 독자들의 구미에 맞을지는 잘 모르겠다.

특히 종교에 관해 쓴 글들이 조심스럽다. 신앙이 있는 분들의 반응과 없는 분들의 반응 그리고 그분들의 긍정과 부정이 어떠할지 무척이나 궁금하고 조심스럽다. 어떤 분은 고개를 끄덕일 것이고 어떤 분은 가로저을 것이다.

혹시! 알 수는 없지만 긍정을 넘어 적극적인 호감을 가질 분도 있고, 부정을 넘어 돌을 던질 분들도 있을 수 있다. 아무튼 이제 주사위는 던져졌다.

나의 이런 판단이 어쩌면 '떡줄 사람은 생각지도 않는데 김칫국부터 마신다.'라는 옛 속담 같기도 하다. 과연 나의 생각과 글들이 그러한지 확인이라도 해 보셨으면 하는 바람이다.

무엇보다도 신앙인이 아니면서도 신앙적인 논리를 펼친 내 글들을 보면서, 실망보다는 긍정과 함께 설렘과 궁금증이 앞서리라는 기대도 가져본다. 그렇지만 가끔은 여러 가지의 걱정들로 인해 밤잠을 설칠 때도 있었다. 그럴 때마다 마음속 깊은 곳에서 '걱정하지 말고 앞으로 나아가라'라는 소리가 들려온다. 그 같은 신념이 망설이는 나에게 용기를 주었다.

이 책은 그와 같은 의지로 쓴 글이다. 만일 여러분의 호응까지 얻게 된다면 더 큰 힘이 되어 미래를 향해 나아가리라 믿는다. 여러분들과 함께.

2023년 12월, 나병호올림

차 례

제8부 다 이루었다

제 1 부

삶

Toward the Nobel Prize in
Literature Candidates

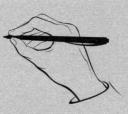

물오리의
새끼 사랑 1

TV를 통해 보았던 물오리의 새끼 사랑을 추억으로 남길 기회를 얻었다.

어느 일요일 저녁, 식사를 마치고 주변에 있는 성복천을 아내와 함께 걷기 시작했다. 여덟시가 넘어가니 어둠이 서서히 내리고 있었다. 주변이 아파트 단지라서 하천변은 늘 산책하는 사람들로 붐볐다. 저녁을 끝낸 사람들이 도란도란 식후를 즐기며 걷고 있었다.

꽤 넓은 하천이라 군데군데 안쪽으로 조용히 망중한을 즐길 수 있는 여분의 공간(하천 양쪽의 메인 길은 오고 가는 사람이 많아 안쪽에서 머물렀다 갈 수 있게 만들어 놓은 작고 아늑한 공간)으로 발걸음을 옮겼다. 그때 어떤 부부가 유심히 무엇인가를 바라보다 아쉽다는 표정을 지으며 떠나는 모습이 보였다. 우리 부부는 무엇 때문에 그러는지 궁금해 그쪽으로 이동했다.

그곳에는 어미 청둥오리 한 마리와 아이들 주먹만 한 새끼 오리 일곱 마리가 고기를 잡기 위해 열심히 부리를 휘젓고 있었다. 새끼 오리들도 어미를 흉내 내듯 자그마한 부리를 부지런히 좌우로 움직였고, 그 모습은 무척이나 귀엽고 앙증스러워 우리 부부의 마음을 상큼하게 해주고도 남았다. 어둠이 깊어지자 물속을 뒤지며 오르던 어미 오리가 살며시 얕은 수풀 위로 오르기 시작했다. 어미 뒤를 따르던 새끼들도 그 뒤를 따라 곧바로 올랐지만, 앞서 가던 몇몇 새끼들은 한참을 앞으로만 전진하다 뒤늦게야 확인하고는 아무렇지도 않은 듯 되돌아오는 모습이 자연스럽기도 하고 기특해 보였다. 그렇게 오리 식구들은 옹기종기 모여 밤을 새울 준비를 하고 있었다.

수풀 위로 오른 작은 새끼들은 날개의 물기를 털기 위해 힘껏 몸을 좌우로 흔들었고 그 모습이 어느새 어미를 닮은 것 같아 웃음이 절로 나왔다. 어미 따라 하루 종일 헤엄치고 다니느라 힘들었던 새끼들은 금세 잠들기 시작했다.

어미는 그렇게 잠든 새끼들의 곁에서 머리를 쭉 빼들고 웅크리고 앉은 채 꼼짝도 하지 않고 주위만 두리번거리고 있었다. 아마도 뱀이나 고양이 그리고 족제비 같은 동물들로부터 새끼들을 지키기 위해 사주 경계를 하는 듯 보였다. 우리 부부는 그런 광경이 너무도 새롭고 뭉클해 어둠이 깊어지도록 발길을 옮기지 못했다. 어미는 꽤 시간이 지났는데도 쌔근쌔근 잠들어 있는 새끼들 곁에서 두 눈만 깜박이며 잠을 자려 하지 않았다. 얼마 뒤 그 광경을 보며 느낌을 주고받던 우리 부부가 뒤늦게야 깨달았다. 그 어미에게는 뚫어져라 바라보는 우리 부부가 위험스럽게 느껴졌으리라는 것을. 그것을 깨달은 순간, 빨리 자리를 비켜줘야 한다는 생각으로 몇 장의 사진을 찍은 후 그곳을 떠났다.

그때 중얼거리듯 아내에게 한마디를 던졌다. "저 어미는 언제까지나 잠을 안 자고 저렇게 있을까? 내일 출근만 안 한다면 새벽쯤에 와서 저 어미가 어떻게 하고 있는지 확인해 보고 싶은데!"라며 발걸음을 옮기고 있을 때, 옆에 있던 아내의 감정선에는 눈물이 고이고 있었다.

"저런 모습을 보니 눈물 나려 하네. 저런 것들도 저토록 자식 사랑이 깊은 걸 보니! 그런데 수컷들은 그런 게 없어. 코빼기도 안 보이잖아! 사람도 그래. 당신만 봐도 내가 알지!"

그런 아내의 말을 들으니 어느새 내 눈에도 눈물이 고이기 시작했다. 난 애써 참으며 공감한다는 듯 한마디 덧붙였다.

"수컷들은 다 그래. 인간도 그렇지. 남자는 전쟁이 나면 총 들고 전선으로 나가야 하고, 위험한 일이 닥치면 앞장서야 하고, 가족을 먹여 살리기 위해 온갖 수모와 고생을 참아가며 세상을 살잖아. 그게 수컷들의 역할이고 책임이지!"

나의 그 같은 덧붙임에 공감을 더한 아내는 이미 눈물을 훔치고 있었다. 멀리 떨어져 있던 아들들과 오리 새끼들의 모습이 오버랩되었는지 그리움의 눈물을 참지 못하고 있는 것 같았다. 사실 두 아들이 있었지만 하나는 군인으로 하나는 복학생으로 집을 떠나 있었기에 보고 싶었던 모정이 물오리의 새끼 사랑과 겹치면서 애틋하게 밀려왔던 모양이다.

그것 때문이었는지 나도 지난밤에 그와 비슷한 꿈을 꾸었다. 전쟁이 난 상황이었는데 날아오는 총탄과 적군의 출몰에 어린 자식 (지금은 다 컸지만 꿈속에서는 서너 살쯤으로 보였다) 둘과 아내를 살리기 위해 진땀을 흘리며 살길을 찾아 헤매는 꿈이었다. 아마 나 역시도 어미 오리가 여러 동물들로부터 새끼들을 지키며, 먹이 잡는 법을 가르치는 모습에 적잖은 감동을 받지 않았나 싶다.

물오리의
새끼 사랑 2

물오리 가족에 관한 글을 쓴 지 3주 정도가 지났다.

어느 일요일 오후 그때의 그 물오리 가족이 궁금해 우리 부부는 성복천을 다시 찾았다. 그 사이 비가 와서 하천의 물이 부쩍 많이 흐르고 있었다.

어디쯤 가면 그 물오리 가족을 만날 수 있을까를 생각하며 하천을 따라 발길을 옮기고 있을 때 저만치서 한 무리의 사람들이 환한 모습으로 하천의 한쪽을 가리키며 웅성대는 모습이 보였다. 분명 오리 가족을 보고 그러리라는 생각이 들었다. 가까이 가서 보니 예측대로 오리 가족이 물 위를 헤엄치고 있었다. 그런데 그 수를 세어보니 3주 전에 봤던 그 오리 가족이 아니었다. 딸린 새끼들이 분명 일곱 마리였는데 다섯 마리뿐이었다. 그들의 노는 모습을 보며 한참을 구경하다 걸음을 옮겼다. 얼마쯤 가다 보니 또 한 무리의 사람들이 오리 가족을 보며 즐거운 듯 웃고 있었다.

이번에는 그 새끼의 수가 여섯 마리였다. 그뿐만이 아니라 그 주변에는 여기저기 오리 가족들이 여러 군데 있었다. 대부분 크기가 아이들 주먹만 했지만 한 가족만은 제법 큰 오리 새끼들이었다. 그들은 물속으로 잠수도 했고 두 발로 물 위를 딛고 서서 날개도 펄럭이며 어미를 당당히 따르는 듯 보였다. 바로 그들이 지난번에 봤던 오리 가족임을 단번에 알 수 있었다. 3주 정도가 지났으니 그만큼 성장했으리라는 생각과 함께 일곱 마리라는 숫자가 그것을 증명해 주고 있었다. 그런 오리 가족들을 보니 내가 성장했던 과거의 어린 시절이 떠올랐다.

내가 자라던 1960년대 전후의 가정환경은 한 가정에 대여섯 자녀들은 보통이고 예닐곱이 넘는 자녀들을 낳아 길렀다. 집집마다 두세 살 차이진 형제자매들과 조부모까지 함께하고 있었기에 집은 늘 북적였고, 거기에 더하여 배고픈 보릿고개 시절이었으니 대부분의 자녀들은 영양공급이 부족했던 시절이었다.

그런 바람에 당분과 단백질이 많은 음식만 보면 많이 먹겠다고 혈안이 되곤 했다. 특히 '사탕'이라면 자다가도 벌떡 일어났던 기억이 있다. 혹 부모님이 시장에라도 갔다 오면 사탕봉지 꺼내는 소리라도 들리지 않나 귀를 쫑긋 세우곤 했었다.

또 부엌에서 일하던 어머니가 뭔가를 드시고 있는 모습을 발견하면 '뭘 드시고 계시냐?'며 같이 먹자고 했던 추억이 꼭, 어미 오리가 뭐라도 물고 있으면 새끼들이 달려들어 서로 먼저 먹겠다고 어미의 입을 쪼아대는 모습을 보는 것과도 같았다. 어둠이 짙어가는 데도 돌아오지 않은 자녀들이 있을 때는 대문 밖으로 나가, 사방을 향해 목청껏 자녀들의 이름을 부르는 모습이, 꼭 어미 오리가 흩어진 새끼들을 부르기 위해 큰 소리로 꽥꽥거리며 두리번거리는 모습과도 같아 보였다. 또한 오리 새끼들이 재잘대며 노는 모습은, 우리가 어렸을 때 봄만 되면 친구들과 산에 올라 진달래를 꺾으며 재잘대던 모습과 다르지 않았다. 여러 오리 가족들을 보면서 한 마을을 구성하고 사는 사람들의 모습 같았고, 어미를 중심으로 흩어지지 않고 재잘대며 따르는 새끼들을 보니, 엄마 따라 올망졸망 외갓집 나들이 가던 형제들의 모습이 연상되었다.

한 가족만 보았던 첫 번째 이야기와는 달리 여러 가족들을 보고 있자니, 왠지 내가 살았던 어렸을 때의 모습과 비교되어 추억을 회상하게 한다. 또한 각각의 오리 어미들이 예닐곱 마리씩의 새끼들을 이끌고 다니면서 먹이 잡는 법을 가르치는 것이, 우리네 어머니들이 예닐곱 자녀들을 키우며 교육하던 모습과 다르지 않아 보였다.

이제 얼마 있지 않으면 어미만큼 성장한 새끼들이 하나 둘 독립해 나갈 것이라는 생각이 스치면서, 내가 독립해 나온 과거까지 떠올라 나도 모르게 마음이 애잔해진다.

물오리의
새끼 사랑 3

이제는 어떤 게 어미인지 식별하기조차 어려웠다.

새끼들의 크기와 몸 색깔이 어미와 차이가 없을 만큼 성장했기 때문이다. 굳이 구별해야 할 특별한 이유는 없었지만, 그래도 어떤 녀석이 어미인지 궁금했다. 하지만 한참을 애써 보았지만 구별하기가 어려웠다.

그동안 야생 고양이나 족제비 같은 천적들도 있었을 텐데 저렇게 다 크도록 한 마리도 낙오 없이 자라난 것이 대견스러웠다. 그들은 이제 뭉쳐 다니지 않았다. 각자 흩어져 하천의 이곳저곳을 뒤지고 있었다. 그러나 한 가족임을 잊지 않은 듯 어미를 포함한 여덟 마리가 한 그룹을 이뤄 움직이고 있었다.

간혹 뜨내기 같은 한두 마리가 합류하는 듯 보였다가도 전진하는 여덟 마리와 섞이지 않고 남아 있는 것을 보니, 자기의 가족을 서로가 잘 알고 있음을 느낄 수 있었다.

한참 동안 어미를 찾아내기 위해 유심히 바라보던 그때, 유독 한 마리만이 종종 머리를 쳐들고 주위를 두리번거리고 있음을 발견했다. 그 외 일곱 마리는 그저 부리를 물속에 꽂은 채 열심히 휘젓기만 할 뿐이다. 그 한 마리만 가끔씩 머리를 꼿꼿이 세운 채 제자리에 멈춰 서서, 어떤 소리라도 들으려는 것처럼 주위를 둘러보곤 했다.

그 같은 동작을 왜 그 한 마리만이 유독 그렇게 하는지에 대한 의문이 드는 순간 그 녀석이 바로 어미라는 걸 알아차릴 수 있었다. 왜냐하면 어렸을 때부터 새끼들을 보호하기 위해 그렇게 해왔고, 몸집은 다 컸지만 아직도 어린 새끼임을 그 어미는 인식하고 있을 것이라는 생각이 스치면서 짐작되었다.

독립해 나가기 전까지를 품안의 자식이라 판단하는 건 인간만이 아님을 느끼게 했다. 새끼들이야 그동안 어미만 믿고 의지하며 살아왔기에 주위를 경계하듯, 그렇게 할 리가 없다는 생각이 들었다.

우리도 다 큰 자식이지만 늘 걱정되고 미덥지 못해 주의를 주고 당부하듯, 그 오리 어미도 그와 같은 입장으로 살아왔음을 미루어 짐작하게 했다. 아무튼 처음 봤을 때의 오리 가족 모두가 무사함을 보고 다행이란 생각이 들었다.

그처럼 다 자란 물오리 가족을 보면서 이제는 정말 얼마 있지 않으면, 오순도순 함께 했던 가족을 떠나 각자의 삶을 찾아갈 것이라는 생각에 마음이 아려왔다. 지금까지는 형제자매끼리 협력해서 먹이를 잡았고, 설혹 먹이를 잡지 못하면 곁에 있는 형제의 먹이라도 빼앗아 먹을 수 있었지만, 이제 얼마 있지 않으면 저들도 인간들의 독립처럼 각자의 길을 가게 되리라는 생각이 스쳤다.

그 같은 연민 때문이었는지 곧 헤어질 저들의 이별이 안타깝게 느껴져 왔다. 더 나아가 영역싸움이나 암컷을 놓고 쟁탈전도 벌일지 모른다는 생각에 생명을 가진 생명체의 운명이 저들에게도 무관하지 않을 것임을 느끼지 않을 수 없었다.

그동안은 경험 많은 어미가 지켜 주었고 또 안전한 곳을 찾아 잠자리도 마련해 주었지만, 독립해 나가면 모든 게 힘들고 위험하리라는 인간적인 생각이 들면서 왠지 마음이 무거워졌다.

저들은 이제 내년 봄이 되면 어미 오리가 되어 알을 낳고 부화시켜 자기들도 그랬듯이 어미로서의 의무를 다하리라. 난 내년에도 그 하천을 걸으며 새로운 물오리 가족들과 조우하게 될 것이라는 생각으로 서운함을 달랬다.

그때가 되면 그런 생각이 스치겠지! 전년에 컸던 오리들이 성장하여 저토록 새끼를 거느리고 다니지 않을까라는……

안전거리

'안전거리'란 유사시에 발생할 수 있는 사태에 대비한 거리를 말한다.

사람들은 간혹 멍청한 짓을 하는 친구를 향해 '닭대가리'라는 농담을 던진다. 왜냐하면 닭(꿩)은 쫓기다 보면 꽁지 부분을 그대로 드러낸 채 덤불 속에 머리만 처박고 숨는 우둔한 동물이기에 붙은 말이다.

하지만 미련한 닭일지라도 무리 중 대장수탉은 처음 본 사람에게 덤벼들기도 한다. 그 때 다가오는 닭을 향해 발길로 걷어차려 해 보지만 채이지 않는다. 수탉은 이미 안전거리를 확보하고 공격할 틈을 엿보기에 발길이 닿지 않았다. 그토록 미련하다는 닭이지만 스스로가 취해야 할 안전거리를 알고 있는 것을 보면 멍청하다는 말이 무색하다.

하등동물들도 이처럼 안전거리를 아는데 만물의 영장이라는 사람이 그만큼도 못한 처사를 하는 경우가 있다. '자동차의 안전거리'다. 앞차가 돌발 사태로 인해 갑자기 멈추게 되면, 다치거나 사망할 것을 뻔히 알면서도 지키지 않기에 하는 말이다. 자동차의 안전거리는 그래서 항상 유지해야 하는 것임을 모르기에 그러는 것도 아닐 텐데!

설마 무슨 일이 생기지는 않겠지라는 마음에서 그러는지, 다른 차들이 끼어들 공간을 주지 않으려고 그러는지는 몰라도 고속도로를 달리는 대부분의 차들이 안전거리를 지키지 않고 달린다. 그래서 한국에서의 자동차 안전거리는 안전거리(安全距離)가 아니라 '사고거리'나 다름없다. 한마디로 사고 나기 딱 맞는 거다. 미련함의 대표라도 되는 양 '닭대가리'라는 별명까지 붙여 가며 놀려대는 닭만큼도 안 된다는 생각을 지울 수 없다.

그러면서도 사고가 발생하면 서로 책임을 떠넘기기 위해 얼마나 많은 시시비비를 하는가. 조금이라도 손해를 줄일 심산으로 합의를 하지 않고 경찰의 선을 넘어 법원까지 가는 긴 다툼을 하지 않는가. 안전거리만 잘 지켰다면 생기지 않았을 사건이었는데!

또 살얼음판이나 안개 길에서 왜 대형사고가 일어나는가? 운전 잘한다고 자랑이라도 하려는 듯 빠른 속도를 즐기다가 안전거리 미확보로 수십 중의 추돌사고와 사망사고를 일으킨 게 아닌가!

목숨이 두 개도 아니요 세상을 주고도 바꿀 수 없다는 생명임을 알면서도 그것 하나 지키지 못한다는 게 무슨 조화인지 알다가도 모를 일이다. 자동차의 고장이나 운전미숙도 아닌 안전거리 미확보 같은 단순한 문제로 그 지경을 만든다는 게 안타깝기만 하다.

시속 100km의 안전거리는 100m요, 80km는 80m라는 것을 모르는 운전자가 있을까? 그럼에도 불구하고 규정 속도와 안전거리를 지키며 가는 사람에게 과속으로 다가와 비키라고 위협한다. 그들은 아마도 그 같은 사람을 향해 답답하고 멍청하다며 욕을 할지 모른다. 그러다가 사고라도 생기면 남 탓만 할 것이 뻔한데!

안전거리를 지키고 가다 보면 어느새 한두 대씩 끼어들어와 자리를 잡는다. 그러면 또 안전거리를 유지하기 위해 간격을 넓힌다. 그렇게 양보를 하지만 내 뒤를 따르던 차가 견디지 못한다. 그는 나를 향해 좀 더 붙여 가라는 듯 빵빵대다 결국은 속상해하며 다른 차선으로 옮겨 간다. 그런 광경을 보다 보면 나도 차간거리를 좁혀서 절대로 끼어들지 못하게 할 뿐만 아니라 정상적인 차선변경에도 양보하기 싫어지는 지경까지 가는 걸 경험했다.

그것이 반복되면서 우리의 자동차 문화가 현재처럼 변하고만 것 같다. 이와 같은 광경이 우리나라의 교통문화라는 걸 모르는 운전자가 있을까! 닭은 멍청하다고 비웃으면서… 이것이 한국 자동차 문화의 안전거리에 대한 실상이다.

가난을 벗어나고자 빨리빨리를 외치며 경제를 일으켜 세운 정신이 이런 문제를 낳은 건 아닐까! 하지만 이제는 좀 천천히 안전을 지키며 가도 되지 않을까 싶다. 다른 건 몰라도 자동차의 안전거리만이라도! 그러다 사고라도 발생하면 그동안 고생해 쌓아 올린 금자탑이 무슨 소용이 있겠는가.

우리 사회가 1등만 인정하는 사회이다 보니 계속 앞서려고만 하고, 목적지에 도달할 때까지 계속해서 추월만 하는 습관이 생기지 않았을까. 그러니 안전거리 대신 사고거리만을 유지하다 결국은 사고로 이어지는 게 아닐까! 자동차 운전은 무엇 하나 중요하지 않은 게 없겠지만 안전거리를 지키는 게 무엇보다도 중요하다. 자칫하면 목숨을 잃거나 대형사고로 이어지기 때문이다.

초보운전을 하다 보면, 잘 모른 탓에 차선위반이나 신호위반으로 범칙금을 낼 경우가 있다. 그 같은 과정을 겪어봐야 올바른 운전습관이 습득된다. 그렇지 않고 요령만으로 운전을 배운다면 언젠가는 큰 사고로 이어질 수 있음을 알아야 한다.

나는 40여 년 동안 운전을 했지만 사고 한 번 나지 않았다. 충돌도 추돌도 없었고, 옆에서 치고 들어오거나 튕겨 오는 경우도 없었다. 물론 방어운전도 했지만 운이 좋았기에 그랬을 수도 있었다고 본다. 그러나 난 그 이유를 알 것 같다. 누군가가 끼어들려 하면 언제나 양보했고, 방향등을 켜면 간격을 넓혀 주었다. 그러다 보니 화가 나거나 신경전을 벌이며 불안하게 운전하지 않았다. 그렇지만 안전거리는 지키기가 어려웠다. 왜냐하면 안전거리가 될 쯤 되면 뒤차가 답답해하며 빵빵댔고, 옆 차들이 파고들어와 안전거리를 무너뜨렸기 때문이다.

우리나라에서 안전거리만 잘 지켜진다면 교통사고율은 물론 사망사고율도 급격히 낮아질 것이다. 서로 좋은 줄 알면서도 그렇게 할 수 없다는 게 참으로 안타깝고 아이러니할 뿐이다. 남의 집 불구경하듯 해서는 안 된다. 언젠가는 나에게도 안전거리로 인한 사고가 일어날지 모르기 때문이다. 가끔씩 유튜브나 교통관련 프로그램을 보면 보복운전이나 음주운전 그리고 급발진이나 무단횡단 등으로 수많은 사고들이 일어나는 걸 볼 수 있다. 그 당사자들에게는 얼마나 큰 아픔이요 절망일지 절감하고도 남았다. 하지만 그런 프로를 통해 모든 사고에 대한 대비를 미리 해두는 것이 얼마나 중요한지 느낄 수 있었다.

불조심 캠페인을 보면 '꺼진 불도 다시 보자'라는 말이 있듯이, 안전거리 역시도 "무심결에 가까워진 안전거리 다시 한 번 확인하자"라는 캠페인이라도 펼쳐야 하지 않을까 싶다. 오늘도 누군가의 삶이 안전거리 미확보로 인해 파괴되어 가는데 나 몰라, 라며 살다가는 언젠가 '내가 이렇게 될 줄은 미처 몰랐네'라는 후회로 다가올지 모를 일이다.

보복운전

'인간은 감정의 동물이다.'

또한 인간을 악의적인 동물이라고 보기도 하고, 선의적인 동물이라고 보기도 한다. 그리고 이성(理性)화된 정신으로 살기에 이성적인 동물이라고 하기도 한다. 인간은 그만큼 다양한 감성을 가지고 살아간다.

그와 같은 감성과 의지를 지닌 인간에게 가장 두려운 것은 '죽음'이다. 그래서 죽음을 예방하려는 의식은 그 어떤 의식보다도 크게 작용한다. 그런 작용은 우리가 인식하지 못하는 무의식으로도 표출된다. 그 대표적인 사례를 '운전'에서 볼 수 있다. 운전은 큰 사고와 직결되기 때문에 의식만이 아니라 무의식으로까지 연결된다고 느낀다.

운전 중 불안한 순간이 발생되면 자기도 모르게 평소 하지 않던 욕이 튀어나오는 게 그 현상이지 않나 싶다. 그때 상대가 어떤 식으로든 실수를 인정하지 않으면 화가 치밀어 오른다. 그런 상대에게 되갚아 주겠다는 것이 보복운전이다. 보복운전은 길어질수록 화를 넘어 분노로 이어지고 결국은 죽음도 망각하게 만들고 만다.

세상 그 어떤 것보다도 소중한 것이 자기의 목숨이다. 돈도 명예도 업적도 죽고 나면 아무 소용없다는 것을 안다. 그러나 그토록 소중한 목숨을 별것 아니게 만드는 게 있다. 분노(憤怒)다. 분노가 마음속에 채워지면 이성과 양심은 설 자리를 잃는다. 마음을 장악한 분노는 그때부터 그 사람을 움직이는 주인이 된다.

마음이 분노로 가득 차면 자기의 죽음은 물론 타인의 생명을 해하는데도 주저하지 않게 된다. 과거 광기 어린 살인을 저지른 히틀러나 스탈린 그리고 폴 포트의 마음이, 어떤 목적이나 집착에 의해 분노에 사로잡힌 뒤 그와 같은 만행을 저지르지 않았나 싶다.

보복운전도 그 같은 심리와 다르지 않다. 처음은 짜증으로 시작되지만 상대의 반응에 따라 화로 바뀌고 더 악화되면 분노로 확대된다. 분노는 결국 마음속의 이성을 밀어내고 악의만 남긴다. 그때부터 뒷일은 잊은 채 오직 상대에게 복수를 하겠다는 일념으로 빠진다.

모든 분노가 그렇지만 특히 보복운전은, 오래된 감정이 있었던 것이 아닌데도 이렇듯 빠르게 진행된다. 그것은 아마도 운전이 가진 사고에 대한 강박관념이 잠재의식이라는 신경까지 자극시켜 발생되는 현상이 아닌가 싶다.

그와 같은 과정과 속성이 보복운전이라는 것을 알고 예방하기 위해서는 잘잘못을 떠나 먼저, 문제가 발생되게 된 점에 대해 '사과한다'라는 표시로 고개만 꾸벅 해도 일은 쉽게 끝난다. 상대와 어떤 접촉사고도 또 언쟁도 없었기 때문에 대개는 그쯤에서 끝난다. 그러나 자존심을 살려 보겠다고 눈을 주시한다든지 욕을 하게 되면 불길이 시작되듯 보복운전은 시작된다. 그렇게 붙은 불길은 급기야 활활 타오르게 되고, 그때는 이미 불길을 잡을 수 없게 된다.

인간의 감정은 타고난 근성에 따라 다 다르다. 누군가는 군불 같지만, 누군가는 휘발유처럼 점화되자마자 폭발하는 경우도 있다. 그러니 항상 조심하지 않으면 언제 휘발유 같은 사람을 만나 큰 문제로 확대될지 모른다. 그래서 무리한 월권을 부리며 사는 사람을 향해 하는 말이 있다. "저거, 임자를 한번 만나 봐야 할 텐데!" 라는 말이다.

1979.10.26에 일어났던 사건이 그 좋은 예다. 즉, 대통령 비서실장의 월권이 대통령의 비호로 하늘을 찌르듯 해서 생긴 문제다. 참다 참다 그와 대통령까지 죽인 사건을 두고 하는 말이다. 비서실장의 휘발유 같은 성격에 모두들 숨죽이며 참았지만 끝내는 적수를 넘어 임자를 만난 사건이었다고 판단된다.

그렇듯 난폭운전과 보복운전을 밥 먹듯이 하는 사람은 언젠가는 '임자'를 만나 큰 사고를 당하든지 곤욕을 치르게 될지 모른다. 세상에는 하찮은 일로 메가톤급 화를 발산하는 특이한 사람이 있을 수도 있다는 걸 알아야 한다. 드러나지는 않았지만 그처럼 보복운전을 즐기다가 죽어간 사람도 있었을 것이다. 음주운전하다 사망했다는 사실을 모르듯이 알 수는 없겠지만!

보복운전은 사소한 것으로부터 시작하여 목숨까지 버려도(빼앗아도) 상관 않겠다는 극도의 살의까지 불러오는 무서운 충동적 심리다. 하찮은 문제로 그렇게까지 진행된다는 게 인간이 지닌 어리석음이지만, 그것이 분노가 일으키는 폐해임을 알 수 있다. 그러니 보복운전이 시작되려 하면 무조건 참아야 한다.

그리고 '참는 자에게 복이 있느니라'를 되뇌며 고개만 살짝 숙여 주면 별 탈 없이 지나간다. 그런데 상대가 잘못했으면서도 눈을 크게 뜨고 대들게 되면 참지 못하는 게 순간적으로 일어나는 보복운전의 시작이다.

그렇게 넘기지 못하고 신경전을 벌이다 상대가 커다란 흉기를 들고 설쳐대는 입장에 처하거나 절벽 같은 곳으로 밀어붙이는 무지막지한 상황에 놓이게 된 뒤에서야 후회한들 무슨 소용이 있겠는가. 남자답다는 소리나 배짱 좋다는 소리에 현혹되다가는 후회만 남는 경우가 있을 수 있다.

보복운전으로 얻을 건 하나도 없다. 담배가 백해무익하다는 것처럼 보복운전도 백해무익일 뿐이다.

음주운전

성경에 의하면 기원전 2400년 전쯤, 노아가 술을 마시고 취했다는 기록이 나온다. 그 후 물을 포도주로 만들었다는 예수의 기적도 있는 것을 보면, 술이 인간의 삶과 함께 했던 역사가 오래되었을 뿐만 아니라 그만큼 사람들의 삶에서 떼려야 뗄 수 없는 관계가 있었음을 알 수 있다. 인간은 집단을 이루며 살아가는 존재다. 그러다 보면 수많은 사건과 사고가 발생되고 힘든 경우가 있기 마련이다. 또한 외롭고 고독한 상황이 될 때도 많다. 그럴 때 문제를 달래는 가장 좋은 방법이 술이 아니었나 싶다. 술이 들어가면 외롭고 고독함은 물론 걱정과 고달픔도 잊히기 때문이다.

술이란 그처럼 실패한 자에게는 위로가 되고, 성공한 자에게는 흥을 돋우어 주는 요술램프와 같다. 그러나 과하게 마시거나 화났을 때 마시게 되면, 또 다른 사건사고를 만들기도 한다.

술을 가까이 하는 사람들은 흥을 좋아해서 그러기도 하겠지만, 하던 일이 잘 풀리지 않거나 걱정이 밀려들 때면 술로 달래려 한다. 그때는 적당히 마시는 경우가 없다. 한잔 또 한잔 마셔서 그 괴로움이 잊히거나 대수롭지 않게 여겨질 때까지 마시는 것이 결국은 과음으로 이어진다. 그리고 운전대를 잡는다.

세상살이가 팍팍한 사람들이 더욱 많이 찾는 게 술이다. 건강을 잃고 절망에 빠진 사람들이 찾는 종교와도 같다. 또한 부부간의 싸움이나 억울한 문제 등 수없이 많은 난제들과 부딪혔을 때 술을 마신다. 술을 마시면 천천히 이성이 마비되면서 그 같은 고민들을 잊게 해준다. 최소한 그 시간만이라도!

또 술을 마시면 운전을 하지 말아야 한다는 생각보다 하고 싶어지는 유혹을 느낀다. 그리고 적당히 마신 술은 운전이 재미도 나고 잘 되는 것 같은 착각도 한다. 하지만 과하게 마시면, 아무리 바르게 가고 싶어도 갈지자걸음처럼 좌우로 흔들리며 운전이 제대로 될 리가 없다. 또한 이성을 마비시켜 올바른 판단을 잃게 만들기에 걸핏하면 감정적으로 치닫는다.

더군다나 과음에 화까지 나 있는 상태라면 운전이 거칠어지게 마련이다. 그리고 "내가 가는 길을 막지 마라."라는 헛 배짱까지 생기게 된다. 그 정도가 되면 문제가 심각한 상태다. 그때는 사고를 넘어 죽음도 무섭지 않게 된다.

그런 중에 잘잘못을 떠나 보복운전이라도 하게 되면 최악이다. 그때는 상대를 향한 적개심이 하늘을 찌르듯 솟구친다. 상대는 음주자임을 모르기에 맞대응을 하겠지만 자칫 잘못하다가는 미친개에게 물리는 꼴이 되고 만다. 술에 취한 자와는 운전만이 아니라 일상에서도 시비에 휘말리지 않으려고 하지 않는가!

술은 사람들의 가면을 벗겨주는 묘약이기도 하다. 일상에서는 상식대로 습관대로 또 이성대로 살아가지만, 술이 들어가면 더위에 옷을 벗듯 한 겹 한 겹 이성이란 옷을 벗어던진다. 그리고 그 이성으로 가려져 있던 감정을 드러내게 된다.

음주운전은 이성이란 가면을 벗어던지고 감정으로 이뤄지는 행위라고 봐야 한다. 그러니 그때는 이성적인 사람이 아니라 동물적인 사람일 뿐이다. 그러다 사고가 생기는 순간 제정신이 돌아오며 후회하게 되는 게 음주운전의 결말이다. 괴로운 삶이 풀리지 않으면 그와 같은 음주운전은 계속되게 된다.

음주운전의 실상이 이러한데 어떻게 잡겠는가! 물론 모든 음주자가 그렇다는 건 아니다. 사람들 중에는 사이코패스, 소시오패스라는 질병을 가진 사람도 있듯이, 술을 마신 사람들 중에도 그 같은 정신을 가진 사람이 있기 마련이다.

아무리 무거운 대가를 치르게 해도 음주운전이 근절되지 않는 것은 그와 같은 사람이 있기 때문이다. 어찌 보면 사형제도가 있어도 사형수가 나오는 것과 같다.

과한 음주운전자들 중에는 술 중독자도 있지만, 삶을 포기한 사람들도 있다. 스스로의 생을 포기하고 싶은 사람의 음주운전을 어떻게 말린단 말인가! 요즘 벌어지고 있는 묻지 마 살인의 경우와 음주운전자들의 심리가 다르지 않다고 본다.

음주운전을 막는 유일한 길은 '운전석에서 알코올 냄새가 나면 시동이 자동으로 꺼지는 장치를 설치하는 것'밖에 없음을 말하고 싶다.

나는
맞기만 했다

내가 군대를 간 것은 80년대 초였다.

10.26과 12.12사태 그리고 5.18광주민주화를 거치며 권력을
움켜쥐었던 전두환 정권 초기였다. 10.26사태로 군사독재 정권이
끝나고, 80년대 초 3김(김대중 김영삼 김종필)이 정치의 봄을 일으
킬 때만 해도 곧 민주화가 되리라는 기대를 하고 있었지만, 또다시
군사정권이 들어서는 바람에 실망이 클 수밖에 없었다. 그때 3김
중 누군가가 정권을 잡았더라면 5.18도 일어나지 않았을 것이고,
구타도 없는 군대생활이 시작되었을 것이라는 생각도 해본다. 꼭
그 때문만은 아니었지만 그 당시만 해도 군대라면, 말(言)보다는
주먹과 각목이 앞섰다. 특히 군기라는 미명 아래 구타가 일상과도
같이 이뤄지던 시절이었다. '하루라도 맞지 않으면 잠이 안 온다.'
라는 말까지 있었으니~~~. 그러나 구타가 필요악인 것을 느낄 기

회가 있었다.

　기본 교육인 신병훈련이 끝나고 자대 배치를 받아 찾아간 곳은 청주의 한 전투비행단이었다. 대대병력이 120명쯤 되는 수송대대였다. 전투기를 다루는 비행부대였을 뿐만 아니라 자동차를 운행하는 수송대대였기에 다른 대대에 비해 군기가 센 편이었다. 그곳에 도착해 대대로 이송되기 전 3일 정도 막사에서 대기 중일 때 바로 위 기수가 찾아왔다. 그는 촘촘히 적혀 있는 메모지를 내밀며 귓속말로 "여기에 적힌 이름과 기수와 근무처를 다 외우고 와야 한다."라는 말과 함께 덧붙이는 말이 더 끔찍했다. "다 못 외우고 오면 지옥 맛을 보게 될 것이다."라는 말이었다. 난 그 말에 '설마'하면서도 최선을 다해 외우지 않을 수 없었다. '병 335기, 일병 홍길동, 수송대대 정비중대'라는 순서로 적혀 있는 대대병력의 명단이다. 그 명단 120여 개를 3일 동안에 다 외우라는 말이었다. 난 기억력이 좋지 않았지만 3일 동안 부지런히 외워 50여 명을 간신히 외울 수 있었다.

　입대하기 전 사회 선배들로부터 간혹 들었던 '자대 배치'를 코앞에 둔 상황이었다. 그때 선배들이 하던 말이 기억났다. '땅개처럼 기어도 훈련받을 때가 좋지, 자대 배치받고 나면 그때부터는 지옥이다'라는 말이었다. 왜 '자대'라는 곳을 가면 그러는지 궁금했지만 왠지 긴장도 되었다. 빛은 안 보이고 먹구름만 잔뜩 몰려오는 기분이었다. 다 외워 오라는 명단을 절반도 채 외우지 못했는데 그것이 왠지 불안했다. 하지만 처음인데 그쯤만 외워도 많이 외운 게 아닌가라는 안일한 생각도 들었다.

자대로 배치되던 첫날은 잔뜩 긴장되어 하루가 어떻게 지나갔는지도 모르게 지나갔다. 밤이 되니 중고참이 불렀다. 그의 굳은 얼굴을 보니 단단히 마음먹고 있는 듯이 보였다. 드디어 그 명단에 적혀 있던 기수들을 외워 보라는 명령(?)이 떨어졌다. 올 것이 왔다는 생각으로 최고참부터 외우기 시작하니 체크하던 그 고참이 맞다는 표시로 그때그때마다 장단을 맞추듯 고개를 끄덕였다. 그것을 보니 설사 다 못 외운다 해도 잘하면 아무 일 없이 지나갈 수도 있을 것 같다는 생각도 스쳤다.

간신히 외워 두었던 50여 명을 읊고 나니 밑천이 다 떨어졌고, 멈칫멈칫 꾸물대다 "잊었습니다."라고 하자, 그때를 기다렸다는 듯이 "이 새끼 봐라, 분명히 다 외우고 오라는 소리를 들었을 텐데. 뺄로 들었다 그거지. 까져 가지고. 그래, 나도 그랬어! 맞으면 된다는 걸 가르쳐 주지."라는 말이 떨어지기가 무섭게 무릎에 발길이 날아들었다. 눈에서 불이 번쩍했다. 아픈 척하고 있던 나에게 '똑바로 서'라는 말이 떨어졌고, 자세를 흐뜨릴 수 없게 만든 그가 계속해서 주먹세례를 퍼부었다. 불문곡직하고 얼굴부터 가슴 배 무릎까지 가리지 않고 한참을 때리던 그가 이윽고 구타를 멈춘 뒤 하는 말 "내일부터는 한 사람 모르면 한 대씩 맞는다. 알았지?" 난 별수 없이 그 자리를 모면하기 위해 "넵"라며 큰소리로 대답은 했지만 걱정이 앞섰다. 내 머리로는 그 많은 걸 다 외울 수 없을 것 같았기 때문이다. 하지만 못 외우면 한 사람당 한 대씩 때린다고 하지 않는가.

그다음 날은 정신없이 외우는 것에만 집중했다. 메모지에 '커닝 페이퍼'처럼 깨알만한 글씨로 쓴 명단을 전투복 주머니에 넣고 다니며, 걸을 때나 밥 먹을 때나 화장실 가서나 또 잠자다가도 몰래 일어나 화장실 문을 잠근 채 소리 없이 하나라도 더 외워야 했다. 그러나 어찌 하루 이틀 만에 다 외울 수 있었겠는가. 기억력도 없던 내가!

그렇게 저녁만 되면 그 고참으로부터 으레 질문이 이어졌고, 그러는 과정에서 순서가 틀리거나 건너뛰는 부분들을 귀신같이 알아내 약속(?)한 대로 여기저기 골라가며 발길과 주먹을 날렸다. 지옥 같은 시간이 일주일쯤 지나고 나니 대대원 120여 명과 직속 상관(대대장 부대장 작전사령관 참모총장) 등을 다 외울 수 있었다.

끝까지 다 외우는 것을 체크한 그가 의미심장한 말을 던지듯 한마디 했다. "거봐! 맞으면 된다는 걸 알았지. 아무리 멍청해도 맞으면 돼. 군대란 그런 곳이야. 너도 언젠가는 그렇게 할 때가 있을 거야."라는 말을 던지고 돌아섰다. 한마디로 군기는 구타가 약이라는 말처럼 들렸다. 그것을 체험하면서 나 스스로도 놀라지 않을 수 없었다. 죽어도 못 외울 것 같았던 그 많은 기수를 짧은 시간(내 깐에는 아주 짧은 시간이었다)에 다 외울 수 있었다니! 그것이 구타의 효과임을 직접 체험했던 순간이었다.

하지만 난 그것을 알았으면서도 고참이 되었을 때 폭력을 쓰지 않았다. 왜냐하면 폭력으로 인해 한 사람이라도 정신을 피폐하게 만들어서는 안 된다는 생각에서였다. 폭력으로 얻어지는 가치가 전우애에 도움이 될 수 없다는 생각도 들었다. 구타 대신 이해와 진정으로 문제를 풀어 가야 한다고 판단했다. 구타를 통하면 짧은 시간에 효과를 얻을 수 있을지는 몰라도, 더 큰 서로 간의 신뢰를 잃을 수 있음을 알았기 때문이다. 초년병 때 당했던 그 같은 구타만이 아니라 군 생활 전체에서 펼쳐지는 모든 폭력은 두고두고 앙금이 되어 상하 간의 전우애를 갉아먹고 만다는 것을 나는 느꼈다. 구타는 어떤 구실로도 미화할 수 없는, 인격에 대한 모독이요 모멸일 뿐이라고 생각했다.

그렇게 시작된 나의 군대 생활은 이런저런 이유들로 인해 구타와 기합이 늘 함께하게 되었고, 중고참이 될 때까지 이어졌다. 특히 나의 자세가 남다르게 거슬려 보여서 그랬는지, 말투가 공손치 못해서 그랬는지는 몰라도 난 유별나게 집합과 구타의 구실을 만들어 내는 사람이었다.

점호가 끝나고 취침나팔 소리가 울리기 전이 집합시키기에 적합한 때였다. 그런 바람에 밤만 되면 고참으로부터 집합 소리가 없었는지 주변의 동기들에게 묻곤 했다. 다행히 집합 없이 지나가는 날도 있었지만 수시로 집합시켜 각목이 춤을 추곤 했다. 그런데 나 때문에 집합되어 얻어맞던 동기들이나 졸병들이 나를 원망하지는 않았다. 왜냐하면 내가 일으킨 문제들이 대부분 자기들도 느끼는 불만이었기 때문이다.

다만 자기들이 나서지 못했던 것들을 내가 대신 나서서 시정을 요구했기에 타깃이 되어 생긴 문제였다. 구타 전에는 언제나 일장 훈계(?)가 있기 마련이다. "군대가 사회인 줄 알아! 이 새끼들이 발랑 까져 가지고 그따위 소리나 하고."라는 게 구타의 구실일 경우가 많았다. 학창 시절 가졌던 사소한 심리전과도 같았다.

구타는 주로 야산에서 이뤄졌다. 각목이 준비되어 있지 않았을 때는 참나무 가지 꺾는 소리가 들렸고, 이어서 억억 소리가 허공에 흩날렸다. 그럴 때마다 원산폭격의 자세를 취하며 맞을 순서를 기다리던 나의 입에서는 "언제 이놈의 군대 생활이 끝나냐"라는 탄식과 함께 긴 한숨이 땅속을 파고들었다. 그때 집합의 이유가 '십중팔구'는 나로 인한 것이었으니, 내가 숨죽이고 가만히만 있었더라면 문제가 적었을 텐데라는 생각도 해 본다.

집합 때마다 나는 그 원인들이 그럴 만한 문제라고 생각하지 않았다. 가령 고참의 말이 말 같지 않았을 때는 대꾸를 안 한다든지, 나름 열심히 군기를 잡겠다고 열 올리고 있는데 겁먹은 시능을 하지 않았다든지, 자기가 해야 할 일들을 졸병에게 시키는 것에 대해 이의를 제기했던 문제였기 때문이다. 한마디로 고참의 비위를 맞춰주지 않아서 생긴 일들이었다. 나는 고참이 되어 그만한 문제에는 말도 꺼내지 않았고, 내가 해야 할 일들은 절대로 졸병들에게 시키지 않았다. 오히려 하찮은 문제로 곱창 부리는 중고참들이 보이면 되레 내가 그들에게 잔소리를 했다.

처음 신병이 들어오면 구타나 기합에 앞서 숙지해야 할 알림과 외울 시간을 주었다. 그럴 수 있었던 것은 신병 누구라도 말귀를 못 알아듣거나 시키는 걸 거역하지 않았기 때문이다.

일 잘하는 소를 이유도 없이 때리는 건 정신 이상자일 뿐이라고 생각했다. 무엇보다도 조그마한 문제로 서로의 얼굴을 바라보며 구타를 한다는 게 왠지 인간적인 모욕처럼 느껴졌다. 아무리 군대라는 특수한 환경일지라도… 반려견인 강아지가 흙이 좀 묻었다고 꼬리치며 다가오는 데 발로 차는 느낌이랄까! 내가 제대한 후 10여 년이 지났을 쯤부터는 구타가 사라지기 시작했고, 현재는 우리의 병영생활도 구타 없는 군대가 되었다는 소식을 들었다.

개구멍과
앵두의 유혹

 새마을 운동은 1970년 박정희 대통령의 제창(提唱)으로 시작
되었다.

 중공업을 발전시키기 위해 기초를 닦아가던 때와 보조를 맞춰
국가의 전면적인 쇄신에 나선 것이다. 새마을 운동은 직접적인 생
산력 증가가 아니라 '환경정화 사업'이라 말할 수 있었다. 도시에
서는 하천의 정비나 복개 그리고 도로의 확장과 보수가 이뤄졌고,
농촌에서는 울타리를 없애고 브로크 벽으로 교체하거나 초가지붕
을 슬레이트 지붕으로 개량하고, 좁고 굽은 신작로 길을 넓고 곧게
만들고 콘크리트나 아스팔트로 포장했다.

 제3공화국은 군부 독재라는 비난을 받았지만 '새마을 운동'이
라는 탁월한 선택과 결행으로 한국을 빠르게 탈바꿈시켜 나갔다.

 난 전라도 함평군과 맞닿아 있는 나주시 문평면이라는 작은 고

을에서 태어났다. 강원도처럼 높은 산은 없었으나 앞뒤로 산들이 겹겹이 둘러쳐진 작은 마을이었다. 나주라 하면 보통 넓은 평야만 생각하겠지만 내가 살던 고향은, 산 사이를 개간해 만든 작은 논들과 밭밖에 없는 시골의 농촌이었다. 새마을 운동이 한창이던 그때에도 내가 살던 곳에는 전기가 들어오지 않아 호롱불과 등잔불 아래서 생활했다.

저녁이 가까워지면 집집마다의 굴뚝에서는 연기가 피어오르고, 아직 돌아오지 않은 닭이나 오리를 찾아다니곤 했다. 마을의 골목길은 어린아이들의 놀이터였고 뒷동산은 갈퀴나무를 하기 위해 갈퀴로 거듭 긁어대는 바람에 반질반질했다. 이웃집과의 경계는 볏짚이나 수숫대로 엉성하게 엮어 만든 울타리로 되어 있었다. 그처럼 만든 울타리는 쉽게 구멍이 뚫려 집집마다 키우던 개나 오리, 닭이 서로 왕래했기에 양쪽 집에 혼선을 줄 때도 있었다. 우리 집 닭인지 옆집 닭인지 몰라 이웃 간에 약간의 설전이 벌어지는 경우도 있었다.

그 이유는 개구멍 때문이었다. 그곳을 통해 양쪽에서 키우던 가축들이 오고 가는 바람에 일어난 일이다. 그 개구멍은 여러 이유로 뚫렸지만 특히, 개들로 인해 생기는 경우가 많았다. 우리 집에서 키우던 개가 이웃집 개와 눈이라도 맞는 날이면 개구멍이 뚫렸던 것이다. 그런데 그곳으로 개나 가축만 다닌 게 아니라 어렸던 우리들까지 기어 다니다 보니 울타리 구멍은 더욱 커져만 갔다. 사실 베이비부머인 내 나이 또래는 친구들이 많아 옆집 옆집들이 다 친구들의 집이었기에 개구멍을 우리가 뚫어 놓고는 개의 탓으로 돌리는 경우도 있었다. 어린이를 향해 '개구쟁이'란 말을 하는 이유가 그래서 나온 말이 아니었나 싶다.

개구쟁이가 많던 그 시절에는 어느 집이나 맛있는 과실(果實)들이 제대로 익어 가는 걸 볼 수가 없을 지경이었다. 단맛이 들기 시작한 단감이나 앵두가 밤만 되면 야금야금 사라지기 일쑤였다. 배가 고팠던 시절이라 무슨 과실이라도 개구쟁이들의 손을 피할 수 없었다.

지금도 기억나는 에피소드가 있다. 몇 집 건너 이웃집 뒤꼍에는 앵두나무가 있었다. 그 집 앵두는 유난히 크고 맛도 좋아 개구쟁이들을 안달 나게 만들었다. 봄이 되면 앵두나무에 꽃이 피고 그 사이에 맺힌 앵두가 커져 가는 걸 보는 것만으로도 기쁨이 밀려왔다. 가지마다 매달린 앵두가 푸른 기를 막 벗어나 살색을 띠면 입에서는 이미 군침이 돌았다. 얼마 후 앵두에 붉은 기가 돌기 시작하면 그새를 참지 못하고 개구멍을 뚫었다. 밤이 되면 달빛에 의지해 살금살금 기어 들어가 잘 익은 것들만을 골라 몇 개씩 따먹기 시작했다. 그런 뒤 개구멍을 빠져나와 뚫었던 개구멍을 대강 원위치 시켜 놓는 걸 잊지 않았다. 그 같은 재미를 나 혼자만 독차지할 리가 없었다. 알고 보니 친구들도 그곳에 눈독을 들이고 이미 들락거리고 있었다. 시간이 지나 완숙된 앵두는 빛깔부터가 배고프고 식욕이 왕성했던 우리들에게는 참을 수 없는 유혹이었다.

어느 땐가는 대여섯 명의 친구들과 함께 앵두를 서리하게 되었다. 숫자가 많다 보니 소란스러웠고 그 바람에 주무시던 할머니가 깨어나고 말았다. 대뜸 "누구냐! 뉘 집 아들들인지 다 안다 이놈들" 하시며 호롱불을 켜들고 뒤꼍 문을 여는 모습을 본 우리들이 한꺼번에 개구멍으로 몰려드는 바람에 개구멍이 아니라 황소 구멍이 되고 말았다. 뉘 집 자식들인지 모르지는 않았겠지만 다음 날 그 일로 부모님께 매를 맞지는 않았다. 그런데 문제가 발생했다. 하루가 지난 뒷날 그곳을 가다 보니 튼튼한 울타리로 개조되어 있었다. 바짝 마른 탱자 가시나무로 울타리를 두껍게 만들어 버린 것이다. 그 후부터는 무르익을 대로 익어 툭 터질 것 같은 빨간 앵두를 쳐다만 보고 다녀야 했다.

그러다 새마을 운동으로 울타리가 헐리고 높은 브로크 담으로 변한 뒤에는 앵두나무조차도 보이지 않게 되었다. 나이가 들어 철이 들면서부터는 차차 잊고 살았지만, 스무 살쯤에 다시 앵두보다 더 황홀한 앵두를 보게 될 줄이야!

어느 날 먼 마을의 친구 집에 놀러 갈 기회가 있었다. 어슴푸레한 저녁 무렵 맥주와 안주를 사오던 친구가 한 여자 동창과 함께 들어왔다. 인사 소개가 끝나고 술잔이 오고 가면서 스치듯 보이던 그 여자 동창의 입술이 꼭 앵두같이 보이는 것이었다. 아니! 무르익을 대로 익은 탱탱한 앵두보다도 더 황홀한 그 입술. 립스틱도 바르지 않은 것 같았지만 어쩌면 그토록 앵두 같았던지 40년이 지난 지금도 잊히지가 않는다. 어쩌면 어렸을 때 느꼈던 앵두에 대한 강한 흥분이 잠재의식 안에 깊이 잠복해 있다가 화산처럼 솟구쳐

올랐던 게 아니었을까. 그토록 예쁜 입술은 그때가 처음이자 마지막이었다.

지금은 60대 중반이 되었을 그녀지만 입술만은 지금도 앵두 같지 않을까 상상해 본다. 한 번쯤 만나 봤으면 하는 마음을 지울 수가 없다. 그 같은 마음은 아마도 잠재의식을 넘어 말초신경까지 건드렸던 그날의 추억이 너무도 강하게 남아 있었기 때문이 아닐까!

그래서 난 가수 최헌의 '앵두'라는 노래를 좋아했다. 지금도 아파트 곳곳에는 앵두나무들이 봄만 되면 잎새를 내밀고 그 사이마다 부끄러운 듯 살며시 열매를 맺는다. 성장도 빨라 며칠 못 본 사이에 금세 붉어지고 탐스럽게 익어 가는 걸 보았다. 그중 추억 속에 남아 있는 입술 같은 앵두를 하나씩 따 입에 넣어 본다.

좋은 글이란

시인은 좋은 시를 쓰고 싶고, 작가는 멋진 시나리오나 에세이를 쓰고 싶어 한다. 하지만 좋은 글을 쓰기가 쉽지 않다. 글을 좀 쓰려하면 누가 말리지도 않는데 좋은 생각도 떠오르지 않고, 어떻게 시작해야 할지도 막막하다. 아니! 떠오르는 것이 있기는 한데 그것들을 글로 써내기가 어렵다.

글자들을 모아 낱말을 만들고, 그 낱말들을 엮어 이야기가 되게 만들면 되는데 그것이 쉬운 게 아니다. 이를테면 금광을 찾기도 어렵지만 찾았다 해도 금덩이로 만들어 내기까지가 어렵듯이, 글의 소재를 찾았다 해도 쓰고자 하는 주제에 합당한 글을 써내기가 여간 어려운 게 아니다. 선정한 주제에 맞게 생각하고 유추하여 방향을 잡고 작문을 해 간다는 게 금맥을 찾아 금덩이를 만들어 내기만큼이나 어렵다.

작문을 하는 데는 많은 노력이 뒤따른다. 먼저 많은 책을 보고, 많이 생각하고, 많이 써보는 것을 해야 한다. 그것을 삼다(다독 다색 다작)라고 한다. 천 년 전 옛 송나라의 정치가요 문인이었던 구양수라는 사람이 그 같은 말을 했는데, 지금도 그 말이 유효하게 느껴지는 것은 그만큼 중요하기 때문이다. 천재적인 글쟁이로 타고난 사람 외에는 그 방법이 지금도 통한다.

말(馬)이 달리는데 타고난 동물이지만, 조그만 조랑말로 태어난다면 그 역할을 제대로 할 수 없듯이, 글쓰기도 삼다만 많이 한다고 해서 잘 쓸 수 있는 건 아니다. 글은 침착성과 집중력이 있어야 하고, 사물이나 사건을 관찰하고 분석해 기록하는 것을 즐겨 하는 습관에서 시작된다고 볼 수 있다.

글쓰기에 타고난 재능을 가졌더라도 처음부터 잘 쓸 수는 없다. 아이가 처음부터 잘 걸을 수 없듯이 글을 쓰는 것도 마찬가지다. '구슬이 서 말이라도 꿰어야 보배'라는 속담처럼, 글도 낱말들을 합성해 문구와 문장을 만들고 주제에 맞게 적절히 엮어내야 한다. 요리사가 요리를 하기 위해 다양한 재료와 비법으로 맛있는 음식을 만드는 것과 같다. 하지만 그와 같은 준비가 다 되어 있다 해도 습작을 게을리 한다면 결코 좋은 글을 쓸 수가 없다.

글이란 개개인의 직접적인 경험을 통해 그 자료를 얻는다 하겠지만, 창의적인 상상력만 있다면 다색만으로도 얼마든지 좋은 글을 쓸 수가 있다. 어떤 경우의 사건들을 만들어 추리소설 같은 글을 창작할 수 있다는 뜻이다. 세상에 나온 훌륭한 글들이 꼭 본인들의 직접적인 경험이나 삶을 통해서만 나오는 것은 아니다.

글은 보는 이에게 공감과 기쁨을 준다면 좋은 글이라 말할 수 있다. 실패하여 절망에 빠진 사람에게 힘과 용기를 줄 수 있거나 불손하고 불의한 사람에게 개선의 의지를 갖게 할 수 있다면 더욱 좋은 글이다.

사람들은 삶의 활력을 얻기 위해 갖가지 취미생활을 한다. 골프나 등산 낚시가 외적인 휴식이라면, 좋은 글쓰기는 내적으로 이뤄지는 휴식이다. 한마디로 좋은 글쓰기는 자부심과 보람을 느끼게 함으로써 꿈과 희망을 갖게 한다. 그것이 소설이나 시일 수도 있고, 수필이나 에세이일 수도 있다.

좋은 글이란 쉽게 읽히고 이해되어 지친 심신을 안정되게 해주고, 개개인의 꿈과 희망에 에너지를 줄 수 있는 '메시지가 담긴 글'이 아닐까 생각한다.

제 2 부

삶의 진자리

Toward the Nobel Prize in
        Literature Candidates

노벨문학상
후보를 향해

나이 든 사람들은 흔히 '세월 참 빠르네'라는 말을 하곤 한다.

50대까지는 그 말을 실감할 수 없었지만, 60대가 되고 보니 이제는 이해가 된다. 되돌아보면, 지나간 세월이 어떻게 지나갔는지 기억도 잘 나지 않는다. 가족을 부양하기 위해 뒤를 돌아볼 겨를도 없이 앞만 보며 뛰었기에 세월 가는 것도 잊고 살았다. 이제 60대가 되어 퇴직을 하니 옆도 보고 뒤도 보며 과거를 회상해 볼 겨를이 생겼다.

한때는 '세월아 빨리 가거라'를 간절히 바라던 때도 있었다. 남자들에게는 군대 생활이 그랬고, 여성들은 결혼하기 전의 회사생활이 그랬다. 20대 초까지는 고삐 없는 망아지처럼 자유롭게 지내다가 갑자기 힘들고 부자유한 군대 생활을 맞이하게 된 남자들은 새장에 갇힌 새와 같았고, 공단에 취업했던 여성들은 목줄 없던 강아지에게 목줄이 채워진 꼴이었다. 그런 상황에 놓였던 청춘 남녀들은 어떻게든 그 같은 시간이 빨리 가기만을 바랐던 것이다. 그때는 시간의 흐름이 왜 그렇게도 느리게 느껴졌는지 1년이 10년 같았다.

이제는 어렸을 때 보았던 60대 이상의 어른들은 다 세상을 떠났고, 젊었던 삼촌이나 고모들이 90대의 고령이 되어 병원에 의지하는 처지가 되었다. 어느덧 나도 그때 보았던 어른들의 위치에 다다르고 보니 가끔씩 마음이 울적해져 오곤 한다. 지나간 30년이 한순간에 훌쩍 지나갔듯이, 나에게 남은 앞으로의 30년도 순식간에 지나가 90고개를 넘어설 것이라는 생각이 스쳐 가기 때문이다.

정년을 마치고 퇴직한 60대 중반을 넘긴 사람들은 시간의 여유가 있기에 더욱 그런 분위기에 젖을 때가 많아진다. 거기에 더하여 몸은 이곳저곳이 삐거덕거린다. 허리나 무릎은 오래된 자동차의 부속품처럼 부실해져 가고, 내부기관 또한 여러 곳이 이상신호를 보내니 입에서는 시시때때로 한숨만 새어 나온다.

50대까지는 느끼지 못했던 아니, 느낄 겨를이 없었던 그 같은 현실들이 60대에 접어들어 퇴직한 후부터는 스멀스멀 찾아오는 것 같다. 그러나 그런 현실이 인간의 운명인 것을 어찌하겠는가. 견뎌 낼 수밖에. 하지만 세월의 흐름으로 발생되는 이런 상황들을 어떻게 받아들여야 할지 주춤거려진다. 세월을 이길 장사는 없다는데….

지금 이 순간도 세월은 아무 말 없이 과거 속으로 흘러만 가는

데, 한순간도 붙잡을 수 없는 인간의 입장이라고 해서 그저 넋 놓고 한숨만 쉬고 있을 수는 없지 않겠는가. 그래서 얻은 결론은 이처럼 글 쓰는 취미라도 가져보는 것이 좋은 대안이 아닐까 싶다. 정년퇴직까지 한 60대 중반의 인생은 이제 사용기간이 다 되어가는 기계와 같아서, 언제 어떻게 될지 모른다. 그래서 얼마 남지 않은 시간일지라도 글을 써보면 좋겠다는 생각이다. 그러다 보면 마음도 달래고 흔적도 남길 수 있어서 보람도 얻을 수 있지 않겠는가. 유언장에 재산만 남기며 허무함만 느끼지 말고, 한 권의 책을 통해 뜻 깊은 의지와 바람까지 후손들에게 남길 수 있다면 얼마나 좋겠는가. 남은 많은 시간들을 취미 활동하면서 보내는 것도 좋겠지만, 글쓰기에 흥미를 갖고 정성을 다한다면 더욱 유익한 노후가 되리라 믿는다.

훌륭한 글은 못 쓰더라도 마냥 세월의 무상함만 탓하고 있어서는 안 된다는 뜻이다. 꾸준히 쓰다 보면 누가 아는가. 혹! '노벨문학상 후보'에라도 오르게 될지….

우정

어느 날 세 친구들은 등산을 가기로 약속했다.

그들은 삼국지의 유비, 관우, 장비처럼 변함없는 친구가 되자고 다짐하며 지내던 사이였다. 그중 부잣집 아들인 한 친구는 늘 맛있는 음식을 사주었고, 그것을 매개로 더욱 친하게 지냈다. 그들은 죽어도 같이 죽고, 살아도 같이 살자며 변치 않을 것을 거듭거듭 다짐하던 친구였다. 세월이 갈수록 세 친구의 우정은 깊어만 갔다. 어느 날 모처럼 일상을 벗어나 체력도 쌓고 좋은 추억을 만들기 위해 등산을 약속했던 것이다.

드디어 약속한 날이 다가와 2박3일간의 음식과 장비들을 챙겨 출발했다. 그들은 설렘과 즐거움에 힘든 것도 잊은 채 높은 산을 힘차게 오르기 시작했고, 일정대로 이틀 만에 정상에 올랐다. 초겨울이라 등산하기에 적합한 시기였고 늦은 가을 단풍잎들이 노래라도 하는 듯 세차게 흔들리고 있었다.

정상에 올라 산야를 굽어보며 경치도 눈에 담고, 그동안 못다 한 이야기꽃을 피우며 즐거운 시간을 보냈다. 이윽고 어둠과 함께 찾아온 피곤함으로 깊은 잠에 빠져들었다. 느지막이 눈을 뜬 그들 앞에는 하얀 눈이 무릎을 넘길 만큼 쌓여 있었다. 그 같은 상황을 처음 접한 그들은 어떻게 눈길을 헤치고 하산해야 할지에 대해 아는 바가 없었다. 그저 올라왔던 방향을 향해 무작정 내려가야 한다는 의식밖에. 그렇게 판단한 셋은 왔던 방향을 향해 하산하기 시작했다.

많은 눈으로 길도 알 수 없는 험한 산을 내려가기란 쉬운 일이 아니었다. 수없이 미끄러지며 더듬더듬 산길을 하산하다 보니 손발은 동상에 걸린 듯 감각이 없었고, 넘어져서 찢긴 상처들로 몸은 만신창이가 되어 버렸다. 그래도 혼자가 아니라 형제 같은 친구들과 함께 했기에 서로를 의지하며 견딜 수 있었다.

천신만고 끝에 마을이 보이는 곳까지 내려오는 데 이틀이나 걸렸으니 음식을 먹지 못한 날도 벌써 이틀이나 지난 상태였다. 배고픔에 먹을 것만 눈에 선했지만 드디어 민가가 보이기 시작하자 힘이 솟기 시작했다.

서로 먹는 얘기만 하면서 숲을 막 벗어나려 할 때 저만치서 한 노인이 오라는 듯 손짓을 하고 있었다. 그 노인은 자그마한 바구니를 들고 있었고 그 안에는 세 개의 사과가 담겨 있었다. 그중에 하나는 크고 좋은 것, 또 하나는 작고 볼품없는 것, 그리고 나머지 하나는 썩은 듯이 보였다. 그것을 본 그들이 달려들어 크고 좋은 사과를 집으려 할 때 그 노인이 비켜서며 "이 사과를 먹을 수 있는 선택권을 주겠다. 저 나무 밑에 가 있을 테니 먼저 온 사람부터 원하는 걸 먹어도 좋다"라는 말씀이었다.

출발선에 선 그들은 신호가 떨어지기만을 뚫어져라 쳐다보며 씩씩대고 있었다. 이틀이나 굶었으니 그들의 마음은 오직 크고 좋은 것을 먹겠다는 일념뿐이었다. 드디어 신호가 떨어졌고 그들 셋은 뒤질세라 서둘러 출발했다.

죽어도 같이 죽고, 살아도 같이 살자던 그들이었지만 배고픔 앞에 선 친구들은 맹세했던 사실을 까맣게 잊고 있었다. 서로가 크고 좋은 걸 먹겠다는 생각에 사로잡혀 그동안의 우정은 생각할 틈도 없었다. 이윽고 잘 먹고 지내던 부잣집 아들이 맨 앞을 가기 시작했고, 가난하게 살았던 친구가 마지막을 달리고 있었다. 변수가 없는 한 결과는 이미 나와 있는 듯 보였다.

그런데 그때 마지막을 달리고 있던 친구가 앞서 가던 친구의 팔을 낚아채 밀쳐내고, 곧이어 맨 앞서 가던 친구의 발을 걸어 넘어뜨린 뒤 선두로 나섰다.

한 친구의 돌발적인 행위로 기회를 놓치게 된 두 친구 중 부잣집 친구가 분한 듯이 중얼거렸다. "그동안 내가 저를 얼마나 생각해 줬는데 내 발을 걸어 넘어뜨리고, 제일 좋은 걸 먹겠다고 저토록 욕심을 내! 저런 놈인 줄도 모르고 내가 미쳤지. 이젠 맹물도 없다." 포기를 한 두 친구가 갖은 욕과 홍을 보며 도착했을 때, 먼저

간 친구가 들고 있던 사과는 셋 중에 가장 작고 썩은 사과였다. 그것을 바라보던 두 친구는 우두커니 선 채로 멍하게 한참을 확인하고서야 그 친구를 끌어안고 감동의 눈물을 흘리기 시작했다.

그가 자기들의 팔을 낚아채고 발을 걸었던 사실이 무엇 때문이었는지를 그제야 알았기 때문이다. 가난 속에서 많은 어려움을 겪으며 살았던 그 친구의 지혜와 용기가 없었다면 그들의 관계는 어떻게 되었겠는가?

세배와
세뱃돈

설 전에 기대되는 가장 큰 기쁨은 어머니가 사다 주신 새 옷과 새 신발을 신고 세배를 다니는 것이었다. 옛 부모님들은 설이 가까워지면 형편이 어렵더라도 자녀들의 옷과 신발을 선물처럼 구입했다. 새로운 한 해가 시작되는 첫날 자식들의 기분도 좋게 하고 새로운 마음으로 새 출발하라는 뜻이 담겨 있었으리라.

설이 가까워지면 그렇게 사다놓은 새것들을 신고 또 입어 보며 한껏 기대에 부풀었다. 그래봐야 검정 고무신과 새까만 무명옷이었지만! 지금도 설날 아침만 되면 어렸을 때의 기억이 떠올라 기분이 상큼해진다.

동녘이 어슴푸레 밝아오면 부스스한 눈으로 일어나 설레는 마음으로 몸치장을 시작한다. 마을에는 두레박으로 길었던 공동우물이 있었고 그곳은 집에서 그리 멀지 않았다. 한겨울 추운 때라 해도, 함께 쓰던 그 우물은 꽤나 깊었기에 얼음이 두껍게 얼지는 않았다. 하지만 물을 쓰고 버린 샘 바닥은 얼음으로 뒤덮여 있어서 조심하지 않으면 엉덩방아를 찧기 일쑤였다. 조심조심 그러나 빨리 씻고 세배하러 가려는 마음으로 바쁘게 움직였다.

그토록 바쁘게 서둘렀던 이유가 있었다. 자칫 잘못해 세배가 늦어지면 세뱃돈이 떨어져 받을 수가 없었기 때문이다. 그것을 알고 있었기에 누가 깨우거나 시키지 않았는데도 스스로 일찍 일어나 고양이 세수를 끝낸 뒤 부랴부랴 세배에 나섰던 것이다.

나의 고향인 전라도는 겨울만 되면 다른 지역에 비해 눈이 많이 내렸다. 그래서 설만 되면 으레 하얀 눈이 수북하게 쌓이곤 했다. 세면이 끝나면 어머니께서 사다 주신 새 옷과 신발로 단장을 마친 뒤 아침을 준비하는 어머니를 뒤로한 채 세뱃돈을 놓치지 않으려는 욕심으로 부랴부랴 길을 나섰다. 어쩌다 늦으면 세뱃돈은 떨어지고 시시콜콜한 훈교만 듣다가 시간만 축내고 일어서야 했기 때문이다.

가까이 사시던 친척 어른들을 빙 둘러 세배를 마치고 나면 주머니에서는 짤랑짤랑 동전 부딪히는 소리가 요란했다. 같은 나이 또래의 친구를 만나면 누가 더 많이 받았는지 비교하며 즐거워했다. 그래봐야 10원짜리 동전 십여 개뿐이었지만! 그것으로 그동안 먹고 싶었던 껌부터 샀던 기억이 난다. 내기 어렸을 때는 껌 하나 생기면 며칠씩 씹곤 했다. 밤이면 벽에다 붙여 놨다 아침이면 다시 씹을 만큼 껌도 귀했다. 그만큼 어려웠고 용돈도 없었다. 어린아이 때부터 그 같은 어려운 과정을 거치면서 인사와 돈의 귀중함을 인식할 수 있었던 것 같다.

세배를 통해 얼굴을 익히고 난 뒤부터는 인사가 자연스럽게 될 수 있었기에 새해 세배는 꼭 필요한 것이었다고 느껴진다. 또한 어린아이들에게 세뱃돈을 주지 않고 세배를 하게 하려 했다면 부모들은 회초리를 들어야 했을지 모른다. 그러나 세뱃돈을 받을 수 있다는 기대 때문에 부모가 시키지 않아도 설날만 되면 자발적으로 일어나 친척 어른들을 찾아다녔다. 그때 쓰인 세뱃돈은 인사성을 기를 수 있는 효과를 가져다주었다.

만일 세뱃돈이 없었더라면 철없던 아이들이 새벽같이 일어나 눈길을 헤치고 세배하러 다녔겠는가! 우리나라가 1970년 이전만 해도 세끼 밥이라도 제대로 먹고 사는 걸 다행으로 생각하던 시절이라 용돈이 있을 리 만무했다. 물론 도시에 살거나 공무원 집안의 자녀들은 그렇지 않았겠지만, 내가 살던 곳은 농촌이었기에 대부분이 어렵게 살았다. 그렇게 받은 세뱃돈은 오랫동안 용돈으로 쓸 수 있었기에 세배를 부지런히 다녔던 것이다.

새해 인사에 왜 세뱃돈이라는 게 얹혀졌는지 그 유래는 알 길이 없으나, 그 이유 중 하나는 위에서 언급한 '용돈'의 위력이 아니었나 싶다. 세뱃돈을 처음 착상한 사람은 아마도 그것으로 인해 어린 동심을 움직이게 하고 인사성을 길들이자는 생각에서였지 않았을까 싶다. 그렇게 할 수 있었던 것도 그 시대가 궁핍한 상황이었기에 가능했으리라. 지금처럼 경제가 좋아져 풍족했더라면 어린아이들이 아침 일찍 일어나 얼어 있는 샘을 찾았겠는가!

　모든 상황은 환경과 처지에 맞게 전개되고 발전되는 것이 인간이나 동물들의 자연스러운 진화이지 않을까! 세배를 통해 안면을 익히고 어른에 대한 공경심과 인사성을 길들이고자 했던 것이 세배와 세뱃돈의 역할이었지 않나 싶다.

건강과 영혼

인간에게는 사고할 수 있는 '자유'가 있다.

그래서 산과 바다와 하늘을 마음껏 날며 꿈을 꾼다. 그와 같은 사고를 통해 마음을 키우고 자유를 만끽한다. 그러기 위해서는 건강해야 한다. 건강을 잃으면 모든 게 끝이다. 아무리 부자여도 건강이 좋지 않아 누워만 지내는 처지라면 어떻겠는가! 그때는 돈보다 건강이 더 소중하다는 사실을 절감한다. 아니, 재산을 다 주고라도 건강만 되찾을 수 있다면, 그 길을 택하고 싶지 않겠는가. 건강이 돈보다 앞선다는 것을 그때서야 알게 된다.

지금은 작고했지만 어느 기업의 총수가 10여 년을 병원에 누워만 보내다 세상을 떠났다. 사람들은 그것을 보면서 한마디씩 했다. "돈을 아무리 많이 가지고 있으면 뭐하냐!"고. 그러나 그런 처지가 된 것도 그의 운명인 것을 어찌하랴. 그도 그런 상황이 오리라는 것을 모르지는 않았을 것이다. 그래서 늦게나마 최선을 다하지 않았을까! 많은 돈을 가지고 있었을 뿐만 아니라 큰 병원까지 가지고 있었으니. 하지만 좀 더 일찍부터 건강관리를 하지 못한 탓에 그 같은 처지가 되고 말았으리라.

고속도로에서 자동차가 고장이 나 견인차를 기다려 본 사람은 그 심정을 안다. 아무런 이상 없이 쌩쌩 다니는 수많은 차량들이 얼마나 부러운지를. 그때서야 비로소 느끼게 된다. 미리미리 차량 점검을 해서 이런 일이 생기지 않도록 하리라고!

건강도 그와 같다. 누가 강권하지도 않는 술과 담배를 줄이거나 끊지 못하고, 좋지 않다는 식습관과 불규칙한 생활을 개선하지 못해 사단이 생겼음을. 그때부터는 다짐을 할 것이다. 건강검진도 제때에 꼭꼭 받고, 운동 또한 규칙적으로 하리라는 것을. 그러나 작심삼일로 끝나는 경우가 많다. 그동안 길들여진 습관을 바꾸기란 쉬운 게 아니다.

건강을 잃고 나면 그때서야 건강이 최고임을 안다. 불치병이 아니라면 그때라도 정성을 다하면 회복될 수도 있을지 모른다. 포기하는 것보다는 낫다. 혹 늦었다고 느낄 때가 빠른 것일 수도 있을 테니까!

젊었을 때나 건강할 때는 건강의 중요성을 모른다. 마치 항상 뜨는 해의 중요성을 모르듯이. 건강은 나이와 비례한다. 나이가 들수록 약해진다. 젊었을 때는 술이나 담배를 많이 해도 인식하지 못한다. 쉽게 나타나지 않기 때문이다. 나이가 들면 서서히 젊었을 때 부주의한 것들이 드러나기 시작한다. 그때서야 후회해 본들 무슨 소용이 있겠는가!

성경에는 "세상을 다 얻었다 해도 자기의 목숨을 잃으면 무슨 소용이 있겠느냐"라는 예수의 말이 나온다. 그만큼 중요한 것이 건강(생명)이다.

'돈을 잃으면 조금 잃은 것이요.'

'명예를 잃으면 많이 잃은 것이요.'

'건강을 잃으면 전부를 잃은 것이다.'라는 말은 건강이 인생의 전부라는 말이다. 하지만 예수께서 그토록 강조했던 목숨이란 육신의 목숨이 아니라 영적인 목숨, 즉 '영혼'의 구원을 두고 했던 말이 아니었을까!

용기

부부 싸움은 서로가 지지 않겠다는 '오기와 완력'으로부터 시작된다.

어느 한쪽에서 져 버리면 싸움은 계속되지 않는다. 져 준다고 해서 큰 손해나 상처를 입는 것도 아니다. 단지 자존심만 좀 접으면 된다. 아니! 부부간에 그까짓 자존심 운운할 문제는 아니겠지만, 그것이 사실이니 그렇게 이해할 수밖에 없지 않겠는가. 그러나 그 순간을 잘 참고 견딘 대가는 돈을 주고도 살 수 없는 것임을 알게 된다. 참고 양보한 대가가 그만큼 크다는 것을 알면서도 부부 싸움을 거듭하다 결국 헤어지고 마는 사람들도 많다.

시시때때로 도박을 통해 큰돈을 날려 버린다든지 외도 같은 문제로 돌아올 수 없는 다리를 건너지 않았다면, 서로 간의 이해와 양보로 넘어갈 수도 있다. 그러나 어떤 부부는 자그마한 문제임에도 그것을 빌미로 헤어질 방법부터 찾게 된다. 평소에 마음이 안 맞아서 못 살겠네, 생각이 달라도 너무 달라서 못 살겠네, 속 좁고 트집만 잡아서 못 살겠네라며 불만이 쌓여 있던 터에 도박이나 외박이라는 문제가 발생하면 좋은 기회가 왔다며 환영하는 사람도 있다.

그 같은 상황이 아니더라도 완력 속에서 자존심만을 내세우며 이해나 양보 없이 살아온 부부 사이에서는, 사소한 문제만 생겨도 한 치의 양보나 이해도 없이 신경전에 들어가는 경우가 있다. 또한 얄팍한 자존심이나 주도권을 쥐겠다는 오기로 그러는 경우도 있을 것이다. 그러나 사소한 신경전이 거듭되다 보면 언젠가는 곪아 터지게 된다. 그래서 져줄 줄 아는 것이나 양보하는 것 그리고 참고 용서하는 것을 '용기'라고 본다. 마음속에 용기가 없다면 할 수 없는 일이다.

자존심은 서로의 지적 수준이나 학벌 그리고 양쪽 집안간의 격차에서도 오지만, 나이의 많고 적음에서 오는 경우도 있다. 요즘 세대는 연상연하를 따지지 않는다지만 과거 아날로그 세대들은 나이가 많아야 존대를 받았던 관습 때문에 부부간에도 그런 관계가 펼쳐졌다. 그래서 으레 몇 살이라도 남자의 나이가 많게 만났다. 그런 흑역사는 지금도 진행형이다. 성별을 떠나 나이가 많은 쪽이 대접받아야 한다는 상황임은 부인하지 못한다.

조금은 변화되었지만 '나이가 벼슬'이라는 의식은 아직까지도 우리 사회에서 사라지지 않았다. 과거 남존여비와 장유유서라는 오랜 의식이 이런 결과를 낳게 했으리라 여겨진다. 그러한 현상이 현재까지도 이어지고 있으니 전통이나 관습이라는 의식이 변하기가 얼마나 어려운지 알 만하다.

그처럼 얽히고설킨 현실을 떠나 이해하고 양보할 줄 안다면 '용기'있는 사람이다. 어떤 독재나 불의에 맞서는 것만이 용기가 아니라 이처럼 대인관계나 부부간의 문제에서 인내하고 양보하는 것도 용기에서 나온다. 세상살이를 하다 보면 무시와 멸시를 참아내야 하는 경우도 있고 자존감에 상처를 받을 때도 있다. 그런 처지가 되었을 때 발끈하지 않고 참고 견디는 것도 용기가 없으면 못한다. 근기가 약하고 내공이 쌓여 있지 않으면 할 수가 없다.

무슨 일에 있어서 화부터 내는 것은 타고난 성격이 그래서 그럴 수도 있겠지만, 문제를 원만하게 풀기 위해서는 일단 참고 견디며 화를 자제해야 한다. 그것이 인격이요 인품이요 용기다.

인연

인연이란 '무엇과의 관계가 이뤄질 때'를 말한다.

일반적으로 사람들끼리의 만남을 두고 하는 말이다. 그러나 꼭 사람과의 만남만을 인연이라 할 수는 없다. 어떤 책이나 여행을 통해 무엇인가를 느끼고 깨달았다면 그것도 인연이다.

또 형제나 부자지간의 만남도 인연이다. 특히 부부간의 만남은 현생을 살아가는 데 있어서 가장 중요한 인연이다. 그래서 부부간의 인연을 천생연분이라고도 말한다. 인연은 개개인의 운명으로서 하늘에 의해 맺어지고, 관계의 여부는 당사자들의 몫이다. 좋은 관계란 개개인의 진심과 노력에 따라 달라진다. 물론 상대가 어떤 사람이냐에 의해 달라지기도 한다. 그렇지만 독한 사람을 만나도 내가 어떻게 하느냐에 따라 좋은 관계가 되기도 하고, 순한 사람을 만나도 나쁜 관계가 되기도 한다.

누군가는 예수를 만나 인생으로서의 바른 길은 물론 구원과 영생의 기쁨도 얻고, 부처를 만나 무아와 무욕을 넘어 해탈의 경지까지 오르기도 하지만, 누군가는 못된 사이비 종교를 만나 재산 다 날리고 발목까지 잡혀서 꼼짝하지 못하고 지옥 같은 삶을 살기도 한다. 인생에서 누구와 만나느냐는 것은 그만큼 중요하다.

옛말에 대운이 있는 사람은 산길을 가도 호랑이를 만나지 않지만, 운 나쁜 사람은 호랑이를 피해서 돌아가더라도 만나게 되어 가진 고기 다 뺏기고 혼까지 뺏겼다는 말도 있다. 인생은 수많은 인연에 의해 성하기도 하고 쇠하기도 한다. 내게서 향기가 난다면 벌나비가 찾아오고, 썩은 냄새가 나면 쉬파리가 찾아올 것이다.

운 좋은 사람은 좋은 사람을 만나 부자도 되고 앞길도 열리지만, 운 나쁜 사람은 사기꾼을 만나 가진 것까지 다 빼앗기고 더욱 어렵게 된다. 그렇다면 운은 무엇인가? 반은 가지고 태어나지만 반은 만들어간다.

좋은 부모를 만나 좋은 성품을 갖는 것은 하늘의 운이고, 스스로 좋은 성격을 길들이는 것은 자기가 만들어 가는 운이다. 물론 타고난 기질에 따라 성격이 다르겠지만 좋은 사람이 되고자 노력한다면 나쁜 성격을 바꿀 수도 있다. 누구나 운이 좋기를 바라지만 스스로의 노력 없이는 바뀌지 않는다. 시시때때로 밀려드는 사심과 욕심을 떨쳐내지 못한다면 변하지 않는다. 운은 이렇듯 하늘에서 오는 것만이 아니라 스스로가 만들어 가기도 한다.

사람들은 누가 운 좋은 사람인지 얼굴과 성격을 보면 느낄 수 있다. 스스로도 자기가 어떤 사람인지 대략은 안다. 그래서 가끔 그런 말도 되뇐다. '내 복에 무슨'이라고! 누구라도 가능하면 운 좋은 사람과 친해졌으면 한다. 왠지 그런 사람 곁에 있으면 좋은 일이 있을 것 같다는 생각이 들기 때문이다. 그것이 인연의 씨앗이다.

운 좋은 사람이 되기 위해서는 좋은 성품을 가져야 함을 누구나 알고 있다. 하지만 좋은 성품을 갖기가 어렵다. 마음속에서 꿈틀대는 짜증과 미움을 지울 수 없고, 불평불만 또한 참아내기도 어렵다. 그 같은 사사로움들 때문에 마음속이 어지럽고 정돈되지 못해 향기가 나지 않는다.

운 좋은 사람은 사사로운 감정들을 과감히 쳐낼 수 있는 용기 있는 사람이다. 용서와 양보와 희생이 몸에 밴 사람, 겸손과 진솔함이 느껴지는 사람이 좋은 사람이요 운 좋은 사람이다. 좋은 사람과의 만남은 좋은 성격에서 출발한다. 내 자신에게서 향기가 나지 않는다면 찾아올 나비가 없다.

인연 중에 가장 좋은 인연은 창조주와의 만남이다. 그와 맺은 인연은 미래를 향한 확실한 인연이다. 인생살이의 마무리를 향해 갈 때 가장 큰 위안이 된다. 사람끼리의 인연도 좋지만, 하나님과 좋은 인연을 맺어두는 것만큼 중요한 것은 없다. 그와의 인연 또한 내가 좋은 사람이어야 더욱 끈끈한 관계가 된다. 내 스스로가 참되거나 참되려고 노력하지 않는 사람이라면 하나님과의 인연 또한 진정한 인연이 되지 못한다. 독한 냄새를 풍기면 가까이 받아줄 리 없기 때문이다.

절제

사람들은 가끔 무서운 꿈을 꾸다 소스라치게 놀라며 잠에서 깨어난다.

그리고 꿈이었음을 알고 안도의 숨을 내쉰다. 그와는 반대로 현실에서의 크나큰 불행에 대해 꿈이었으면 하는 마음을 가져보기도 한다. 하지만 무슨 소용이 있겠는가!

제발 꿈이기를 바라지만 현실임을 또다시 확인하고는 절망에 빠진다. 그런 상황으로 고통과 번뇌에 시달리다 보면 정상적인 마음을 유지할 수가 없다. 과거 신중하지 못했던 탓에 이미 엎질러진 물이 되었는데 어떻게 주워 담을 수 있겠는가. 두더지처럼 언제까지나 숨어서만 살 수도 없고, 이미를 가듣지 아니면 스스로 어떤 큰 결단을 내려야 한다는 결론 앞에서 얼마나 망설여지고 고통스럽겠는가!

미투 운동으로 과거 경솔했던 행동의 대가를 뒤늦게 치러야 하는 소수의 유명 인사들은, 치부가 드러난 사실들을 꿈이었으면 하는 마음이지만 꿈이 아님을 체감하고 눈앞이 얼마나 캄캄하겠는가. 되돌릴 수 없는 자기의 현실이 너무도 비극스러워 어디론가 사라져 버리고 싶으리라! 이제는 엎질러진 물이 되어 후회해도 소용없고 어떤 해결의 길도 없음에 뼈아픈 통한에 빠진다.

시간이 간다고 해결될 문제가 아니기에 그에 대한 도피처는 오직 한길뿐임을 알지만 그것도 쉬운 일이 아니다. 전 재산을 다 털어서라도 입막음을 했던 사람들처럼 하지 못한 것을 뒤늦게 후회해 본들, 그것 또한 무슨 소용이 있겠는가. 한번 실수로 '패가망신'한다는 옛말만이 귓가를 맴돌 뿐이다.

그동안 쌓아올린 공든 탑이 한꺼번에 와르르 무너지는 것을 보면서, 인생 허망함을 절실히 체감할 뿐이다. 평소에 '참는 자에게 복이 있다'라는 말을 얼마나 듣고 살았던가. 왜 내가 그것을 깨닫지 못했단 말인가!

또 신중하지 못했던 이혼, 화를 참지 못해 저지른 폭력, 기분이 나빠 내뱉었던 말 한마디로 절교했던 애인이나 친구들. 사람이 삶을 살아가는 데 있어서 열심히 사는 것 못지않게 중요한 것이 '절제(節制)'가 아닌가 싶다.

한때 전개되었던 미투 사건은 우리 국민들에게 절제에 대해 참으로 좋은 교훈을 심어 주었다. 당사자들에게는 그 대가가 너무나 컸지만, 감정을 억누르지 못하면 어떤 대가가 뒤따른다는 것을 절실히 깨닫게 해주었다.

그것도 적폐청산의 한 일환이지 않을까 싶다. 숨겨져 있던 윤리적 적폐들을 하나하나 일소해 가다 보면 언젠가는 밝은 사회가 되리라 본다. 미투 운동의 당사자들은 끝없는 아픔과 절망에서 헤어나오기 힘들겠지만, 그것을 지켜본 국민들은 '후회할 일은 하지 말자'라며 각성하는 계기가 되었으리라 믿는다.

자동차에 있어서 가장 중요한 것은 브레이크다. 엔진이야 고장이 나면 멈추면 되지만, 브레이크가 고장 나 달리던 차가 멈추지 못한다면 그거야말로 난감을 넘어 모든 걸 잃게 될 수도 있기 때문이다. 사람에게 있어서의 절제도 그만큼 중요하다. '절제'하지 못하면 하늘을 나는 눈먼 새와 같다.

철듦

우리의 속담에 '철들자 노망난다.'라는 말이 있다.

여든이 다 되도록 철없이 살다가 늙고 병들고 나약해져서야 철이 든 것처럼 느껴졌는데, 곧이어 노망기가 찾아왔다는 말이다. 노망(치매)이 찾아오면 생을 접어야 할 때가 다 되었다는 것이니, 어찌 보면 죽기 직전에야 철이 들었다는 말과 같다.

누군가는 어려서부터 철이 들어 애어른이라는 소리도 듣지만, 누군가에게는 그만큼 어려운 게 철듦인 것 같다. 철들지 못했다는 말은 무엇인가? 그것은 불교에서 강조하는 탐貪·진瞋·치癡(삼독)를 벗어나지 못하고 인의예지에 어둡다는 말이다. 즉 욕심이 많아 그릇됨에서 헤어나지 못하고, 화를 참지 못해 걸핏하면 발끈하고, 바른 생각과 판단이 부족해 부정적인 사고만을 고집하는 사람이다. 거기에 더해 불손과 무례까지 한 사람을 일컫는 말이다.

그들은 일생을 살면서 즉흥적이고 감정적인 의식만으로 세상을 살아간다. 또한 온갖 풍파들을 철듦으로 승화시키지 못하고 불평과 불만으로만 받아들이며 살아가는 사람들을 가리킨다.

그랬던 그들도 모진 세월 속에서 한평생을 살다 보니 팔순을 넘겨서야 뭔가를 알게 되었다는 뜻이다. 다시 말해 80년을 살면서 뒤늦게야 인생살이의 이치와 도리를 알게 되었고 철들기 시작했다는 의미이다. 그때서야 비로소 그동안 살아온 스스로의 삶이 옳은 삶이 아니었다는 자각을 하면서 바뀌었다는 뜻이다.

하지만 이제 무슨 소용이 있겠는가. 곧 생을 접어야 하는 상황이 다가 오는데. 그가 만일 젊었을 때부터 철이 들었더라면, 그는 한 가정의 좋은 가장이 되었을 뿐만 아니라 한 사회의 중요한 구성원이 되지 않았을까라는 아쉬움이 남는다.

그와 같은 성숙은 어렸을 때부터 부모를 통해 본받거나 학교나 종교를 통해 습득하게 되는데, 요즘 사회가 온통 그 외에 것에만 집중되어 돌아가니 심히 걱정되지 않을 수 없다.

이 시대의 젊은이들은 오히려 철듦을 멀리하고 철없이 살기를 갈망하는 듯하다. 그들은 되레 철들어 가는 것을 두고 고지식하다거나 꼰대스럽다고 비평하고 있으니 어찌 난망한 일이 아니겠는가! 그런 상황을 어떻게 변화시켜 가야 할지 난감할 따름이다. 문명화되고 개방된 사회일지라도 기본적인 철듦이 없다면, 기둥을 상실한 건축물과 다르지 않을 텐데!

과거 우리의 조상들이 목재보다 강인했던 쇠붙이를 '철'이라 부른 것은 이 같은 뜻이 있어서가 아니었을까! 내공을 쌓아 흔들림 없는 바른 인간이 되기를 바라는 뜻에서. 성실과 올바른 인품으로 바른 사람이 되기를 바랐던 조상들의 숙원이 바로 '철듦'이라는 표현으로 회자되었으리라는 생각이다.

늙고 병들어 끝이 보이기 시작하니 그제야 비로소 사사로운 욕심을 버리게 되고, 비어 가는 빈 마음에 철이 채워질 수 있었던 것이 아니었을까! 그렇기에 옛 성현들마다 철들기를 바라는 뜻에서 욕심을 버리라고 했는지 모른다.

마음속에 가득 찬 욕심을 버리면 그 빈자리에 '철'이 채워지리라는 뜻에서 이런 속담이 나왔지 않나 싶다.

화목

가화만사성(家和萬事成)은 부부의 화합으로부터 시작된다.

부부의 사랑이 깊다면 가정이 화목하지 않을 리 없다. 하지만 자녀도 없이 부부만이 산다면 가화만사성이라는 말 자체가 성립되기 어려울 것 같다. 또한 현 사회는 한 자녀인 가정도 많고 부모나 조부모와 함께 사는 사회가 아니다 보니 가화만사성이라는 말이 어울릴 만한 경우도 아닌 것 같다. 그 말은 이제 과거 대가족 시대의 모범적인 가족관으로 남아 있을 뿐이다.

세상에서 가장 가까운 사이가 부부(夫婦)다. 그러나 어떤 상황이 되면 그 반대의 경우가 되기도 한다. 부부관계는 부자(父子)관계나 형제(兄弟)관계와는 다르다. 부자나 형제관계는 피로 맺어진 관계이기에 끊어질 수 없는 관계라지만, 부부관계는 피 한 방울 섞이지 않아 끊어지게 되면 그 순간 남남이 되고 만다. 그렇기에 부자나 형제관계는 예나 의무가 필수가 아니지만, 부부관계에서는 언제나 예나 의무가 필수가 된다. 서로 예를 지키고 의무를 다하지 않으면 문제가 생긴다.

남자의 의무는 뭐니 뭐니 해도 가정을 이끌어 갈 수 있는 경제적인 책임을 완수하는 것이 가장 우선 한다. 물려받은 유산이 많다면 모르지만 그렇지 않다면 삶을 이끌어 갈 수 있는 능력이 있어야 한다. 그것이 부족하면 부부의 사랑도 식어갈 수밖에 없다. 세상을 살아가려면 돈이 필요하고 그것을 책임지는 게 남자가 해야할 의무다. 그렇지만 그것만 책임진다고 다 화목해지지는 않는다. 부부 사이의 예가 없다면 언젠가는 탈이 난다.

가족의 평화를 위해서는 인간성은 물론 성실성도 갖춰야 하고, 동반자와의 원만함까지 이뤄야 하니 보통의 정신으로는 좋은 가정을 꾸리기가 쉽지 않다. 그래서 요즘 젊은이들이 남녀를 불문하고 결혼을 회피하는 게 아닌가 싶다. 맘에 맞는 동반자를 찾는 것도 어렵지만 스스로가 해야 할 책임과 의무가 너무 버겁기 때문이다. 그저 자기 한 몸 추스르기도 힘든데 원만한 가정까지 꾸리고 감당할 자신이 없는 탓이다. 스스로가 살아오면서 어렵고 힘들기만 했던 부정적인 인식들이 결국은 이 같은 상황을 만들고 말지 않았나 싶다.

물론 모든 젊은이들이 그렇다는 것은 아니다. 부모로서의 책임은 물론 넓은 이해와 사랑 그리고 자녀에 대한 따뜻한 정을 베푸는 부모 밑에서 성장한 자녀들은, 스스로도 그처럼 살아 보겠다는 의욕을 갖고 결혼에 적극적일 수도 있다. 그렇게 생각한 젊은이들은 이미 좋은 가정을 꾸리는데 기본적인 마음 자세를 갖춘 셈이어서 원만한 가정을 일구는데 큰 힘이 된다.

사회가 그처럼 흘러가야 평화로운 삶이 될 텐데, 지금 세대는 자꾸 반대로만 가는 것 같아 걱정이다. 그것이 다 윗세대들의 미흡함으로부터 비롯되었음은 두말할 나위가 없다. 또 그 같은 과정을 거쳐서 가정을 꾸렸다 해도 원만하게만 산다는 보장도 없다. 수많은 사고와 변화가 일어날 수 있는 게 현대 사회이다 보니 언제 어떻게 돌발변수가 발생해 파산될지 모르는 게 부부다.

'현재는 과거의 거울'이라는 말이 있듯이 현재의 엇나간 결혼관이나 가족관의 모든 현상들은 곧 과거 세대가 남긴 유산들이다. 그러니 현재의 모습에 한숨만 쉴 게 아니라 바로잡을 길을 찾아야 한다. 당장의 시급한 과제가 결혼 기피와 저출산 문제다. 그것이 기성세대들이 해결하고 가야 할 의무가 아닐 수 없다.

부부애는 예와 의무를 다 하지 않으면 있을 수 없고 유지될 수도 없다. 아무리 가까웠던 부부라도 한번 실수로 금이 생기면 쉽게 아물지 않는다. 특히 자존심을 건드린다면 결코 사랑이 지속되지 않는다. 벌어진 틈을 빨리 회복시키지 못하면 결별로 이어질 수 있다.

부부관계나 가정이 원만은 각자가 해야 할 책임과 의무를 다한 뒤에 찾아온다. 해야 할 기본을 실천하지 못한 채 짧은 이벤트만으로는 회복시킬 수 없다. 또 아무리 잘한다 해도 한쪽에서만의 노력으로는 어렵다. 서로가 잘하지 않으면 화목도 평화도 없다. 기계의 수명을 길게 하고 부드럽게 하려면 늘 관심을 갖고 점검하고 기름을 칠해야 하듯이, 부부간에도 늘 관심과 배려와 칭찬을 아껴서는 안 된다. '부족한 부분은 못 본 듯이 넘어가고, 잘한 부분은 놀란 듯이 칭찬하는 것'을 아끼지 않았을 때 화목한 가정이 된다는 것을 알아야 한다. 세상의 평화는 내 가족의 화목에서부터 싹튼다.

남녀 차이의
종식

암탉끼리는 싸우는 걸 보지 못했다.

그러나 수탉끼리는 수시로 싸운다. 종족번식과 영역관리 차원에서 감내해야 할 수탉들의 운명이다. 수탉들은 그에 대한 준비라도 하려는 듯 암수를 구분하기 어려운 병아리 때부터 푸닥거리며 곧잘 싸운다. 사람도 그와 다르지 않다. 어려서부터 아들들은 딸들에 비해 빈번하게 싸우며 성장한다.

남자들은 부족사회라는 틀이 형성되기 이전부터 수없이 싸우며 살았다. 식량이 부족하면 양식을 구하기 위해 싸웠고, 더 많은 영역을 차지하기 위해 싸웠다. 또 위험이 닥치면 가족을 지키기 위해 나서야 했고, 그러다 보면 생사를 넘나드는 경우도 많았다.

과거에는 이처럼 힘든 남성들의 삶이었을지라도 여성들의 삶보다 더 낫다고 보았다. 왜냐하면 힘과 권리가 더 주어졌기 때문이다. 그래서 불가에서의 여승들은 열심히 수도하여 성불이 되고자 했지만 그에 미치지 못하게 되면, 다음 생은 남자로 태어나기를 소원했다고 한다. 남자로 태어나서 힘과 권리를 가지고 세상을 활보하며 살아 보고 싶다는 것이었다. 그러나 지금은 남녀의 삶과 권리가 평등하여 그런 소원이 사라진 지 오래다.

대부분의 성전환 수술이 여성성을 향하고 있는 것만 봐도 알 것 같다. 이 같은 현상은 여성의 삶이 남성들의 삶보다 더 즐겁고 살맛이 난다는 증거가 아닐까!

과거나 현재도 전쟁은 남성들의 몫이다. 근력과 담력도 좋고 무서움과 두려움을 이겨내는 것도 남성들이 더 낫다고 보았기에 남성들의 전유물이 되었다. 역사를 되돌아보면 그 시대 사회의 운명이 바뀌게 된 것은 대부분 남성들이 저지른 싸움으로부터 시작되었다. 황소가 기운이 넘쳐 언덕을 후벼파는 현상과도 같았다고나 할까! 다시 말해 가지고 있는 것에 만족하며 살아도 될 텐데 남성의 기질이 그것을 내버려 두지 못하고 늘 확장을 꾀했던 것이다.

그러나 현대라는 이 시대는 여성들이 전면으로 나설 수 있는 시대가 되었다. 왜냐하면 힘과 담력보다는 부드럽고 섬세함이 더 요구되는 사회가 되었기 때문이다. 그 같은 이유인지 얼마 전까지만 해도 아들 못 낳는 며느리가 구박받던 시대였지만, 지금은 딸 못 낳는 며느리가 사랑받지 못하는 시대로 변했다.

지금은 남성들이 짊어지고 왔던 짐들도 덜어지게 되었다. 꼭 아버지를 가장이라 앞세우던 것도 사라졌고, 집안에서의 권한도 능력 위주가 되었다. 이름 앞에 붙는 성도 부모의 양 성을 함께하여 짓기도 한다.

많은 짐을 싣고 다니는 차가 고장도 많고 수명도 짧듯이, 그동안 고생이 많았던 남성들의 수명이 짧았지만 이제부터는 힘든 일들은 기계가 하게 됨으로써, 육체적인 수고에서 차이가 없어진 남녀의 수명 또한 차이가 나지 않으리라는 생각이다. 그만큼 남성들이 편해지게 된 세상이다. 남성들은 별로 필요도 없는 권한을 나눈 대신 편함과 긴 수명을 얻게 되었다.

이러한 현상이 지금까지는 시작에 불과하지만 베이비부머 세대가 물러가고, MZ세대가 세상을 이끄는 시대가 되면 남녀 차이라는 말은 과거에 있었던 노예제도나 신분차이라는 말처럼 역사책에서나 찾아볼 수 있게 되지 않을까라는 생각이 든다.

제 3 부

인생의 등대

Toward the Nobel Prize im
Literature Camdidates

인사가
만사다

정권을 잡은 대통령은 인사를 단행한다.

먼저 비서실장부터 총리 그리고 각 기관장들과 청와대 참모들. 만일 이 같은 인사가 그 분야를 잘 이끌어 갈 수 있는 사람으로 등용되지 않고 친분이 있다고 해서 비전문가를 그 자리에 앉히면, 국정은 엉망이 되고 만다. 그렇기에 정치권의 인사를 두고 '인사가 만사'라 했다.

인사(절)가 만사란 말도 그와 다르지 않다. 사람이 일생을 살아가는 동안도 그렇지만, 하루를 시작하고 끝맺는 것도 인사로부터 시작되기 때문이다.

아침에 일어나면 윗분들과의 인사도 중요하다. 부모님이 사랑이 아무리 깊다 해도, 아침에 일어난 자식이 아무런 반응이 없거나 인사말을 하지 않는다면 괜히 머쓱해진다. 그런 자식을 보면서 부모들은 '저러면 안 되는데'라는 우려와 걱정이 앞선다. 물론 부모 된 입장에서 자식을 사랑하니 만큼 자식에게 먼저 부드러운 인사말을 꺼내어 좋은 분위기를 만들 수도 있지만.

하루를 시작하는 일과에 있어서도 인사는 중요하다. 어느 직장이나 선후배라는 관계가 있고 직급에서의 상하관계가 있다. 그런 곳에서의 아침인사는 하루를 시작하는데 있어서 무엇보다도 중요하다.

어떤 조직이나 위로부터 업무를 하달받아 일과가 시작된다. 그러다 보면 얼굴을 볼 수밖에 없다. 그때 출근하던 중 모르는 척 지나쳤던 부하직원임을 알았다면 어떤 마음이 들겠는가. 그의 상관은 그랬던 그를 어떻게 대하겠는가! 그런 관계에서는 인격만이 아니라 신뢰와 친밀감도 떨어질 수밖에 없다.

그렇기에 사람들은 인사할 줄 모르는 사람을 상식이 없거나 무례하다고 판단한다. 또한 저의가 있어서 그러리라 보기도 하고, 불성실하다고까지 보게 된다.

농사만 짓던 옛날에도 인사는 '예의 기본'이었다. 새로 이사 온 이웃이 인사도 모른 채 피하는 듯한 행동을 한다면 어떤 생각이 들겠는가. 그 결과는 안 봐도 뻔하다. 옆으로 이사 온 것이 반갑지도 않을 뿐만 아니라 자칫하면 봉변이나 당하지 않을까라는 걱정까지 밀려들 것이다.

옛 어른들이 누군가와 감정이 상했을 때 흔히 하는 말이 있었다. '인사도 모르는 놈'이라는 말이다. 즉, 평소에 인사도 하지 않고 무례하더니 그럴 줄 알았다는 뜻이다.

그 같은 인사성을 가르치기 위해 옛 어른들은, 세배와 세뱃돈이란 관습을 만들지 않았나 싶다. 갓 태어나 말을 배우고 사람을 알아볼 때쯤부터 인사의 습성을 길들이기 위해 새해가 되면 세배를 시켰다.

돈이 궁하고 없던 시절이라 어린아이들은, 세뱃돈을 받을 요량으로 새해 첫날만 기다렸다가 부지런히 어른들을 찾아다니며 세배를 했다. 그렇게 세배를 한 그 아이는 그 뒤부터, 인사했던 어른들을 볼 때마다 인사하는데 주저하지 않았다.

예를 들어 어떤 강아지라도 처음 만났을 때는 으레 경계의 반응을 보이지만 가벼운 스킨십을 거친 뒤에는 경계심을 풀고 반가워하듯이, 세배 역시 그와 같은 효과를 발휘했다.

인사는 꼭 머리를 깊숙이 숙여서 공손하게 하는 것만이 아니라 말만으로 하는 인사도 있고, 큰절로 하는 인사, 포옹과 악수로 하는 인사도 있다. 어떤 인사든 인사란 서로 간의 신뢰와 믿음을 갖게 하고 단합도 가져다준다.

또 시작을 알리고 끝을 장식하는 것으로서 인간의 사회성에 없어서는 안 될 중요한 과정 중 하나다. 그렇기에 '인사가 만사'라 하지 않았을까!

지구보다
큰 인물

나폴레옹이 괴테를 만난 뒤에 했다는 말이 있다.

'제국보다도 큰 인물'이라는 평이었다. 황제였던 그가 또 유럽을 정복해 제국을 만들어 보겠다는 큰 포부를 가졌던 나폴레옹이 괴테에게 무엇을 느꼈기에 그런 말을 했겠는가. 그때 괴테의 작품 '젊은 베르테르의 슬픔'은 이미 독일을 넘어 유럽 전체에 널리 읽히고 있었으며 나폴레옹 역시 그 작품에 큰 감명을 받고 있었다.

그랬기에 독일을 정복한 나폴레옹이 특별히 괴테를 만나보고 싶었는지 모른다. 한마디로 뽕도 따고 님도 본다는 속담처럼 독일을 손에 넣은 나폴레옹이 훌륭한 작가를 직접 만나 팬으로서의 감회를 나누고 싶었을지 모른다. 드디어 괴테를 만난 나폴레옹이 호감을 넘어 그의 무게에 더 큰 감동을 받은 것 같다.

그때 나폴레옹이 곁들였던 한마디의 말이 있었다. '여기도 사람이 있군'이라는 말이었다고 한다. 그의 이 같은 중얼거림은 그것을 증명한 것이 아니었나 싶다. 괴테의 용량이 보통을 넘어섰음을 느낀 것 같다. 한마디로 그의 사상이 자기가 추진하고 있던 정복전쟁보다도 더 큰 비중임을 느꼈기에 한 말이 아니었을까. 그렇게 말할 수 있었던 나폴레옹 역시도 큰 안목을 가졌다는 생각이다.

그런 나폴레옹이었기에 하급 장교에서 황제의 자리까지 오르지 않았겠는가. 그가 일반 사상가나 정치가들을 만났을 때는 괴테에게 했던 만큼의 극찬을 하지 않은 것 같다. 그것만 봐도 그가 괴테를 얼마나 훌륭히 봤는지 알 수 있다. 그때 당시 괴테는 많은 사람들로부터 높은 신망을 받고 있었고 정치인들로부터도 인정을 받고 있었다. 나폴레옹이 비록 폭압적인 지도자처럼 인식되지만, 괴테 같은 인물을 그렇게 대했다는 것은 그의 인품이 어땠는지 보여주는 대목이다.

괴테는 문학과 예술은 물론 광학, 지질학, 식물학 등 과학적인 분야에도 깊은 연구를 했고, 18세기 이후 유럽 사상에 큰 영향을 끼쳤던 인물이다. 그가 독일을 넘어 유럽을 합병해 보겠다고 나선 나폴레옹 앞에서도 당당할 수 있었던 것을 보면, 그의 담대함과 용량이 그만큼 컸다는 것을 보여준다.

그러나 만약 그가 예수나 부처를 만났다면 그의 입에서 어떤 말이 나왔겠는가? 아마도 '지구보다 큰 인물'이라 하지 않았을까. 아니, 우주만 하다고 하지 않았을까! 어쩌면 제국을 건설해 보겠다는 욕망으로 가득 차 있던 나폴레옹의 시각으로는 분별하지도 못했을지 모른다. 그의 안목으로 괴테의 이상은 볼 수 있었지만 부처와 예수가 추구했던 '이상'까지는 알아보지 못했을 것이라는 생각이다.

인물이 인물을 알아본다는 말도 있고, 아는 만큼 보인다는 말도 있다. 나폴레옹과 괴테가 만나서 생긴 이 같은 이야기와 비슷한 이야기가 있다.

예수와 바울이 그랬다. 예수를 알아 본 바울이 회개하고 거듭나 예수의 뜻을 반석 위에 세우기 위해 희생의 길을 걸었던 것도, 예수를 알아본 바울의 안목이었다. 예수의 진의를 바르게 알아본 바울 역시 그만큼 훌륭한 인물임은 확실하다. 그가 비록 예수의 직계 제자는 아니었어도 그의 편지들을 보면, 예수에 대한 믿음이 얼마나 깊었는지를 느끼게 해준다.

나폴레옹이 정치인이나 군인도 아닌 괴테의 가치와 용량을 알아보고 그렇게 평가할 수 있었던 것도 그의 안목이 그만큼 컸기 때문이리라.

우리에게도 언젠가 큰 용량을 가진 인물이 탄생해, 어떤 인물로부터 능력을 인정받을 때가 있지 않을까! 한국을 넘어 '지구보다 큰 인물'이라고….

인생의 등대

지금과 달리 옛날에는 대부분의 어부들이 그 지역에 살던 사람들이었다.

그들은 먼 대해(大海)로 나가지 않고 시야를 벗어나지 않은 앞바다에서 고기를 잡았다. 그들이 타고 다니던 작은 돛단배로는 멀리 갈 수도 없었고 풍랑에 취약해 근해를 벗어나지 못했다. 그렇지만 해가 짧은 겨울에는 금세 어두워져 길을 잃곤 했다. 고기 떼를 만나 철수할 시기를 놓치게 되면, 깊은 어둠에 길을 잃고 더 멀리 가는 경우가 허다했다.

그 같은 문제를 해결하고자 등장한 것이 등대다. 주변이 칠흑같이 어두워도 등대만 있으면 길을 잃지 않았기 때문이다. 그러한 등대가 어부들의 귀환에 길잡이가 되었을 뿐만 아니라 생명줄과도 같았다. 지금은 항해술이 발달해 등대가 필요 없게 되었고, 존재하는 등대들은 옛 추억으로서 관광 상품이 되어 있을 뿐이다.

그처럼 인간의 삶에 있어서도 등대와 같은 역할을 하고 있는 것이 있다. 성인들의 가르침이다. 어두운 밤이라도 등대만 있다면 길을 잃지 않듯이, 인생살이에 있어서도 진리라는 등대만 외면하지 않는다면 실족하지 않을 것이다.

사람은 금은보석보다도 귀중한 지능과 인격을 가진 존재다. 그렇기에 누구나 존귀함 속에서 자유롭고 편안하게 살 권리가 있다. 그렇게 살 수 있도록 여러 성인들이 그 길을 펼쳐 놓았다. 그분들의 뜻은 서로 협력하여 수확하고, 그 수확한 것들을 공평하게 나누고, 또 때에 따라서는 조금씩 양보하며 살다 보면 평화를 얻으리라고 말씀하셨다. 그러기 위해서는 바르고 착한 마음을 가질 수 있도록 노력하라고 가르쳤다.

그와 같은 가르침이 품고 있는 뜻은, 드러난 사실 그 이상도 이하도 아니다. 예수님의 말씀처럼 하나님의 뜻을 따라 사는 것도, 공자님의 주장처럼 인의예지(仁義禮智)를 몸에 쌓는 것도, 부처님의 가르침인 무욕(無慾)과 무아(無我)를 추구하는 것도 모두 인간들을 평안하고 자유롭게 살도록 하기 위함이었다. 그분들의 이상이 실천만 된다면 현재의 삶이 곧 천국이요 불국토요 극락인 것이다. 결코 사후의 평안만을 대비하기 위한 것이라고 가르치지 않았다.

실천하지 않는 양심은 거짓과 위선만 낳게 된다. 그분들이 아무리 좋은 길을 펼쳐 놓았다 해도, 각자가 실천하지 않는다면 거짓과 혼란만 야기할 뿐이다.

다시 말해 하나님의 말씀만 외칠 뿐 스스로가 실천하지 않는다면 무슨 소용이 있겠는가. 또 성불만 외치며 갈등과 번뇌에서 벗어나지 못한다면, 그리고 인의예지만 주장하며 변화되지 못한다면, 불 꺼진 등대가 아니고 무엇이겠는가. 그렇지만 이 같은 사상을 중심에 두고 바르게만 실천한다면, 그것이 바로 '인생의 등대'가 아니겠는가. 알 수도 없는 문제(사후문제)에 천착하지 말고 현실에서 실천만 잘한다면 어찌 지옥이 걱정되고 응보가 염려되겠는가. 지옥과 응보가 다 '현실에서 펼쳐졌던 내 흔적들에 대한 평가'일 텐데! 그러니 삶을 통해 실천만 한다면, 현실만이 아니라 사후를 걱정하지 않아도 될 것이다. 이처럼 삶의 길을 밝혀주는 등대가 우리 곁에 아주 가까이 있음을 알 수 있다.

그러나 지금은 등대가 필요 없게 되었듯이 진리도 외면받는 세상이 되었다. 이제는 '진리가 삶의 지혜였던 세상에서, 삶의 지혜가 진리가 된 세상'이 되었다.

삶과
무욕

개미와 베짱이란 동화를 보면 개미는 부지런히 일하여 겨울을 대비하지만, 베짱이는 여름 내내 그늘 밑에서 노래를 부르며 놀기만 한다. 드디어 겨울이 되어 먹을 것을 얻을 수 없게 되었을 때 배고파하는 베짱이와 풍족한 양식을 쌓아 놓은 개미를 비교하여, 열심히 노력하고 준비하는 개미의 자세를 권장하는 동화다.

사람들은 누구나 개미처럼 열심히 일하고 준비하는 것에 익숙해져 있고, 그것이 옳은 길이라고 생각한다. '무욕(無慾)'이란 그런 사람들에게 어떤 의미를 줄 수 있겠는가. 다시 말해 물려받을 재산이 많거나 도움받을 입장도 아닌 그들에게 무욕을 강조하는 건 부지런히 사는 사람에게 베짱이가 되라는 말과 다름없이 들린다. 아니! 가진 것 없이 태어난 사람들에게 노후를 대비하지 말라고 권유하는 말과도 같다. 그들이 만약 무욕에 현혹되어 노후를 준비하지 않는다면 누가 책임질 것인가. 물론 그것을 말함이 아니라고 보기는 하지만….

부지런히 살아가는 친구를 보면서 하는 말이 있다. "저 친구 대개 욕심 많네."라는 말이다. 그는 잠자는 시간 외에는 쉼이 없다. 무엇인가를 얻기 위해 소의 되새김질처럼 쉬는 법이 없다. 또한 그의 주머니는 좀처럼 열리지 않는다. 오직 개미처럼 일만 하고 융통성이 없을 뿐이다. 자기 벌어 자기 살겠다는데 할 말은 없다. 그런 그를 향해 친구들은 욕심이 많다고들 한다. 좀 쉬면서 여유를 즐기기도 하면서 살기를 바란다.

농사꾼의 아들로 태어난 그는 자기의 살 길은 오직 부지런함뿐이라고 생각하며 살아간다. 그가 그토록 부지런히 사는 걸 욕심이 많다고 할 수 있겠는가. 가족을 이끌고 노후를 대비하는 그가 왜 욕심 많음인가. 그에게 무욕을 강조하며 실천하라고 할 수 있는가. 그의 현실과 미래를 어떻게 하라는 말인가.

무욕을 강조하는 건 욕심 때문에 남에게 폐를 끼치거나 불의를 저지를지 몰라서 예방하는 차원의 말이라 본다. 결코 자기의 꿈을 이루기 위해 열심히 노력하거나 가족의 부양을 위해 쉬지 않고 일하는 것을 두고 하는 말이 아니다. 즉, 남을 속이기 위한 거짓된 마음(욕심)을 가져서는 안 된다는 말이다.

고승들이 깊은 명상에 들어가면 '무아(無我)'를 만난다. 그런 과정을 거치며 깨달은 게 무욕이다. 그것을 통해 '인생이란 결국 모든 걸 버리고 가는 것'이란 결론에 다다른다. 사사로움을 버리고, 미움이나 원망도 버리고, 마음속에 있는 모든 지식에 대한 욕심마저도 버리라는 것이 '무욕'임을 깨닫는다. 모든 걸 버리고 버렸을 때 극락왕생의 길이 열린다고 말한다. 그래서 그처럼 무욕을 강조하지 않았을까!

그러나 그것을 보통 사람들에게 적용해서는 안 되지 않겠는가. 열심히 살지 않으면 현실에서 낙오자가 될 텐데 과연 그들에게 무욕이란 '화두'를 던져 마음을 교란시켜서는 안 된다는 말이다. 바르고 부지런히 살아가는 사람들에게 '무욕'을 강조하는 건 마땅치가 않다고 본다.

생각이 있는 사람들은 누구나 무욕이 무엇을 말하고자 함인지를 안다. 세상을 돌아가게 하려면 경제가 살아야 하고, 경제를 살리려면 일을 하지 않으면 안 된다. 그것을 위해 젊은이들 앞에는 일과 가족이라는 문제가 기다리고 있다. 그 고난들을 이기고 넘길 때쯤엔 노후문제가 또 다가온다. 이 모든 과정이 다 물질의 축적과 관계가 된다. 물질을 외면해서는 아무것도 되는 게 없다.

그런 그들 앞에 무욕이란 말을 흘리는 건 이치에도 맞지 않고 의욕까지 떨어뜨리는 결과를 낳을 뿐이다. 무욕을 말하거나 강조하려면 그것을 필요로 하거나 입장에 놓인 사람들에게 던져야 하리라 본다. 평범하게 열심히 사는 소시민들을 향해서는 안 된다는 뜻이다.

스님들이야 물질과는 관계가 없으니 그럴 수 있을 것이다. 그분들 입장에서야 '그러다 죽는 게 인생인데 그깟 물질이 뭐라고'라는 말을 할 수도 있다. 하지만 범인들이야 어떻게 현실을 외면할 수 있겠는가. 무욕 타령만 하고 있을 입장이 못 된다.

무욕이란 '분에 넘치거나 도리에서 벗어남을 예방하려는 뜻'이리라. 모든 불의나 범죄가 욕심에서 시작되기에 그것을 차단하려는 뜻에서 하는 말이다. 무리한 이익을 추구하지 말고 정도의 길을 가라는….

황금알을
낳는 거위

성경에는 '너의 시작은 미약하였으나 끝은 창대하리라'라는 말이 있다.

이 말은 누구나 좋아하는 말이라고 생각된다. 왜냐하면 대부분의 사람들은 뒤로 갈수록 잘 되기를 바라기 때문이다.

처음은 거창했지만 시간이 갈수록 빈약해지는 걸 바라는 사람은 없다. 무엇인가를 시작하려 할 때 사람들은 화려하고 거창하게 시작하려 한다. 물론 그것은, 도전의식을 높이고 사기를 북돋기 위함일 수도 있다. 하지만 어떤 사람들은 그와는 반대로 소리 소문 없이 시작하여 잘 되는 걸 보여주고자 하기도 한다. 한마디로 거창하게 시작하여 낭패로 끝나는 것을 염려해서다.

결혼하여 한 가정을 꾸려 가는 것은 최소단위의 사회를 운영하는 것과 같다. 처음은 둘로 시작하지만 곧 셋이 되고 넷이 되며 또,

그 자녀들을 결혼시키면 그 수는 기하급수적으로 확대되어 사회가 되고 나라가 된다. 그러니 평화를 이루는 기본은, 좋은 결혼을 통해 좋은 가정을 갖는 것부터 시작된다.

결혼식을 성대하게 치르는 것도 그만큼 중요하기 때문이다. 그러나 각자 남남으로 살다가 결혼을 통해 한 울타리에 갇혔으니 어찌 다툼이 없겠는가! 특히 화성 남자 금성 여자라는 비유만큼이나 큰 차이를 지닌 이성끼리의 만남이니. 아니, 늑대와 곰이 한 울타리에 갇힌 형국이 되었으니 두말해 뭣 하겠는가. 늘 으르렁대며 싸울 수밖에!

이처럼 신혼 초에는 서로의 성격과 이상이 다르기에 수없이 많은 갈등을 겪는다. 그러다 보면 감정을 건드리게 되고 서로의 자존심에 상처를 내고 만다. 또한 삶의 신념과 이상이 다르니 자꾸만 부딪친다. 다툼이 반복되면서 잘못된 만남이라는 후회와 함께 큰 절망에 빠지기도 한다.

그러나 자식까지 낳고 말았는데 어찌하겠는가. 뒤늦게 후회한들 참고 사는 길밖에 별 뾰족한 수가 없다는 걸 깨닫게 된다. 결국 늑대와 곰의 만남임을 알고 공생의 길을 찾는다. 그 해법은 서로가 참고 용서하고, 이해하고 양보하는 것밖에 없음도 알게 된다.

그것이 한 울타리에 갇힌 곰과 늑대가 함께 살아갈 수 있는 방법이란 걸 드디어 깨닫는다. 그렇기에 그만한 생각이 없는 사람들이 만나면, 싸우다가 헤어지는 경우가 많다.

갈라서지 않기 위해서는 각자의 개성과 신념을 떠나 서로가 참고 양보하면서 좋은 부분만을 바라보며 살아야 한다. 시간이 가면 서로의 장점들이 보이기 시작한다. 처음에는 마음이 맞지 않아 원수처럼 보였지만, 꾹 참고 10년 20년을 살게 되면 안정된 직업에 정착도 하고 성공의 열매도 맺는다. 물론 모든 사람이 그렇다는 것은 아니다. 그처럼 서로 좋은 점들만을 바라보며 협력해 살다 보면 각자의 숨어 있던 능력들이 드러나게 되고, 시간이 갈수록 발전을 거듭하여 튼실한 열매를 맺게 된다. 성공이란 젊은 나이 때부터 거두기가 쉽지 않다. 어떤 분야든 중년을 넘겨서야 성공하지 않던가! 처음 만나 결혼하여 서로가 잘 알지 못한 상태에서 갈등만 하다가 헤어져 버리면, 황금알을 낳는 거위인 줄 모르고 내쳐 버리는 우를 범하게 된다. 벼도 열매를 얻기까지는 긴 시간의 노력과 기다림이 필요함을 알지 않는가.

참고 기다리면 차차 알게 될 텐데 그새를 기다리지 못하고 잡아 버리게 되면 '황금 알을 낳는 거위'임을 알 수가 없지 않겠는가. 60이 가까워서야 알게 될 수도 있음을 체험했기에 하는 얘기다.

주인의식

단재 신채호의 말이다.

"우리나라에 부처가 들어오면 한국의 부처가 되지 못하고 부처의 한국이 된다."

"우리나라에 공자가 들어오면 한국을 위한 공자가 되지 못하고 공자를 위한 한국이 된다."

"우리나라에 기독교가 들어오면 한국을 위한 예수가 되지 못하고 예수를 위한 한국이 되니…."

단재의 이 말은 우리 국민이 주인의식을 갖지 못하고 휘둘린다는 말이다. 우리에게도 홍익인간이란 이념이 있지만, 그것은 여유로울 때나 쓰는 말이 되어 버렸다. 즉, 여유가 있을 때나 상대를 이롭게 해줄 수 있다는 것쯤으로 받아들인다. 여유도 없는데 어떻게 이롭게 해줄 수 있다는 말인가, 라며 반문을 던진다.

우리는 요 몇 십 년 전까지만 해도 굶주리고만 살아온 민족이다. 그러면서도 일본처럼 타국을 침략해서 빼앗으려 하지 않고 그저 동족끼리만 싸우며 살았고, 그로 인해 미워하고 질투하며 원수처럼 살았다. 우리끼리 서로 아등바등 싸우면서 어떻게 하면 이웃보다 더 부자가 될 수 있을까라는 마음으로 지리멸렬되어 살아온 것이다.

그러다 보니 부처의 정신을 본받아 마음을 다듬거나 자비심을 가지려 하지 않고 부처를 이용해 복락만을 구하고자 했고, 공자의 뜻을 새기고 받아들여 바른 마음을 가지려고 하지 않고 잘난 체하는데 이용했으며, 예수의 뜻을 좇아 참된 인간이 되고자 하지 않고 오직 영생복락만 얻으려 하는 걸 보면서, 신채호 선생이 이렇듯 탄식했던 것이리라. 부처의 자비정신과 공자의 인의정신 그리고 예수의 박애정신을 올바르게만 받아들였다면 우리의 국민정신은 지금과는 많이 달라졌을 것이다. 국토를 일제에 강탈당한 것도 각자가 주인의식을 갖지 못하고, 종의 의식에서 벗어나지 못했기 때문이며 큰 고난 앞에서 사욕으로 인해 단결하지 못했기 때문이다.

실리를 추구하려 하지 않고 그저 허황된 꿈(구원, 영생, 극락왕생)에만 팔려 있거나 복락에만 몰두해 있었으니, 단재 같은 선비가 어찌 통탄하지 않을 수 있었겠는가!

말보다 못한

'말을 물가로 끌고 갈 수는 있어도 억지로 물을 먹일 수는 없다.'라는 속담이 있다.

이 말은 본인이 하기 싫은 것은 누가 아무리 뭐라 해도 하지 않는다는 뜻이다. 이 속담에는 인생에 관한 깊은 뜻이 숨어 있음을 알 수 있다. 그런데 이 속담의 어원이 왜 말(馬)이었는가? 소나 염소나 양일 수도 있고 직접적인 사람일 수도 있었을 텐데. 이 글은 그 점이 중요한 요점이다.

말은 인간의 삶에 있어서 소처럼 일이나 육고기로 쓰이기 위해 접근되어진 동물이 아니다. 최초로 쓰임 받게 된 것은 아마도 빠른 일 처리를 위해서였으리라 생각한다. 특히 전쟁 중에 기마병이라는 전술에 많이 사용되었다. 그럼으로써 전쟁의 전과를 올리는데 큰 역할을 할 수 있었다.

전쟁이 시작되면 기마병들은 먼 거리를 뛰어다녀야 했고 그러다 보면 땀을 많이 흘릴 수밖에 없었다. 그때 갈증을 느낀 말에게 물을 먹이려 하지만 전쟁 중이기에 쉬운 일이 아니었다. 말의 심한 탈수는 움직임을 둔하게 하고 혹 실족이라도 하게 된다면 어떻게 되겠는가.

그렇게 된 말은 일어서기도 힘들 뿐만 아니라 일어섰다 해도 그 후유증으로 인해 더 이상 제 역할을 할 수 없게 된다. 그러다 보면 결국 병사도 죽고 말도 죽는 경우가 생긴다. 이런 현상이 물 부족으로 인해 발생되는 경우가 많았다. 그런 일이 자주 반복되는 병영생활 속에서 이 같은 속담이 생겨나지 않았나 싶다.

전쟁이 임박하면 장수들은 기마병들에게 명령을 내렸다. 각자의 말을 냇가로 끌고 나가 가능한 한 많은 물을 마시게 하라고. 그런데 말이 사람들의 의도를 모른다는 데 있다. 그와 같은 상황과 의도를 말들이 어찌 알겠는가. 그러다 보니 그때 당시, 갈증을 느끼지 않은 말들은 극구 버티며 물을 마시지 않으려 할 수밖에. 그 때문에 자기도 죽고 주인도 죽게 될지 모르는데도!

만일 그때 말이 사람의 말이나 의도를 알 수만 있었다면, 당장에 마시기는 싫었을지라도 물을 충분히 보충하지 않았을까! 사람들은 말들이 그 상황을 몰라서 그러리라는 것을 잘 안다. 그렇다면 어떤 문제에 있어서, 의도를 모를 리 없는 사람끼리는 어떤가?

수많은 범죄자, 게으른 자, 난폭한 자, 무례한 자 그래서 감옥 가고 병들고 신뢰받지 못하는 경우가 얼마나 많은가. 그들이 사람의 말을 알아듣지 못해서 그럴 리도 없고, 그런 현실과 상황을 몰라서 그러지도 않을 텐데, 그들의 타락과 나태를 어떻게 봐야 한단 말인가.

술 담배를 많이 하면, 게으르고 불량하면, 화를 참지 못하고 폭력을 휘두르면, 어떤 결과가 오리라는 것을 모르기에 그렇다는 말인가. 그런 실천도 못하면서 불평불만만 한다면 어떻게 봐야 하겠는가. 말만도 못한 사람이라 하지 않겠는가. 그러면서 조상을 탓하고 국가를 원망해서야 되겠는가. 그런 가르침은 어려서부터 가정교육이나 사회교육을 통해서 이미 알고 있지 않겠는가. 그러면서도 물의를 일으키는 것을 어떻게 봐야 한단 말인가!

말(馬)이야 사람들의 말이나 의도를 몰라서 그런다 치더라도, 같은 사람끼리 하는 말이나 의도를 알지 못하고 이해하지 못해서 그런 것이 아닐 텐데, 어찌 그런 사람을 말보다 낫다고 할 수 있겠는가!

베이비부머들

베이비붐 세대란 보통 큰 전쟁으로 많은 사람이 사망하고 난 뒤 일시적으로 팽창하여 많은 사람이 탄생된 세대를 말한다. 유럽과 미국은 1946~65년 정도를 말하고, 우리나라는 대략 1955~63년 까지를 말한다. 그로 인해 국가적인 출산 장려정책이 펼쳐졌다. 그 같은 정책으로 일시에 많은 아이들이 태어난 것을 '베이비부머'라 한다. 이웃 나라인 일본과 중국 또한 그 시대에 우리보다 더 많은 사상자를 냈기에 그 나라들도 베이비붐은 크게 일어났고, 그 나라들의 베이비부머 또한 우리와 비슷한 연배일 것 같다.

훗날 역사에는 20세기 초중반에 펼쳐졌던 1, 2차 세계대전과 한국전쟁까지를 놓고 악몽에 시달린 세대라 기록할 것이다. 그 후 월남 전쟁과 중동에서의 크고 작은 전쟁들을 거치긴 했지만, 현재 까지 대략 70여 년 동안 인류는 평화를 누리며 살고 있다. 이는 세계대전을 통해 참혹함을 느낀 세계인들이 UN을 창설하여 전쟁을 억제하고자 했고, 그와 더불어 평화를 향한 노력이 크게 작용했기 때문이다.

그 후 인류는 파괴된 세상을 복원하기 위해 열심히 뛰었다. 그 결과 세계는 눈부시게 발전한 오늘날의 현대사회를 탄생시킬 수 있었다.

그 과정에서 주력이 되어 수고한 세대들은 이미 세상을 떠났거나 고령이 되어 현장에서 배제되었고, 그 뒤 세대가 바로 베이비부머들이다. 이 부머 세대는 성장의 기초는 아니었지만 성장의 동력이 되어 경제부흥을 일으킨 세대다. 나라별로 조금씩 차이는 있겠지만 세계적으로 펼쳐진 베이비부머들의 동시적인 현상이다. 아마도 몇 세기가 지난 후 역사가들은 이 세대를 가리켜 "전쟁과 발전이 획기적으로 펼쳐진 세대"라 평가할 것이다.

그 부머들은 어려서부터 어렵고 힘든 부모들의 삶을 곁에서 보며 자랐고, 그 때문에 자립심과 성실성이 몸에 배게 되었다. 또한 조상 때부터 내려오다 사라져가던 제도나 관습을 마지막으로 목격했던 세대라고 기록되지 않을까 싶다. 지금은 사라지고 없는 수많은 농기구나 생활용어들을 접했던 마지막 세대이기 때문이다.

그들은 오늘날의 젊은이들처럼 혼인을 기피하거나 부정적으로 보지 않았다. 대부분이 결혼하여 가정을 이루는 걸 큰 인류지대사 중 하나로 보았다. 또한 가정을 이끌기 위해 노동의 고단함이나 임금의 높고 낮음을 가리지 않았다. 그저 조금이라도 더 저축하는 것이 잘 사는 길이라는 생각으로 적금을 들었고 열심히 뛰었다.

　그것이 결과적으로 경제발전에 크게 기여한 셈이었다. 그들에게 있어서의 고된 노동은 가장으로서 가족을 이끌기 위해서는 어쩔 수 없는 숙명이라 받아들였다. 그처럼 눈코 뜰 새 없이 바쁘게 60고개를 넘기다 보니, 자식들은 하나 둘 곁을 떠나고, 그토록 성성했던 몸이었지만 이제는 이곳저곳이 고장 나고 늙어 가는 입장에 다다르게 되니, 아스라이 밀려드는 서러움과 아쉬움에 눈시울이 붉어진다.

　그것이 세계적인 베이비부머들의 입장이며 그 세대들의 아픈 역사다. "품 안에 있을 때가 자식"이라는 말을 듣고 살았지만, 그 말을 이제야 체감하고 보니 돌아가신 부모님께 좀 더 잘해 드리지 못한 것들이 후회된다. 우리나라의 부머들은 대부분 한 가정에 예닐곱 명의 자녀들로 구성되어 성장했는데, 그들이 둘리지 않고 살 만한 나이가 되면 대부분 부모 곁을 떠나갔으니, 그럴 때마다 그 부모님들의 허전함이 얼마나 컸을까를 생각하면 가슴이 저려 오는 듯하다.

　현재의 부머들은 기껏해야 한둘뿐인 자식들인데, 하나 떠나고 둘까지 떠나가니 왠지 마음이 텅 비어 가는 것 같다. 함께했던 그동안이 비록 힘들기는 했지만 같이 살면서 쌓였던 정을 다시는 곁에 두고 볼 수 없다는 생각에 왠지 모를 허전함이 밀려든다. 그와 같은 사실을 누구보다도 잘 아는 부머들인지라 아련히 어렸을 때가 떠오르며 그때의 부모님이 생각난다.

나이는 한 살, 두 살 자꾸만 들어가고 병은 하나둘 찾아드는 베이비부머들의 현실과 마지막까지 부모와 자식을 책임져야 하는 낀 세대라는 입장에 놓여, 본인들의 노후대책은 미처 챙기지도 못해 늙도록 일손을 놓지 못하고 있다.

　그 같은 현실 앞에서 가끔은 '이게 무슨 해괴한 인생이란 말인가'라는 자괴감마저 밀려들 때가 있다. 뒤늦게 퇴직을 끝으로 현실에서까지 배제되니, 퇴물이 된 듯한 마음은 더욱더 황혼 빛에 붉게 물들어 가는 듯하다.

인생은
고(苦)다

목장의 소떼들은 날마다 눈만 뜨면 넓은 초원으로 나가 풀을 뜯는다.

그 모습이 아주 편안해 보인다. 지금은 그것이 소들의 일상이 되었지만 옛날에는 소가 했던 일들이 많았다. 날이 밝으면 논밭으로 나가 쟁기를 끌었고, 수레를 끌며 고단한 하루를 보내야 했다.

그처럼 사람들도 옛날과는 달리 많이 편해졌다. 농사가 전부였던 과거에는 뜨거운 햇빛 아래서 수고를 하지 않을 수 없었다. 특히 일꾼들은 소처럼 하루 종일 일을 해야만 했다. 그리고 눈을 감을 때까지 그 일은 계속되었다.

지금도 자영업이나 세일즈맨의 삶은 언제나 힘들다. 또 야외에서 일하는 건설 노동자나 극한 직업을 가진 사람들은 얼마나 힘든지 모른다. 물론 가정주부들의 가사노동도 힘들기는 마찬가지다.

어떤 직업이나 힘들지 않은 것은 없다. 편할 것만 같은 공무원도 업무에 시달리며 힘들어하는 건 어쩔 수 없다.

현재보다 과거의 삶이 더 힘들었다고 하지만, 현대사회에서도 사람들의 삶은 힘든 게 사실이다. 더욱 좋아질 미래의 삶 또한 나름대로는 힘들 것이다. '인생이 고'라는 불교의 주장은 사람들이 사는 한 어느 때가 되었건 마찬가지일 것 같다.

아침에 일어나 피곤이 풀리지 않은 몸을 추스르면서 생각되는 것은 '돈만 많다면 이대로 쉬고 싶다'라는 생각이다. 그럼 소는 누가 키울 것인가. 다시 말해 현실에 널려 있는 수많은 일들은 누가 해야 하는가다.

민초들이 그것까지 걱정할 일은 아니지만, 벽촌부터 썰물처럼 황폐화되어 가는 시골의 모습들을 보노라면 걱정이 아닐 수 없다. 끝에서부터 시들어가는 나뭇가지와도 같다. 이기로 점철된 자본주의가 부른 단면이다. 앞으로 그 같은 문제들은 어떻게든 변형되어 가겠지만, 소멸되어 가는 벽촌의 모습을 통해 자본주의가 어떤 부작용을 일으키는지 여실히 보여주는 것 같다. 어떤 사회 제도나 장단점이 있기 마련이기에 전개되었다 사라지는 건 막을 수 없는 운명이다. 얼마 가지 않아 지금까지 살아온 자본주의라는 사회구조는 바뀌게 되리라 생각된다.

우리는 이제 일에 파묻혀 살다 갔던 옛날보다는 훨씬 편한 삶을 살고 있지만, 어느 때가 되었든 각자가 처한 조건에 따라 힘들게 살아가고 있는 건 사실이다. 좋은 일터, 안전한 일터, 그리고 하루 여덟 시간과 주 오일제 근무로 옛날에 비해 더할 수 없이 편하지만, 나름대로는 다 힘들다고 말한다.

그래서 사람들은 더욱 편한 길을 찾는다. 손만 까딱하면 모든 것이 다 해결되는 그런 시대를 살고 싶은 것이다. 인생이 '고'라는 옛말을 극복하기 위한 인간들의 끊임없는 노력이 그와 같은 세상을 만들었다. 하지만 살아 있다는 게 '고'인데 어찌 피할 수 있겠는가. 더구나 죽음이라는 가장 큰 '고'가 그대로 버티고 있는데!

그렇기에 불교에서는 다시는 인간으로 태어나지 않기 위해 해탈을 추구한다. 해탈을 통해 거듭되는 윤회의 틀을 끝내 버리고 극락왕생하여 다시는 죽음이라는 고와 맞닿고 싶지 않은 것이다.

죽음이라는 고(苦)는 인간이 가지고 있는 섬세한 지능이 감당하기에는 너무나 큰 고통이기에 그것을 면하고자 함이 곧 해탈이다. 그 길을 향한 차선책으로 구원과 영생이라는 길도 있지만 그 고리를 벗어나지 못하고 있음은 인간의 운명이다.

인간들은 이렇듯 행복을 구하며 열심히 살아가지만, 결국은 죽음이라는 과정을 지나가야 하기에 고(苦)에서 자유로울 수 없는 존재다.

새로운 이상

배터리가 제작되면 그 에너지로 기기를 작동시킨다.

하지만 그 에너지가 소진되면 배터리도 소용이 없게 된다. 사람도 출생하면 배터리의 충전처럼 의식들이 충전된다. 그렇게 축적된 의식을 정신이라 한다. 그 정신으로 생을 살아가는 게 인생이다.

다시 말해 사람도 외부로부터 어떤 뜻과 의지를 끌어와 정신이라는 의식을 쌓은 뒤 삶을 펼쳐 가게 된다는 뜻이다. 그 의식들은 가까운 환경으로부터 얻게 된다. 어려서부터 공부와 가까이하면 문인이 되고, 전쟁놀이를 좋아하면 무인이 되기 쉽다. 그래서 나온 말이 '사람의 성격이나 팔자는 자라나는 환경에 따라 달라진다.'라는 말이다. '맹모삼천지교'라는 말도 그 같은 상황을 말함이었다.

사람은 성장하면서 어떤 양식을 쌓느냐에 따라 인생이 바뀌기에, 자라나는 환경이 그만큼 중요하다.

그것을 의식했음인지 우리 조상들은 꼭 종교를 끌어안고 살아왔다.

종교가 품은 이념을 잘 소화시키기만 한다면 좋은 인성을 갖게되고, 평화로운 세상을 만들 수 있으리라는 희망을 가졌던 것 같다. 그런 사회를 가꾸기 위해 종교를 수입해 오거나 누군가의 전도를 용인했다.

신라시대와 고려시대는 불교를 선택해 불국정토와 같은 세상을 만들어 보려 했고, 조선시대는 유교를 통해 예의바르고 평화로운 사회를 만들어 보려 했다. 그리고 조선 후기에 와서는 기독교가들어와 사랑이 가득한 세상을 만들어 보고자 했다는 의도로 평가된다.

우리 조상들은 지금까지 그런 의지를 갖고 각각의 종교를 번갈아 선택해 가며 국가를 운영해 왔음을 알 수 있다. 각 종교들은 우리 국민이 지닌 정신(정체성)과 엇비슷해 쉽게 접목되었고, 이질감 없이 착근되었다. 그리고 그것이 통치 이념이 되어 사람들이 살아가는 길잡이가 되어 주기도 했다.

우리가 그동안 채택해 온 갖가지 종교들은 사실, 우리나라만의 일이 아니라 세계의 모든 나라가 추구했던 통치이념이기도 했다. 인류 역사상 가장 선진화된 현대의 '자유민주주의' 체제가 세계 각지로 퍼져 나갔듯이, 구시대에 탄생되었던 새로운 종교들도 세상의 각 나라로 퍼져 나갔다.

이처럼 새롭게 탄생된 종교는 각 나라로 전파되어 꽃을 피워 보려 했었다. 남들이 많은 수확을 거두는 작농법을 구경만 하고 있을 농부가 없는 것과 같다. 한마디로 세상의 모든 나라들은 새롭게 등장한 종교(이상)를 잘 활용해 질 높은 삶을 추구하고자 했다.

인류가 현대와 같은 시대로 진입했으면서도 공산주의 이념에 매료된 계층이 있듯이 과거, 종교의 유입도 권력자의 의지에 따라 받아들여지기도 하고, 거부되기도 했었다. 정치와 종교의 이상은 실과 바늘처럼 인간들의 삶에 깊이 관여해 왔다.

그렇지만 문명이 고도로 발달한 현대와 같은 시대에는 그 어떤 종교도 옛날과 같은 효과를 가질 수 없게 되었다. 왜냐하면 세상은 이제 과거에 비해 자유롭고 평등해졌을 뿐만 아니라 의식주마저 풍족해졌기 때문이다. 물론 모든 나라와 사람들이 그렇다는 것은 아니지만….

이처럼 인간의 외적인 부분은 더 이상 종교의 힘을 빌리거나 기대지 않아도 될 만큼 성숙된 단계에 도달했다. 종교의 중심은 그동안 그런 사회를 구현하고자 했고, 한발 더 나아가 사후 문제까지 해결해 줌으로써 인간들에게 절대적인 힘을 가졌었다. 그러나 이제는 인간이 추구하던 외적 욕망은 누릴 수 있는 최고점에 다다랐고, 그 점에 관한 한 종교에 의지하지 않아도 되게 되었다.

이와 같이 종교가 가진 역할 중에 '의식주'라는 한쪽은 성취되었고, 또 한쪽인 '구원(영생)'이라는 문제는 아직 사람들에게 확신을 주지 못하고 있다. 그저 무조건 믿고 순종만 하면 성취된다거나, 해탈(성불)을 통해 얻을 수 있다는 불확실성을 벗어나지 못한 상태다.

이제는 그 부분들을 재정립하여 '새로운 이상'을 찾아내 새롭게 출발해야 할 시점에 와 있는 것 같다.

제 4 부

깨달음과 발상의 전환

Toward the Nobel Prize im
            Literature Camdidates

삼사일언

'말이 칼보다 무섭다'라는 말이 있다.

칼은 한순간에 일어나는 짧은 상해로 끝나지만, 말은 두고두고 오랫동안 마음과 영혼을 멍들게 하기 때문이다. 그렇기에 말을 할 때는 언제나 조심하지 않으면 안 된다. 글도 그와 다르지 않다. 그러므로 말이나 글을 통해 뜻을 전달하고자 할 때는 신중해야 한다. 한번 내뱉은 말이 상대에게 전달된 뒤에는 엎질러진 물처럼 다시는 주워 담을 수 없다.

특히 화났을 때 말을 조심하지 않으면 안 된다. 그때는 절제되지 않은 말이 튀어나올 수 있어서 하는 말이다. 부부간에는 더욱 그렇다. 평소에 정이 깊고 이해력이 좋았던 부부야 오해가 생겨도 쉽게 풀리지만, 서로 신경전을 벌이며 살던 부부는 말 한마디로 결별의 화근이 된다. 말은 언제나 곱고 예쁘게 해야 한다. '말 한마디로 천 냥 빚을 갚는다.'라는 말도 그래서 나온 말인 듯하다.

어떤 관계에서든 화났을 때 하는 말은 상대에게는 듣기 싫은 말일 경우가 많다. 딱히 결별할 의사가 없다면 그때 잘해야 한다. 조심하지 않고 한 말 때문에 앙금이 깊어지기도 하고, 돌아올 수 없는 강을 건너는 경우가 되기도 한다. 기분이 좋았을 때 하는 말은 보약과 같지만, 화났을 때 하는 말은 독약과 같다. 그렇기에 기분이 언짢을 때는 가능하면 말을 삼가야 한다. 그때가 바로 '침묵이 금이다'라는 격언에 맞는 경우다.

물리적인 폭력만이 폭력이 아니라 화를 품은 말도 폭력이다. 외적인 폭력은 몸을 멍들게 하지만 언어의 폭력은 마음을 멍들게 한다. 가까운 사이일수록 말을 조심하고 가려서 해야 한다. 가깝다고 가볍게 한 말 때문에 절연하는 경우가 의외로 많다. 또 농 같은 말이나 취중에 하는 말도 진심과 전혀 무관한 말이 아님을 알아야 한다. 오히려 무의식중에 하는 말이 잠복되어 있던 진심일 가능성이 높다.

상대의 부족한 부분이나 잘못한 부분들을 지적하면 상대 또한 나의 부족하고 잘못한 것들을 두 배로 부풀려서 반격을 가하게 된다. 하지만 상대의 장점이나 잘한 부분을 얘기하면, 상대 역시도 나의 좋은 점이나 잘하는 것들을 더욱 크게 칭찬하고 나선다. 그것이 인지상정이다. 그러니 가능하면 서로 고운 말만 하면서 살아야 한다. '사랑만 하며 살기에도 짧은 인생'이라 하지 않는가!

나와 가까이 지내는 사람은 대부분 나의 잘한 부분을 얘기해

주고 인정해 주는 사람이다. 부족한 부분을 채워 주겠다고 조언이나 충고를 하려 드는 사람과는 멀어질 수밖에 없다. 공감하는 말, 칭찬하는 말, 믿고 신뢰하는 말들은 서로의 관계를 친밀하게 하고 정을 깊게 해준다. 물론 그렇게 되려면 서로 코드가 맞아야 가능하다. 세상에는 같은 얼굴이 없듯이 성격 또한 같은 사람이 있을 수 없다. 그래서 이해와 양보와 배려가 필요하다.

또 어쩌다 발생한 상대의 실수를 들먹이지 말아야 한다. 못 들은 척, 안 들은 척 넘어가야 한다. 고의가 아닌 실수에는 무반응을 보이는 것도 좋은 관계를 만드는 데 필수적이다. 좋은 관계가 되려면 서운하고 아쉽고 섭섭했을 때를 아무렇지도 않게 넘길 줄 알아야 한다.

특히 조심해야 할 것은 답답하고 짜증났을 때 내뱉는 말이다. 짜증스런 말은 그동안 쌓았던 모든 정을 물거품으로 만들고 만다. 그래서 세 번 생각하고 한 번 말하라는 '삼사일언(三思一言)'이 나오지 않았나 싶다. 화로 인해 내뱉은 한 번의 실언은 다시는 주워 담을 수 없는 엎질러진 물과 같다.

윤리보다
자유가

예(禮)가 아니면 '보지 말고, 듣지 말고, 말하지 말고, 행하지 말라'라는 게 공자의 가르침이다. 이 같은 규범을 지키는 것이 인간으로서의 도리요 예라 했다. 그것을 완벽하게 준수한다면 인간의 삶이 화목하고 평안해지리라 보았다. 그러나 배가 고픈데 어찌 예만 지키며 살 수 있겠는가! 견디다 못해 훔치고 빼앗고 강탈하지 않겠는가. 더구나 욕심 많은 사람들이 더 많은 것들을 가지려고 요동칠 텐데!

사람이란 이성에 앞서 감정의 동물이다. 또한 생각이 다르고 목표가 다른데 어찌 물리적인 제재도 없는 '예'에만 묶여서 살아갈 수 있다는 말인가. 그렇기에 물질만능의 시대를 살아가는 현대인들은 갈수록 예를 멀리하게 되었는지 모른다. 현대 민주주의 하에서는 예를 주장하는 것 자체가 강제요 부자유라고 반박한다.

현대사회는 '자유'가 최고 덕목이다. '자유가 아니면 죽음을 달라'라는 말도 그래서 나왔으리라. 그러다 보니 감정의 제재를 필요로 하는 윤리가 뒤로 밀리게 되었고 사라질 지경이다. 이제 '예'는 필요 없게 된 옛 농기구처럼 우리의 삶에서 그 역할이 사라져 간다. 오직 법만이 윤리를 대신할 뿐이다. 그러다 보니 공자의 사상뿐 아니라 부처나 예수의 사상도 사장되어 가고 있는 상황이다. 차차 모든 윤리가 사라지면 인간의 삶이 어떻게 되겠는가? 면역력이 떨어진 신체가 세균에 잠식되어 가듯이 이 인간 세상은 그저 감정에 휘말려 허덕이지 않을까!

윤리의식이 없었던 인류의 삶에 윤리가 등장하여 정착되었을 때, 인류는 참으로 큰 행복을 느낄 수 있었으리라. 하지만 얼마 가지 않아 윤리는 차츰 타락되어 갔고, 그 후 타락된 윤리를 갱생시키고자 성인들이 탄생했다. 그러나 배고픔이 없어지지 않는 한 윤리가 되살아날 수 없다는 것을 2,000여 년이 지난 오늘날까지의 삶이 증명해 주고 있지 않은가.

인간의 행복은 윤리의 실천이 아니라, 물질의 풍요와 자유가 우선 되어야 한다는 것을 현대사회가 보여주고 있다. 이를테면 인간이 희망하는 행복이란 제재와 인내로 유지되는 윤리적인 사회가 아니라 '물질의 풍요와 자유'가 보장되는 사회일 것이다. 태초의 인간으로부터 현재까지의 삶을 통해 증명된 사실이 아닌가, 그렇다면 물질과 자유가 충족된 후에는 윤리가 실현될 것인가?

과거의 '예'는 이제 사람들에게 올가미처럼 인식되어 버렸고,

오히려 무례(無禮)가 자유인 양 되어 버렸다. 오직 풍요와 자유만이 최고의 행복으로 굳어졌다. 그동안 예를 기준으로 했던 행동의 지침들이 이제는 방임과 같은 자유로 바뀌어 버렸고, 지금은 성인(聖人)들이 남긴 모든 진리가 무용지물이 되고 말았다. 오직 '풍요와 자유'만이 최고의 가치가 되었다. 다시 말해 예는 사라지고 삭막한 법만이 인간을 보호하고 평화를 보장하는 시대가 된 셈이다.

그렇다면 반문하지 않을 수 없다. 세상은 이제 배고픈 시대가 끝났으니 성인들의 뜻이 펼쳐질 때가 되지 않았느냐고? 왜냐하면 그동안 배고픔 때문에 '예'가 외면받을 수밖에 없었다는 것을 전제한다면. 그것은 궁색한 변명일 뿐이다. 인간의 행복은 '모든 것이 성취되었을 때'가 아니라 '목표를 향해 가고 있을 때'가 아닐까?

내세만을 위한
삶인가

　지상에 존재하는 모든 생명체의 몸은 땅에서 얻고, 생명에너지
는 하늘에서 얻는다. 그렇게 탄생된 생명체는 각자의 수명대로 살
다가 왔을 때처럼 땅과 하늘로 분리되어 돌아간다. 파리나 개미 한
마리의 생명도 그와 다르지 않다. 모든 생명은 같은 생명으로서 이
같은 변화에 의해 성했다 사라진다.

　단지 인간은 다른 생명체가 가지지 못한 사고(思考)라는 감각
기관을 갖고, 조물주가 창조한 세상의 변화를 읽고 관찰하며 마음
에 품는다. 그리고 각자가 관찰하고 분별한 현상들을 마음에 쌓아
각기 다른 특색을 가진 생명(영)이 된다.

　사후에는 그 같은 삶을 통해 얻어진 영적에너지가 생명의 원천
으로 돌아가게 되고, 그 분량대로 다시 쓰임 받게 되는 게 아닐까?
그러기에 불교에서는 욕심 많은 사람은 돼지가 되고, 여우짓하는

사람은 여우로 돌아간다고 하지 않았을까. 이 지상에서의 습성으로 길들여진 특색대로 다음 생이 이어진다는 논리를 펴는 것도 일견 일리가 있어 보인다. 이 같은 논리가 인간들의 삶에 얼마만 한 영향을 줄지는 모르지만 사고하는 인간이기에 그냥 흘려보낼 수만은 없을 것으로 여겨진다.

그와 같은 세상의 이치와 하늘의 이치가 인간들의 의지와 크게 다르지 않으리라 본다. 이 세상과 우주가 어떤 의지에 의해 돌아간다면 그 속성 또한 인간의 의지와 같다는 생각이다. 다시 말해 나쁜 짓 한 사람을 좋게 볼 리 없고, 좋은 일하는 사람을 나쁘게 볼 리 없다는 것이다. 불교에서 말하는 인과응보의 논리가 인간만이 아니라 모든 자연에도 적용된다는 뜻이다.

현실에서 복된 언행들을 강조하는 건 현실의 안녕과 평화를 위함이듯이, 사후세계에서도 선하고 복된 생명들의 결집으로 하늘의 안녕과 평화를 이루리라. 그처럼 펼쳐지는 것이 세상과 하늘의 이치이지 않을까. 인간의 현실적인 삶은 현실만이 아니라 사후에 전개될 영적인 삶의 대비라는 논리다.

그러나 현재의 종교는 영적인 영원한 삶만을 바라봄으로써 현실의 삶을 외면시하고 있다. 현실의 삶도 내 생명의 삶이요, 내세의 삶도 내 생명의 삶이다. 그러니 내세만을 위해서 현생을 무시하거나 외면하는 건 합당치가 않다.

잘 믿고 실천하는 사람은 현실만이 아니라 사후에도 풍요롭고 행복하지만, 그렇지 못한 사람은 현실뿐만 아니라 사후에도 빈약하고 불행하다는 뜻이다. 그래서 잘 믿고 따르며 순종했던 생명들은 하늘로 귀환해도 환대받고, 그렇지 못한 생명들은 천대받는다는 논리다. 이 모든 논리는 현실에서의 삶이 어땠느냐에 따라 사후에도 그에 대한 보상이 주어진다는 뜻이기도 하다.

그러나 인간은 그 같은 논리의 진실과 실제를 알 길이 없다. 그저 상상해서 말하고 있을 뿐이다. 나에게 펼쳐지고 있는 현재의 삶이 과거에 펼쳐졌던 내 업보 때문임을 확인할 수 없듯이, 현세에서의 삶이 어땠느냐에 따라 사후의 삶이 어떻게 되리라는 것도 알지 못한다. 오로지 그러리라는 상상일 뿐이다.

누군가의 삶이 편안함을 보면서 하는 말이 있다. "과거에 나라를 구했나, 선행을 많이 했나!"라는 말이다. 그랬기에 지금 현실에서 그토록 편하게 살지 않는가라는 말이다. 물론 그런 말들을 앞세워 현세의 삶에 만전을 기하고자 함일 수도 있다. 이런 인간적인 판단이 조물주의 판단과 아주 상이하지는 않으리라는 생각이다.

그러나 그것 때문에 현실에서의 삶에 제약을 받는다면 온당치 않다. 꼭 내세만을 위해서 살고 있는 현세가 아니라는 뜻이다. 하나의 생명은 내세는 내세대로 현세는 현세대로 복된 삶을 살 권리가 있다. 그러니 금욕과 독신을 주장하고 육식과 음주를 반대하며 개인의 삶을 제한받는 건 잘못이라는 판단이다. 내세만을 위해 현실을 사는 게 아니기 때문이다.

생명의 존귀함은 현세와 내세가 다르지 않다. 현실의 제약을 통해 갈고 닦아야만 꼭 내세의 평안이 주어진다고는 보지 않는다. 또 진심을 떠나 인위적인 언행만을 반영하여 선택받지는 않으리라 본다. 어찌 외식과 형식만을 보시고 판단하시겠는가! 오직 그 생명의 '진실'만을 체크하실 것이다. 현실에서 칭찬받고 산 사람은 사후에도 칭찬받고, 현실에서 징계받고 산 사람은 사후에도 징계받을 것이다. 위선자를 칭찬하지 않는 건 인간과 조물주가 다르지 않을 것으로 본다.

태초부터 현재까지도 인간들에게 사후의 세계에 대한 어떤 확답이나 확증을 보여주지 않은 이유가 있을 것이다. 인간들이 한평생을 자유의지대로 살다 가도록 내버려 두는 것은, 조물주가 진심을 알아보기 위한 방편일지도 모른다. 시험이란, 답을 가르쳐 주지 않는 게 원칙이지 않은가!

노동의 평준화

　힘들게 사는 사람들은 한결같이 "돈만 많으면 이 고생 안 하고 살 텐데"라는 말을 입버릇처럼 하곤 한다. 그런 그에게 거액의 로또복권이라도 당첨된다면 아마도 하던 일을 당장 멈추고 말 것이다. 그는 당분간은 그렇게 아무것도 하지 않고 살지 모른다. 하지만 노동은 돈만이 아니라 삶이다.

　즉, 흐르는 물은 썩지 않지만 정체된 물은 썩어 가듯이, 사람 역시 아무런 일을 하지 않으면 탈이 생기게 마련이다. 살아 있는 모든 생명체는 움직이지 않으면 죽게 되어 있다. 물론 당사자들이야 어떤 방법을 통해서든 건강을 유지하고 삶의 안락을 취하며 살 자신이 있다고 생각하겠지만! 그러나 그것도 그리 길게 가지 못한다. 넋 놓고 마냥 흥청대다가는 가랑비에 옷 젖듯 금세 시들어진 낙엽이 될지 모른다. 무엇을 하려는 의지와 함께 땀을 흘리는 것은 건강한 삶의 필수다.

1960~2000년까지는 현재의 한국을 있게 한 공업발전이 활발히 일어난 시대였다. 그 기간을 살아낸 세대들은 한결같이 고생을 운명으로 받아들이며 살아낸 세대다. 그 시대 여성 노동자들은 고생을 하면서도 한 가닥 꿈을 갖고 있었다. '어서 빨리 결혼하여 이 고생을 벗어나자'라는. 능력 있는 좋은 남자를 만나 시집가면 고난을 벗을 수 있으리라는 기대였다. 하지만 남성 노동자들은 그런 희망도 없었다. 오직 세상사의 무거운 짐들을 걸머지고 가야 할 운명이라고만 생각하며 자기 앞에 놓인 고생을 고스란히 받아들이며 살았다.

또 때가 되면 결혼하여 처자식이라는 무거운 짐을 떠안는 것도 거부하지 않고 받아들였다. 그것이 그때 당시를 살아가는 젊은이들의 모습이었다. 하지만 그들도 속으로는 어느 정도의 돈만 벌면 은행에 넣어두고 높은 이자만으로도 잘 살 수 있으리라는 한 가닥 꿈을 가지고 있었다. 은행 이자가 높았던 2000년 이전까지만 해도 그런 생각을 가졌었다.

그러나 세상은 그렇게만 흘러가지 않았다. 그 같은 생각으로 부지런히 노력하여 목표한 만큼을 모으면 뭐 하겠는가. 이자가 반으로 낮아지고, 물가는 날이 바뀌기가 무섭게 뛰어 오르고, 집값 또한 하늘 높은 줄 모르고 오르는데. 더구나 과거에는 없었던 자녀들의 사교육비로 돈이 물처럼 빠져 나갔다. 얼마 동안만 노력하면 고생을 면할 수 있으리라 생각했었는데 도무지 면할 수 없도록 만드는 게 그 시대의 사회였다. 아니 그렇게 되도록 이끌어 가는 것이 정부 정책자들의 전략이라는 생각도 들었다.

즉, 보이지 않은 힘에 의해 물가와 세금이 따라 오른다는 것이다. 그렇게 하여 돈의 용처를 늘려가야 노동자들이 일손을 놓지 못하게 되고, 계속 노동을 할 수밖에 없기 때문이다. 만일 돈이 쉽게 모아지고 은행 이자까지도 높다면, 일찍 돈을 모아 일손을 놓게 될 것이 뻔하지 않겠는가. 그래서 힘들게 돈을 모아도 어디론가 쉽게 흩어지고 부자가 되지 못하게 하는 정책이 누군가에 의해 뒤에서 조종되지 않나 하는 생각도 들었다.

그렇지 않고 모두가 다 부자가 된다면 누가 일을 하겠는가. 누구라도 '돈만 많으면 고생 좀 그만하자'라는 게 그 시절을 버티고 살아온 젊은 층들의 꿈이었는데. 그들이 말 그대로 열심히 돈을 벌어 2000년대 이전처럼 이자도 높고 집값도 쌌다면 일손을 놓지 않을 사람이 누가 있겠는가! 그러나 그들이 겪은 IMF나 그 후 물가의 오름세는 계속 일을 하지 않을 수 없게 만들었다. 심지어 그들은 정년퇴직을 한 후까지도 일손을 못 놓는 입장에 놓여 있다. 노후대책이 제대로 되어 있지 못했기 때문이다.

이 같은 현상을 놓고 볼 때 '가난이 경제의 원동력'인 것만은 확실한 듯하다. 세상에 고생을 좋아할 사람이 누가 있겠는가. 그러나 그때의 사회와 입장을 알았기에 그 시대를 살았던 젊은이들은 이를 악물고 수고를 견뎌냈다. 그토록 고생을 많이 했던 그들이었기에 가능하면 자식들만은 고생을 덜하며 살 수 있도록 해주기 위해 대학을 보내다 보니 현장에서 일할 수 있는 노동력이 부족할 수밖에 없었다. 지금은 그 자리를 해외 노동자들로 채우거나 자동화로 대체하고 있지만 언젠가는 국가적인 큰 문제가 되지 않을까 하는 걱정이다. 사회가 이렇듯 원격적으로 돌아가는 것은 정부를 이끄는 정책관계자들의 의도에서 나온 게 아니라 자연적인 사회현상이지 않을까 하는 생각도 든다.

부(富)를 나눠 모두가 평등하면 좋을 것 같지만 그것은, 노동의 부재라는 문제를 낳을 수 있음을 알 수 있다. 하지만 대대로 가난을 벗어나지 못하고 노동에 메어 살 수밖에 없는 약자로만 사는 것도 문제가 아닐 수 없다. 그래서 노동도 권리의 평등이나 남녀의 평등처럼 이뤄져야 한다는 생각이다.

과거 신분의 차이가 큰 문제였지만 차차 사라지고 현대와 같은 평등한 사회가 되었듯이, 언젠가는 빈부의 차이로 빚어지는 이 같은 노동의 문제가 일소되리라 믿는다. 즉, 모두에게 균등한 노동이 주어지는 '노동의 평준화'가 이뤄지는 사회가 되어야 한다는 말이다. 그것이 자본주의 사회가 시급히 해결하고 가야 할 문제다. 그렇지 못하면 노동의 차이는 결국, 빈부의 차이를 해결하기 위해 강제로 펼쳐졌던 공산사회처럼 큰 풍파를 거칠 수밖에 없을 것이다.

다시
소크라테스가

'호랑이는 죽어서 가죽을 남기고, 사람은 죽어서 이름을 남긴
다.'라는 말이 있다.

그 말을 요즘에는 들어보기가 힘들어졌다. 아마도 시대가 바뀌
어서 그런 것 같다. 그런 말은 과거 임진왜란과 같은 전쟁에서 희
생되었던 의병들이나 일제치하의 독립운동에 앞장섰던 애국자들
의 삶을 칭송하고, 그 길을 독려하는 차원에서 나온 말이었지만,
지금은 평탄한 삶만 펼쳐지고 있기 때문이 아닌가 싶다.

6.25휴전 후 70년이 흐르면서 그런 난국도 또, 큰 희생을 요하
는 사건도 없는 시대가 이어지면서 서서히 잊히게 되지 않았나 싶
다. 물론 광복 후 80년대까지의 민주투사들도 있기는 있었지만…
영웅이나 의로움이 필요했던 시대가 아니었기에 이름을 남긴다는
의미의 슬로건이 회자될 만한 상황이 아니었다는 생각이다.

이제는 어떻게 하면 돈을 조금이라도 더 벌어들일 것인가와 그 돈을 어떤 일에 쓰느냐에 따라 '의'가 평가되고 있다. 그런 점은 약관이고 대부분의 사람들은 오직 돈을 많이 벌어 부자가 되느냐를 꿈꾸고 사는 세상이 되었다. 그리고 노후를 편안히 보내는데 부족함이 없도록 하느냐에 맞춰져 있다.

현대사회는 이제 돈이 최고가 된 지 오래다. 지금은 옛날의 수많았던 불편한 조건이나 환경들을 개선하여 사람들이 살기 좋은 환경으로 발전해 있고, 돈만 있으면 즐기기에 부족함이 없는 사회가 되었다. 그것이 곧, 인간들이 사는 삶의 중심이요 희망이다. 이제는 영웅도 의인도 필요 없고 오로지 개개인의 행복 추구만이 유일한 목표다.

그러한 현실을 놓고 볼 때 현대사회는 '배고픈 소크라테스보다는, 배부른 돼지의 삶'을 추구하는 시대라 해도 과언이 아니다. 아니! 삶이란 오직 의식주의 풍요와 더불어 완전한 자유와 편함이라고 하지 않을 수 없다. 과거 의인이나 영웅이 출현한 것도 사실 자손들의 평안과 안녕을 얻고자 함이었음을 부인할 수 없으리라 본다. 그랬던 과거의 조상들이 희망했던 후손들의 삶이란 지금 펼쳐지고 있는 이 같은 삶이지 않았을까? 그래서 그토록 땀과 피를 흘린 것이 아니었을까!

그러니 그 후손들은 이제 편히 쉴 자격이 있다는 뜻이다. 비록 당사자인 후손들의 수고는 없었지만. 지금 우리는 조상들이 고대했던 그런 시대를 살고 있는 것이다.

하지만 문제는 앞으로 전개될 미래의 후손들이다. 거기까지는 생각하지 말고 현재를 충분히 즐기기만 해도 괜찮을까! 그러다 보니 자연환경은 갈수록 파괴되고 갖가지 유해 바이러스들이 창궐해 현재와 같이 세상을 위협하고 있지 않은가!

이제 인간의 삶은 물질만능과 이기로 변해 있고, 용서 양보 관용이라는 사랑은 찾아보기 어려운 시대로 변해 있다. 지금은 그저 특별한 수고 없이 '배부른 돼지 같은 삶'만이 최고가 된 세상이다.

이렇게 살다 보면 머지않아 인류는 불을 향해 돌진하는 불나방 같은 처지에 직면하게 될지 모른다. 개인적인 이기만이 아니라 국제적인 이기도 극에 다다라, 한계점을 넘어섰다는 '환경파괴'에는 나 몰라라 하고 있으니 걱정이 아닐 수 없다. 그것을 피부로 느끼면서도 세계인들은 욕심을 내려놓지 못하고 있다.

하늘에 먹구름은 진하게 몰려오는데 욕심에 발이 묶여 서로 눈치만 보고 있다. 늦었을지 모르지만 이제 또다시 '소크라테스가 등장해야 할 때'가 되지 않았나 싶다.

공정한
사회

옛날이나 지금이나 대부분의 사람들은 무슨 사건사고가 발생하면, 청탁할 수 있는 사람이 있는지부터 알아본다. 잘못했으면 정당하게 죗값을 치러야 하는데 어떤 힘을 써서라도 그것을 모면할 길이 없는지부터 찾아보게 된다.

그것이 인지상정이라 생각되지만 사회의 악인 것만은 확실하다. 학연이나 지연, 혈연 또는 돈과 권력을 써서라도 문제를 가볍게 하거나 많은 이익이 돌아오게 하려는 것이 인간들의 심리다. 누구나 그 같은 사회를 원하지는 않지만, 막상 내게 그런 상황이 닥쳤을 때는 그런 유혹을 떨치기 어렵다. 하물며 부모형제지간이야말로 더 말해 무엇하겠는가. 예수의 말씀 중에 그런 불공정함을 지적한 부분이 나온다.

어느 날 많은 군중들 앞에서 연설을 하시던 예수께서 잠시 쉬실 시간이 되었을 때 누군가가 말을 걸어왔다. 예수의 부모형제들을 알고 있던 그가 군중들 속에 섞여 있던 예수의 가족들을 발견하였고, 그 가족들이 예수를 만나고 싶어 한다는 것을 알고 그 소식을 전하기 위해 말을 걸었다. "저기 저곳에 선생님의 어머님과 형제들이 만나기를 원하던데, 한 번 만나 보시지요."라며 알려 주었다.

그때 예수께서 쉬시던 자리에서 일어나 주위를 둘러보며 "그게 무슨 말이냐. 누구든지 하나님 뜻대로 하는 자라야 내 부모요 형제니라"(마12:48~50)라며 그곳에 모인 군중들을 향해 말씀하셨다.

그동안 지연이나 혈연관계에서 빚어지고 있던 많은 문제점들을 보았기에 하고 싶었던 말씀을 이처럼 하셨던 것 같다.

팔은 안으로 굽는다는 말도 있지만 대부분의 사람들은, 혈육관계로 인해 발생되는 그릇된 관행들이 예나 지금이나 여전히 자행되고 있음을 모를 리 없다. 그때도 혈연관계로 인해 일어나는 불의가 얼마나 많았으면 예수께서 이렇듯 작심하고 지적했는지 짐작이 된다. 그런 편법이나 불공정이 천국형성에 커다란 걸림이 아닐 수 없었기에 하신 말씀이다.

지금도 그렇지만 혈연, 지연, 학연 등 수없이 많은 관계를 매개로 불공정한 사회를 만들고, 결국은 혼탁한 사회가 되는 것을 우리는 잘 알고 있다. 그때 당시 유대사회에서도 그 같은 편법이나 불공정이 수없이 자행되고 있었기에 예수께서 이렇듯 외치지 않았나 싶다. 특히 가족이라는 혈연을 통해서….

쥐꼬리만 한 권력만 있어도 함부로 행세하고 자기 쪽 문제는 덮어주고, 남의 쪽 문제는 세세히 검사하여 감옥에 넣거나 벌금을 물리는 게 인간들의 실상이 아닌가! 그랬던 그들이 바른 척, 착한 척하는 모습을 보아왔던 예수께서 그동안 마음속에 담아 두었던 생각을 이처럼 털어 놓은 것이다.

내 부모 형제라도 바르지 않으면 법대로 처리하는 그런 사회, 즉 하나님 말씀을 지키고 따르는 사회가 되기를 바랐던 예수의 뜻을 엿볼 수 있는 장면이다. 그것이 '공정하고 공평한 천국의 모습'이다. 아니! 천국은 그런 부류가 애초에 합류할 수 없는 사회이기도 하다.

하나님을 믿고 또, 자기를 믿고 따르며 구원을 얻었다는 생각을 하면서도 불의를 떨치지 못하는 사람들에게 깨우침을 주기 위해 그 같은 말씀을 하신 것이 아닌가 생각된다.

깨달음과
발상의 전환

고정관념이란 늘 반복되어 고착된 관념을 말한다.

하루하루가 변화하는 젊은 세대와는 달리 중년을 넘어선 나이가 되면, 그동안 습관처럼 행했던 언행들이 본인의 개성으로 자리잡힌다. 그런 관념들은 튼튼히 쌓아올린 단단한 벽돌집처럼 고정관념화된다.

깨달음이란 그런 사이를 비집고 들어가는 빗물처럼 켜켜이 쌓인 고정관념의 틈을 파고 들어가 변화시키는 것을 두고 하는 말이다. 그러나 지혜가 없다면 그것도 무용지물이다.

원효스님이 캄캄한 밤중에 목이 말라 맛있게 마셨던 물이 다음 날 확인해 보니, 해골 속의 썩은 물임을 알았을 때 느꼈던 충격을, 깨달음으로 승화시켜 새로운 사상의 기초로 삼을 수 있었던 것은,

바로 '발상의 전환'을 할 수 있는 지혜가 있었기 때문이다. 만일 원효스님이 아니라 생각 없는 산적이었다면 어찌했겠는가!

아마도 아무런 깨달음도 없이 토악질만으로 끝나고 말았을지 모른다. 원효스님이 그 같은 깨달음을 가질 수 있었던 것은, 그동안 갈고닦았던 많은 수도와 지혜가 뒷받침되었기 때문이다. 즉, 밥을 짓기 위해서는 씨를 뿌리고 수고하여 곡식을 거둬들인 다음이듯, 깨달음을 얻기 위해서는 거듭된 수도와 정진을 통해 내공을 쌓고 준비된 사람이어야 가능하다는 말이다. 또한 뭔가를 깨닫고 그 깨달은 것들을 잘 조율하여 자기의 입장과 상황에 맞게 전환할 수 있는 지혜가 있어야 함은 물론이다.

누군가 '인생이 무엇인지 어떻게 사는 게 가치 있는 삶'인지를 운운하며 살던 사람이 있었다. 하지만 그의 동반자는 그런 그에게 조그만 흠들을 트집 잡아 잔소리와 짜증으로 일관했다. 그는 그와 같은 동반자의 불만을 받아들이지 못하고, 그와의 만남을 일생일대의 패착이라 여기며 후회하며 살았다. 그러던 어느 날, 스쳐가듯 한 깨달음을 얻게 되었다.

본인이 그동안 참된 인생이 무엇인지 또 왜 살아야 하는지를 알아보기 위해 산다고 하면서도 이런저런 핑계로 결혼도 하고 출가하지 못했지만, 폭포수처럼 퍼붓는 동반자의 잔소리와 짜증을 고행수도하듯 받아들이기만 한다면, 어떤 변화를 가져 올 수도 있지 않겠는가라는 깨달음이었다.

다시 말해 동반자의 잔소리와 짜증을 귀찮게만 받아들이지 않고 고행수도하듯 받아들이기만 한다면, 오히려 동반자의 짜증과 잔소리를 감사하게 생각할 수도 있지 않겠는가라는 판단이었다. 어찌 보면 그것이 고행수도와 같을 것이기 때문이다. 만일 그렇게만 된다면 그것이 곧 '깨달음이요 발상의 전환'이다.

깨달음이란 이처럼 기존의 관념을 새롭게 변화시킬 수 있는 것을 두고 하는 말이다. 지혜 있는 사람은 어떤 찰나로 깨달음을 얻고 이 같은 발상의 전환을 통해 스스로를 변화시켜 나간다. 하지만 그런 깨달음은 준비된 자의 몫이다. 결코 준비되어 있지 않은 사람은 기회가 와도 알아차리지 못할 뿐만 아니라 깨닫지도 못한다.

늘 깨어서 관찰하고 바른 것을 선택할 줄 아는 지혜가 있다면, 어떤 난관에 부딪쳐도 슬기롭게 대처해 나갈 수 있다. 옷을 꿰매기 위해서는 바늘과 실이 필요하듯, 삶에 변화를 가져오려면 이처럼 깨달을 수 있는 지혜와 발상의 전환이 필요하다.

생각의 자유가
영생이다

　사람들 중에는 오직 의식주에 관한 생각만으로 일생을 살다 간 사람이 있다.

　힘든 세상을 살아가는 것만도 버거운데 다른 생각을 할 겨를이 없어서 그럴 경우도 있지만, 타고난 성품이 이상주의를 배타적으로 보는 사람들의 철학일 수도 있다.

　그처럼 현실적인 시각으로 별생각 없이 앞만 바라보며 90년을 살다 간다면, 90년만 산 사람에 불과하지만 과거 500년의 역사를 꿰뚫어 보며 산 사람은 500년을 산 것과 같지 않을까! 만일 2500년의 역사를 손바닥처럼 읽으며 살았다면 그는 2500년을 산 것과 같을 수 있다. 그에 더하여 미래의 역사까지 읽을 수 있는 안목이 있다면, 그는 무한대의 삶을 살았다고 해도 과언이 아니다.

　사람들은 누구나 각자가 가진 정신을 충분히 발휘하면서 세상을 살아간다. 마음이 큰 사람은 큰 그림을 그리며 살고, 작은 사람은 작은 그림을 그리며 일생을 살아간다. 그것이 각자가 지닌 능력에 맞는 삶이다.

누군가는 비록 가난하지만 크게 행복해하며 살기도 하고, 누군가는 많은 것을 가졌음에도 불만 속에서 살기도 한다. 인간은 누구에게나 생각의 자유가 있기에 어떤 상황이든 자기의 생각대로 살 권리가 있고 사유할 자유가 있다.

언행에는 절제가 따르지만 생각에는 개개인의 지식과 역량만큼 생각할 자유가 보장된다. 누구라도 또 어떤 경우라도 생각할 자유까지 침해받아서는 안 된다. 아무것도 가진 것 없는 빈털터리지만 행복하다고 말하는 것은 생각의 자유로부터 얻을 수 있는 효과다.

그러나 어떤 종교에서는 생각의 자유를 제한하고 있다. 왜냐하면 그들이 가고자 하는 길이 방해를 받을 수 있어서다. 그래서 그들은 궁금하거나 의심되는 것들을 '그냥 믿고 넘어가라'고 가르친다. 의심의 확대는 불신으로 이어지고 혼란을 초래할 수도 있다는 우려 때문이다.

한마디로 생각의 자유를 통제해 불신의 싹을 차단하고자 함이다. 그리고 그들이 원하는 방향으로만 상상력을 주입시켜 맹목적인 사고만을 하도록 만든다. 그들의 그 같은 주장이 비록 불의하지는 않지만, 사람으로서 발휘할 수 있는 능력을 제한받는다는 것이 문제다. 그처럼 편향된 사고는 그의 영혼을 빈약하게 할 뿐만 아니라 정상적인 판단을 할 수 없게 만든다.

하지만 어떤 종교에서는 그와는 반대로 의문과 의심에 대해 끝까지 추적하여 그 답을 찾으려 한다. 온갖 의문들은 길을 막고 있는 가시덤불 같아서 수도하는데 방해가 된다고 보기 때문이다. 아니, 그 작업이 곧 수도라고 본다. 돌출된 의문들을 하나하나 제거하며 나아가야 궁극의 목표까지 갈 수 있다고 판단한 것이다. 깨달음이나 득도는 그런 과정을 거쳐서 이뤄졌으리라. 해탈이란 막힘 없는 생각의 자유 안에서 무한대의 의식들을 다 소화함으로써 얻게 되는 게 아니겠는가! 즉, 제재 없는 완전한 생각의 자유가 곧 마음의 평안을 얻을 수 있는 길이다. 예수의 '무거운 짐 진 자들아 다 내게로 오라. 내가 편히 쉬게 하리라'라고 한 말도 완전한 마음의 자유를 통해서 얻게 되는 편안함을 말함이라 본다.

성인들은 그것을 깨달았기에 그 길을 남겼으리라. 생각의 자유를 통해 세상의 이치와 원리를 깨달은 분들이었기에 갈등과 번뇌의 고통에서 허덕이는 중생들을 불쌍히 여겨 그 길을 열어 놓았다. 그분들의 판단은, 어떤 목적과 이유로도 '생각의 자유'를 제재받아서는 안 된다는 뜻이 담겨져 있다.

마음의 양식을 구하고 쌓을 수 있는 생각의 자유를 속박하는 건 손을 묶어 놓는 것과 같고, 타오르는 의식을 감옥에 가두어 놓는 것과 같다고 본다. 생각의 자유를 통해 '영원한 삶을 희구하도록' 하고자 했던 게 성인들의 뜻이 아니었을까?

내게 주어진 누구도 제재할 수 없는 생각(의식)이라는 배를 타고 세상과 우주를 여행하는 것이 영생이지 않을까. 편협된 생각, 닫힌 마음으로는 영생도 극락도 없다. 걸림이 없는 '완전한 생각의 자유가 곧 영생이요 극락'이라는 생각이다.

지혜와 믿음의
갈등

우리의 정치에서 '정치 9단'이란 말이 있다.

그것은 바둑의 9단에서 인용한 말이다. 이는 정치적인 능수능란함이 최고라는 뜻이다. 바둑에서는 그들을 입신의 경지라 부르는데 정치에서의 9단 역시 입신의 경지와 다르지 않다고 본 듯하다. 바둑의 9단들은 한두 수만 보는 일반인들과는 달리 네다섯 수를 보고 돌을 놓는다. 그만큼 멀리 보는 눈과 예리한 감각이 있기에 붙여진 이름이다. 그렇듯 정치에서의 9단들도 정치적 흐름이나 국민들의 동향을 보는 감각이 뛰어나기 때문인 것 같다.

그 같은 능력을 가지려면 판단도 빨라야 하지만, 치밀성과 예측능력이 무엇보다도 중요하다. 그러기 위해서는 바둑을 즐기거나, 삼국지 같은 책을 많이 봐야 지혜를 습득할 수 있다고 말한다. 그랬을 때 정치만이 아니라 현실을 살아가는 데 있어서도 뒤처지지 않을 것으로 여겨진다.

예수께서 강조하신 '믿음의 사회'란 이와는 반대되는 개념이다. 그가 강조한 믿음사회란 꾀나 능수능란함이 아니라 정직과 신뢰가 바탕이 된 사회를 말한다. 즉, 하나님의 뜻을 중심에 두고 그 범주 안에서 모든 언행이 이뤄지는 사회다. 그런 사회가 되려면 모두가 참된 사람들로만 구성된 사회라야 할 것이다. 모두가 성불한 사람들이거나 하나님의 아들들로 구성되어야 한다는 말이다. 그러니 예수께서 강조한 믿음의 사회(천국)가 펼쳐지기란 그때나 지금이나 불가능할 수밖에 없다.

하지만 사실 그렇게 말씀하신 예수께서도 갈등을 느끼지 않았을까 하는 생각도 든다. 왜냐하면 "독사같이 지혜롭되 비둘기처럼 순결하라."(마10:16)는 그의 메시지를 보면 그렇다. 이 말은 독사 같은 꾀를 발휘하되 한편으로는 비둘기만큼이나 순결할 것을 강조하는 말이니, 어찌 상반된 주문이 아니라고 할 수 있겠는가. 그가 강조한 믿음의 사회란 독사 같은 지혜보다 비둘기 같은 순결로 이뤄지기를 바란다는 말이기 때문이다. 그와 같은 예수의 말은 믿음의 사회가 되기 이전, 타락한 사회에서의 처세를 말하고자 함이 아니었을까 싶기도 하다.

그처럼 '지혜'와 '믿음'은 완전히 상반된 의미를 지니고 있음을 알 수 있다. 현신에서 속지 않고 살려면 독사 같은 지혜가 있어야 하고, 천국을 이루기 위해서는 비둘기처럼 순수하게 믿는 자가 되어야 한다는 말이니, 이 같은 예수의 얘기는 현실을 살아가는 종교인들에게 끝없는 갈등과 번민을 안겨주고 있으며, 결국은 현실을 살아내야 하는 사람들에게 믿음보다는 지혜의 길을 선택하게 함으로써 하나님의 뜻보다는 현실을 중요시하는 쪽을 가게 만들고 만다.

수많은 갈등과 모순 속에서 펼쳐져야 하는 예수의 소망은, 물도 없는 메마른 사막에서 꽃밭을 가꾸는 것만큼이나 어려운 일이 아닐 수 없다. 그렇기에 그의 뜻은 무려 2000년 동안이나 결실을 맺지 못하고 있는지 모른다.

이처럼 지혜와 믿음은 선택하기 어려운 뜨거운 감자가 되어 신앙인들의 삶에 갈등을 일으키고 있다. 지혜(꾀와 요령)를 따르자니 죄에서 자유로울 수 없고, 믿음을 따르자니 현실의 갈등에서 벗어날 수 없는 게 신앙인들의 삶이다. 결국 신앙인들은 지혜 안에서 '양질의 지혜'만을 취하며 살고자 한다.

그러나 예수께서는 그런 갈등에 메인 사람들을 향해 '뜨겁든지 차갑든지 확실히 하라'고 경고하고 있다. 이를테면 자기의 뜻을 따를 것인지 아니면 세상의 뜻을 좇을 것인지 확실히 하라는 것이다. 한마디로 기회주의자가 되지 말고 흑백을 분명히 하라는 말이다. 그 대가는 하나님께서 하실 것이니….

이런 상황을 놓고 볼 때, 예수의 뜻을 따른다는 게 얼마나 어렵고 힘든 길인지를 느끼지 않을 수 없다. 예수를 믿는 신앙인의 삶은 과거만이 아니라 현재와 미래에도 이 같은 갈등에서 벗어나지 못하리라는 생각이다.

인간의
고리와 고삐

가축에게 사용하는 고리나 고삐는 사람과 함께 살아가는데 없어서는 안 될 중요한 조건들이다. 소는 덩치도 크고 뿔이 있어서 위험한 동물이다. 사람들은 그 같은 위험을 예방하고 노동력을 이용하기 위해 소의 코를 뚫어서 고리와 고삐를 달았다.

또 사람과 가장 가깝다는 반려동물인 개에게도 고삐(목줄)를 단다. 왜냐하면 언제라도 야생성이 드러나 사람을 공격할지 모르기 때문이다. 이 같은 고리나 고삐는 사람과 함께 살아가기 위해서 감수해야 하는 동물들의 필수 조건이다. 동물들에게는 부자유하겠지만 그것을 거부한다면 사람과 함께 살 수 없으니 숙명과도 같다 하겠다

그와 같은 고리와 고삐가 사람에게도 있다. 아니, 더 무겁고 고통스러울지 모른다. 사람에게 만일 그런 고리와 고삐가 없다면 신

에게 의탁하지 않아도 되고 행복도 무한하리라!

사람에게 어찌 동물들에게나 있는 고리나 고삐가 있을 수 있겠느냐는 의문을 던질 수도 있겠으나, 가축들에게 있는 고리나 고삐보다도 더 큰 고통을 안겨주고 있음은 확실하다. 그것은 바로 '죽음'이라는 고리와 '도덕'이라는 고삐다.

인간에게 있는 죽음에 대한 고통은 죽음보다도 죽음을 의식하는 '걱정과 두려움'이다. 죽음은 순간이지만 그것을 의식하는 마음은 아주 어릴 때부터 사람들에게 고리와 같은 역할을 한다. 한번 태어난 사람은 언젠가는 죽어야 한다는 사실을 아는 순간부터 고리가 되어 따라다닌다. 아무리 행복해도 지울 수 없고 떨칠 수 없는 죽음은 도덕과 함께 사람을 옥죄는 고리와 고삐인 셈이다.

그래서 사람들은 죽음을 떨쳐버리거나 잊어버리려고 노력을 한다. 그런 노력으로 죽음이 없는 듯이 살고자 하지만 문득문득 그것이 의식됨으로써 스스로 고리에 메이곤 한다. 특히 중년을 넘긴 뒤부터는 가끔씩 찾아와 우울하게 만든다. 한편 가축들에게 있어서의 고리와 고삐가 자유를 빼앗는 것이라면, 사람에게 있어서의 고리와 고삐는 꿈과 희망을 불러오고 진보하게 하는 의지를 갖게 해주기도 한다. 영원히 살 수 없다는 한계가 주는 선물이기도 하다.

사람에게 생명을 준 이에 의해 죽음이 좌우되는 건 천리다. 그래서 '인명은 재천'이라 했다. 사람의 목숨 줄을 그가 부여잡고 있다고 해서 나온 말이다. 가축의 고리와 고삐를 사람이 잡고 있는 것처럼….

사람들은 죽음이라는 고리를 벗어나고자 온갖 노력들을 기울였다. 그런 분들이 곧 성인들이다. 몇몇 성인들이 그 답을 내놓았다. 부처는 '해탈'이요 예수는 '구원'이며 노자는 '도통'이다. 그들의 사상을 따르고 실천하면 목에 채워진 죽음의 고리에서 자유로워지리라는 논리를 폈다. 최소한 그 같은 논리에라도 의지해 보려 했던 게 인간들의 몸부림이다. 결과는 알 수 없지만 지금까지 인류는 그것을 믿고 의지해 왔다. 소나 개가 사람을 공격하지 않는다면 고리와 고삐가 필요 없듯이, 사람에게도 죽음이 없다면 성인들이나 신을 의지하는 일은 없었을 수도 있다.

현재로서는 사람들의 최종적인 목표가 '죽음을 해결'하는 게 아닐까 싶다. 그것이 최고의 행복이기 때문이다. 인간에게 있어서의 죽음은 그만큼 크고 절대적이다. 그래서 평생 절에 들어가 수도에 정진하는 게 아니겠는가. 또 전능한 존재를 의심치 않고 믿는다는 고백이 아니겠는가. 그러나 사람들에게 죽음이 없다면 존귀함이란 게 있을 수 있을까?

제 5 부

다 쓰고 버려라

Toward the Nobel Prize in
Literature Candidates

빵으로만
살 것이 아니라

모든 생명체는 본능이라는 감각이 있다.

동물만이 아니라 식물에게도 감각이 있다. 따뜻한 햇볕을 향해 방향을 바꾸는 나뭇가지들의 움직임도 동물들의 감각과 다를 게 없다. 그중에 인간만이 감각을 넘어 정신(精神)이라는 의식 기관을 가지고 살아간다.

인간은 정신이 있기에 새로운 삶을 찾아 도약하고 발전해 간다. 또한 더 큰 정신을 얻기 위해 지식을 쌓고 명상이나 수도를 한다. 그렇게 키운 정신은 대부분 인간의 행복을 위해 쓰인다. 많은 과학자들이 발췌한 연구와 그 결과로 현대 문명이 탄생한 것도, 정신을 기운 데기라 할 수 있다. 그리고 정신을 키워 무한한 상상의 세계를 탐험하는 데 사용하는 저술가나 예술가들도 있다.

인간의 정신이란 이처럼 스스로의 삶이나 인류의 삶에 도움이 되기도 하지만, 더 많은 사고를 통해 다가올 인류에게 꿈과 희망을 심어 주기도 한다. 세상을 이끌어 가는 사람들은 그처럼 정신력을 키운 사람들이다.

사람들 중에는 정상적인 사람만 사는 게 아니다. 비정상적인 정신을 가진 사람도 많다. 그릇된 사고와 정신을 올바르게 이끌기 위해 여러 성인들이 등장하여 정상적인 삶의 길을 제시해 놓았다. 그중 하나가 "사람이 빵으로만 살 것이 아니라 하나님 말씀으로 살지니라."라는 예수의 말씀이다. 이 말은 '빵으로 육신만 살리려 하지 말고 하나님의 말씀을 받아들여 건강한 정신을 가져야 한다.'라는 말이다.

하나님은 인간을 지어놓고 평화롭게 살기를 바랐지만, 그렇지 못함을 보시고 예수를 통해 바른 길을 알려 주셨다는 게 성경의 가르침이다. 더불어 영원히 존재하는 영혼의 길도 알려 주신 것 같다. 즉, 빵으로 육체만을 살리는 건 동물이나 하는 것이고, 인간은 바른 정신을 키워 영원한 하늘나라의 자식된 자격을 갖춰야 한다고 하신 말씀 같다.

과거만이 아니라 현대에도 불편부당함 없이 '잘 먹고 잘사는 것'이 인간의 삶인 것은 사실이다. 잘 먹고 불편부당함 없이 자유롭고 행복하게 사는 것이 인간을 향한 하나님의 바람인지도 모른다. 왜냐하면 하나님의 말씀인 '바르고 정직하게' 살면 얻게 되는 것이 곧 '잘 먹고 잘사는 것'이기 때문이다. 그렇지 못했기에 진리를 갖추어 잘 먹고 잘살게 하고자 해서 예수를 내보내지 않았는가라는 생각이다.

　소수만이 잘 먹고 잘사는 불평등을 없애고, 다 같이 평등하고 자유롭게 살도록 하기 위해 예수를 내보냈다는 것처럼 비친다. 아니, 불편부당함 없이 모두가 배부르고 평화롭게만 산다면 인간을 향한 조물주의 바람이 더 이상 없을까? 인간의 욕심은 거기에 한 술 더 떠 그와 같은 평안을 '영원히 누리기 위해' 신앙까지 만들어 구원 영생을 희구하게 되지 않았을까!

　모든 종교는 영생을 얻기 위해 탄생하게 되었으리라 본다. 한정된 지상에서만의 삶만으로 만족할 수가 없어서 갈구하게 되었다. 세상의 맛(행복)을 본 인간들은 영원히 존재하는 영생을 꿈꾸게 되었다.

　영생이란 죽음 뒤에 펼쳐지는 영혼의 영생이다. 그래서 예수가 했던 "빵만으로 살 것이 아니라 하나님의 말씀을 먹고 살라"는 말은, 빵으로 육체만을 살리는데 머물지 말고 하나님의 말씀을 받아들여 영혼을 살찌운다면, 영생(구원)을 얻게 되리라는 뜻이 아니었을까!

죄와 본능의
역학 관계

모든 동물들은 본능적 감각을 갖고 태어난다.

'지렁이도 밟으면 꿈틀한다'는 말도 본능적 감각이 있기에 나온 말이다. 조물주께서는 모든 생명체를 창조하실 때, 그 같은 본능을 일순위로 설정하지 않았나 싶다. 동물들에게 있는 감각적 본능이란 생명을 유지하는데 없어서는 안 될 필수적인 조건이기 때문이다. 그중 인간에게만은 특별한 감각을 준 것처럼 느껴진다.

조물주께서는 어떤 동물에게도 본능을 제어하거나 수정하도록 만들어 놓지는 않았지만 인간만은 예외로 한 것 같다. 성인들이 나타나 본능의 일부를 수정하거나 도려내야 한다고 강조하기 때문이다. 물론 모든 본능을 말하는 건 아니다. 본능 가운데 죄에 포함될 수 있는 부분들을 말하는 것이다. 성인들의 그 같은 주장이 조물주의 진심인 양 믿고 따르자는 것이 기독교 단체의 주장이기도

하다.

사람이 본능적으로 느끼는 성적 감각이나 욕심에 관한 감각을 제어하지 않고 그대로 행하게 된다면, 대부분 죄에 해당되는 게 인간이 규정한 윤리다. 이성을 보며 느끼는 음욕이나 맛있는 것을 보며 느끼는 식욕, 그리고 화났을 때 갖는 폭력성 등을 절제하지 않는다면, 도덕적인 비난과 법적인 죗값을 치르지 않을 수 없게 된다. 교도소에 수감 중인 대부분의 죄수들은 본능을 억제하지 못한 대가를 치르는 중이다.

하지만 인간을 제외한 모든 동물들은 본능이 아닌 행동이 없고, 그런 동물들의 세계가 꼭 잘못되거나 불행하다고 볼 수만은 없다. 만일 인간 모두가 본능대로 산다면 범죄자도 감옥도 없는 공평하고 자유로운 세상이 되지 않을까! 불행인지 다행인지는 몰라도 유일하게 인간만이 죄라는 윤리의 올가미에 묶여서 전전긍긍하며 살고 있지 않은가!

인간은 그러한 죄에서 벗어나기 위해 해탈을 추구한다. 해탈이란 본능적 감각을 완벽하게 제거했을 때 얻는 훈장과도 같다. 또, 예수께서도 그 같은 시각으로 보셨던 부분이 있다. '음욕을 품은 자도 간음함이다'(마5:28)라는 말씀이다. 이 말씀은 인간의 본능인 음욕을 죄로 봤다는 것이다. 하지만 이것은 조물주의 창조성에 반기를 든 것이 아니고 무엇이겠는가!

예수의 말은 여자를 보고 음욕을 품게 되면 간음으로 이어지고 결국은 생명을 잃게 되는 걸 미연에 막기 위해 한 말이지만, 그런 판단은 하나님의 뜻에서 벗어남이 아닐 수 없다는 말이다. 즉, 인간을 제외한 모든 동물들은 태생적인 본능대로 살아가고 있으며, 그런 본능을 충실히 따랐기에 존립이 가능했다고 볼 수 있다. 오직 인간만이 본능을 억제하며 평화를 얻겠다고 하지만, 그것은 휴화산과 같을 뿐이다. 그런 억제는 인간의 귀중한 자유를 빼앗아 가는 것이 아닐 수 없다.

그동안 인간이 죄라고 규정해 억제하고 있는 본능들은 인간을 창조한 창조주의 섭리에 정면으로 위배됨이다. 왜냐하면 모든 생명체가 지닌 본능은 바로 조물주의 창조성이기 때문이다. 그렇게 볼 때 우리가 성인이라 부르는 부처 공자 예수는 창조주의 창조성에 정면으로 위배되는 논리들만 내세웠다고 아니 할 수 없다. 그것이 비록 인간의 평화를 위한 명목이라 판단하긴 하지만!

만일 인간도 동물들처럼 살아간다면, 능력에 반대되는 억울함이나 불평불만 없는 공정하고 공평한 삶이 펼쳐지지 않겠는가! 다시 말해 인간의 삶도 아무런 제재 없이 본능대로 전개된다면, 동물들처럼 순리에 따른 삶이 되지 않을까라는 말이다.

본능대로 사는 동물들을 보면 잘살고 있지 않는가. 본능대로 살지 않는 인간들이 오히려 불안전한 삶을 영위하고 있는 것인지 모른다.

인간은 평안한 삶을 얻기 위해 본능들을 억제하지만, 그로 인해 쌓이는 불평불만에서 오는 스트레스는 오히려 더 큰 불행일지 모른다. 그래서 완전한 자유와 평화는, 본능대로 살아갈 때 가능하지 않을까라는 생각이다.

그런 시각으로 볼 때 성인들의 사상은 완벽하리만큼 조물주와 반대되는 주장으로서 절대적으로 성취될 수 없다는 이야기다. 왜냐하면 인간은 조물주의 주관 하에 조물된 피조물로서 그의 의도를 바꾸거나 벗어날 수 없는 존재이기 때문이다. 인간이 만들어 낸 생산품이 그 스스로는 어떤 변화도 꾀할 수 없는 것과도 같다.

이러한 논증들을 놓고 볼 때, 인간세상의 '진정한 평화'는 조물주가 주신 본능대로 살아갈 때 비로소 성취되리라는 생각이다.

본성은
변하지 않는다

본성이란 본래 가지고 태어난 기질을 말한다.

그 기질은 바뀌지 않는다. 염소와 양은 같은 종이지만 기질이
다르고, 물뱀과 독사 또한 같은 종이지만 성질이 다르다. 염소를
아무리 길들인다 해도 양처럼 될 수 없고, 물뱀에게 어떤 것을 먹
인다 해도 독사로 바꿀 수 없듯이, 인간도 한번 가지고 태어난 본
성은 바뀌지 않는다.

동물들은 각자의 특성이 있다. 돼지는 돼지라는 고유한 특성이
있고, 여우는 여우라는 특성을 가지고 있다. 그에 비해 인간이란
동물의 특성은 각자가 다 다르다. 물론 인간은 동물들과는 다른 특
별한 존재로서의 공통된 특성이 있긴 있지만, 개개인이 가지고 있
는 본성이 다 다르다는 말이다.

누군가는 독사 같은 기질이 있고, 누군가는 돼지 같은 기질이

있다. 또 누군가는 초식동물 같은 기질이 있고, 누군가는 육식동물 같은 기질이 있다. 또한 특별하게도 각양각색의 기질을 함께 가지고 있는 사람도 있다. 즉 양이나 독사는 물론, 돼지나 늑대 같은 다양한 기질들을 혼합적으로 가지고 있는 사람도 있다. 이처럼 천성적으로 가지고 태어난 개인의 기질은 바뀌지 않는다는 말이다.

폭력으로 교도소에 수감된 재소자들은 대부분 강성을 지닌 사람들이고, 그들은 감금된 고통을 통해서 참고 견디는 인내심을 기를 뿐이지 기질이 바뀌지는 않는다. 많은 공부로 지식을 습득하고, 깊은 수도를 통해 마음을 수련한다 해도 기질은 변하지 않는다.

스스로의 내면에 못된 근성이 있음을 깨닫고 바꿔 보려 했던 사람이 있었지만, 결코 바뀌어지지 않음을 깨달은 그가 한 말이 있다. "산은 산이요, 물은 물이다"라는 말이다. 물론 누군가는 그 못된 근성을 바꿨다(해탈)고 한다. 또 누군가는 본래부터 그런 못된 근성이 없는 상태(하나님 아들)로 태어났다고도 한다. 결코 그 같은 말을 믿을 수는 없지만!

사람들은 누구나 좋은 사람이 되고 싶어 한다. 그래서 좋은 사람처럼 꾸미기를 좋아한다. 그러나 편안할 때나 그럴 만한 마음의 여유가 있을 때는 몰라도, 기분이 몹시 상해 있거나 불편할 때는 숨어 있던 못된 근성이 자기도 모르게 불쑥 튀어 나온다. 엄청난 내공을 쌓은 사람이 아니라면 이처럼 금방 드러나고 만다. 사기꾼들은 목적을 이룰 때까지 위장이 드러나지 않게 꾸미는 재주를 가진 자들이다.

특히 인성교육을 등한시하는 현대와 같은 시대에는 더욱 그러리라 본다. 요즘 우리의 정치권에서 훌륭한 사람을 찾아보기가 힘든 것도 인성을 외면한 교육의 대가가 아닌가 싶다. 그렇다면 좋은 사람이란 과연 어떤 사람인가?

귀찮고 화가 나더라도 참을 줄 아는 사람, 욕심 앞에서도 양보할 줄 아는 사람, 곤경에 처하거나 가난한 이웃에게 사랑과 자비를 베풀 줄 아는 사람이지 않을까! 좋은 사람이란 타고 나는 것이 아니라 본능적인 감정을 자제하고 이성과 사랑을 실천하는 사람일 것이다. 물론 그것은 인위가 개입됨으로부터 얻어지겠지만!

우리 속담에 '세살 버릇 여든까지 간다.'라는 말이 있다. 이 말은 어렸을 때의 습관이 쭉 이어진다는 것이 아니라 한번 가지고 태어난 본성은 변하지 않는다는 말이다. 태생적인 본성은 하늘이 준 천성이니 억지로 바꾸려 하지 말고, 잘 다스리며 살라는 뜻이 아닐까?

상상력의 힘

신약성경에는 예수의 말씀들이 기록되어 있는 '네 복음서'가 있다.

그중에는 그의 행적들을 기록한 것도 있지만 그의 입에서 나온 말이 대부분이다. 그렇게 기록된 말들이 모두 그가 했던 것이요 또 사실처럼 보는 게 신앙인들의 시각이다. 그러나 한편으로는 예수를 높이기 위해 저자들과 후세의 신학자들이 살을 덧붙였을 것이라고 보는 견해도 있다.

예수의 어록들을 보면 직접적인 상황보다 현실에 비추어 가정하고 추측해서, 사람들의 마음을 이해시키고 감동시킨 부분들이 많다. 한마디로 사실을 바탕으로 하신 말씀보다는 '가정하고 추측'하여 하신 말씀들이 많다는 뜻이다.

특히 하나님에 관한 모든 표현들은 그의 탁월한 상상력에서 얻어졌다고 볼 수 있다. 왜냐하면 하나님이란 본시 보이지 않는 존재이기 때문이다. 그러한 하나님을 현존하는 것처럼 등장시켜서 응대하고 또 믿음의 관계로 삼고 있는 것은, 모두 그의 상상력에서 나왔다.

그는 구약 안에서 펼쳐졌던 수많은 선지자들의 호소와 신념들을 접하면서 하나님이라는 존재에 대한 끝없는 상상을 하게 되었고, 그 과정을 통해 하나님에 대한 그림을 그리게 되었다. 그는 창조주 하나님을 구약시대에 그렸던 여호와 하나님보다 훨씬 폭넓게 그렸고, 속성까지 바꿔서 그리게 되었다. 그렇게 할 수 있었다는 것은 그의 상상력이 얼마나 풍부했었는지를 엿볼 수 있다.

하나님을 아버지라 부른 것도 그런 것들로부터 얻은 영감과 확신에서였다. 그는 어려서부터 우주와 만물을 창조한 존재에게 경외감을 가졌고, 그 존재란 그동안 유대인들의 삶을 이끌어온 여호와 하나님이 아니라 우주를 창조하신 창조주 하나님이라 보았다. 즉, 이는 이 눈은 눈으로 되갚음하는 질투 많고 강한 여호와 하나님이 아니라 원수를 용서하고 감싸주는 사랑의 하나님이라 판단했다.

그는 그 같은 하나님과 일체가 되기를 간절히 원했고, 급기야 완전한 믿음을 통해 그렇게 되었음을 확신했다. 그의 모든 사색과 언행에는 사랑의 하나님이 자리 잡고 있음은 물론이다. 그의 풍부한 상상력은 그동안 유대를 이끌어온 여호와 하나님과는 완전히 다른 사랑의 하나님으로 바꿔 놓았다. 그는 하나님을 용서와 관용이 풍부한 아버지 같은 큰 사랑을 가진 분이라 추정했다.

그가 어렸을 때(12세) 하나님을 아버지라 부른 것은, 그가 얼마나 하나님과 가까운 관계였는지를 느끼게 하는 장면이다. 그런 과정을 통해 그는 볼 수도 없는 상상의 하나님을 실재처럼 느꼈고, 자기의 모든 사고나 언행은 그로부터 직접 내려받아 펼쳐지는 것이라고까지 확신했다.

"나를 본 자는 아버지를 보았거늘…"(요14:9)이라는 그의 말은 그가 얼마나 하나님과 밀착되어 있고 또 하나되어 있는지를 느낄 수 있게 한다. 그가 하나님과 그럴 수 있었던 것은 모두 '상상력의 힘'에서 출발했다.

이런 예수의 의식에서도 느낄 수 있듯이, 비 물질에 대한 인간들의 모든 판단은 상상력으로부터 얻어짐을 알 수 있다. 그와 같은 상상력은 심지어 '하나님이 인간을 만든 게 아니라 인간이 하나님을 만들었다'라는 주장까지 나오게 만들었음을 우리는 잘 알고 있다.

기독교에서는 증명되지 않은 문제들을 '믿음'이란 말로 이해시킨다. '믿음은 바라는 것들의 실상이요, 보지 못하는 것들의 증거'(히11장)라는 구절이 바로 그것이다. 이는 믿음이란 비록 팩트는 아니지만, 그 같은 결과일 것이라는 '상상의 확신'이다.

기독교 측에서는 그 구절을 믿음에 관한 한 가장 합리적인 논증으로 내세우고 있다. 상상이란 이처럼 보이지 않은 모든 것들을 찾아가는 길이요, 답을 찾아주는 역할을 하고 있다.

다 쓰고
버려라

묻혀 버린 과거의 역사 속에는 큰 꿈을 꾸었던 사람들도 많았다.
그들의 흔적들이 역사의 한 페이지에 남은 경우도 있지만, 대부
분은 아무런 흔적도 남기지 못하고 사라졌다. 그들 중에는 어지러
운 정치를 바로잡아 보겠다고 개혁적인 사상을 꿈꾸기도 했고, 그
중 누군가는 정치적 개혁에 동참했다가 역적으로 몰려 사라지기
도 했다. 그 같은 결과는 간혹, 소정의 변화를 남기기도 했지만 대
부분은 별 흔적을 남기지 못하고 사라졌다. 그것은 계란으로 바위
를 깨겠다는 무리한 몸부림과도 같았다. 하지만 그런 노력들은 후
대의 자양분이 되어 주기도 했다. 특히 미래를 꿈꾸던 사상가들에
게는 큰 힘이 되어 주었다. 그리고 더 나은 꿈들을 도출해 내는 터
전이 되기도 했다. 쉼 없이 흐르는 장엄한 세월은 오늘도 꿈과 희
망과 몰락에 개의치 않고 미래를 향해 나아간다. 세월은 이처럼 어

떤 경우도 차별하지 않고 과거라는 역사에 묻어 버린다. 그리고 끊임없이 미래를 향해 간다.

누구나 세상에 태어나면 깨끗한 백지 위에 자기만의 삶을 그려 갈 수 있는 기회가 제공된다. 그 위에서 과거를 거울삼아 새로운 미래를 그려 가는 것이 개개인에게 주어진 삶이다. 사람으로 태어나면 누구든 이처럼 새로운 한 페이지가 주어지고, 그 위에 자기만의 그림을 새롭게 그릴 기회를 얻는다. 한 번밖에 없는 인생이라는 기회를 그저 아침이슬처럼 흔적 없이 사라지도록 방치만 하기에는 너무 아깝지 않은가. 어두운 세상을 뒤집지는 못하더라도 한 알의 썩은 밀알이라도 되어 차차 밝은 세상을 만드는 데 작은 역할이라도 해야 하지 않겠는가.

한 개인의 생명은 영광스럽게도 지구를 넘어 우주를 품을 수 있는 '마음'을 가졌다. 인간의 마음은 무한대인 우주와 1:1의 대등한 관계다. 우주가 무한한 것처럼 인간의 마음도 무한하기 때문이다. 그러니 우주의 모든 것들을 통해 얻을 수 있는 것들을 마음에 담도록 해야 한다. 마음이라는 큰 부대에 좁쌀 몇 개만 담아 주인에게 내민다면 뭐라 하겠는가! 베짱이처럼 놀다만 왔다고 야단맞고 추운 곳으로 쫓겨나지 않겠는가.

어떤 규정이나 제재에 메여 사유의 자유를 제한받아서는 안 된다. 한 번밖에 없는 인생이란 기회를 놓친다면 기회는 없다. 인생에 있어 사고의 자유를 제한받는다면 전부를 잃는 것과 같다. 인간이 가진 최대의 권리는 무한히 사유하는 자유다. 그 자유 안에서

한 생을 마음껏 누리는 게 인간의 권리요 특권이다. 그럼으로써 건강한 영혼을 갖게 된다.

누군가는 생각하기를 싫어하기도 한다. 그저 편하고 즐겁게 사는 것만이 최고라는 사람이 있다. 또 부와 권력을 가지고 마음껏 세상을 활보하는 게 값진 삶이라 보는 사람도 있다. 그렇게 각자의 삶은 다양하게 펼쳐진다. 조물주는 결코 인간에게 일정한 사고를 주문하지 않았다. 지상에 사는 동안 개개인이 가진 능력과 재능을 아낌없이 발휘하기를 바라신다. 그것이 개개인에게 주어진 조물주의 뜻인지도 모른다.

칼이 귀했던 과거에는 칼로 고기만 썰다 버리기에는 아까웠다. 고기를 썰었지만 그 역할이 끝나면 나무를 베기도 하고 그 후에는 돌을 쪼개는 정으로도 사용하다 버렸다. 인간의 몸과 마음도 이용할 수 있는 한 최대로 이용하고 버려야 한다. 운동선수가 시합이 끝난 뒤에 힘이 남아 있다면 그는 게임을 잘 못 치른 것이다. 있는 힘을 다 쓰지 못하고 패했기 때문이다.

모든 생명체도 그렇지만 사람 역시도 한 번 태어나면 언젠가는 버리고 갈 수밖에 없다. 그럴 몸인데 아껴서 뭣 하겠는가! 몸도 마음도 최대한 쓰고 버려야 되지 않겠는가. 남기고 떠나는 건 낭비일 뿐이다.

금식과
해탈

해탈이란 어떤 굴레에서 벗어났다는 뜻이다.

불교에서 말하는 해탈이란 무아를 통해 고통과 번뇌에서 벗어났다는 의미다. 그것은 죽음에서 벗어난 열반과 같다.

싯다르타는 태자라는 신분으로 현세에서 충분한 행복을 누릴 수 있었음에도 불구하고, 생로병사에 얽매어 고통받는 중생들을 구제하기 위해 출가를 결심했다. 그는 이미 혼인하여 처자를 두고 있었지만, 죽음에 대한 고통에서 헤어나지 못하고 괴로워하는 인생 문제를 바라만 보고 있을 수가 없었다.

그때 당시 누구나 출가하면 고행을 통해 답(해탈)을 찾아가는 것이 출가자들의 전차였기에 싯다르타 역시 그 같은 고행을 시작했다. 그는 해탈이란 경지에 도달하기 위해 누구보다도 강도 높은 고행수도에 돌입했다. 수도에 몰입한 지 6년이 지났지만 해탈의 그림자도 찾지 못한 그는 도리어 고통과 번뇌에 시달릴 뿐임을 깨달았다. 그 결과 그가 얻은 결론은 '고행으로는 생로병사의 굴레에서 벗어날 수 없다는 것'이었다. 그런 사실을 알아차린 싯다르타는 다른 길을 찾아 나섰다. 그것은 금식을 통해 직접적으로 죽음을 향해 도전하는 길이었다. 그동안 해왔던 고행수도로는 결코 죽음을 이길 수 없음을 깨달은 것이다.

그가 선택한 40일의 긴 금식수행은 죽음을 향해 정면으로 도전하는 것이었고, 그 금식의 끝은 죽음이었다. 그는 그 선을 넘어야만 답을 찾게 되리라는 것을 알아차렸다. 그런 결론을 얻은 싯다르타는 금식을 시작했다.

금식 수행이란 깊은 사유의 세계를 여행하는 수도로서 고행수도로는 알 수 없는 세계였다. 그 길을 가는 사람만이 그 세계를 깨달을 수 있었다. 그가 금식을 시작한 지 40여 일이 가까워져 갈 때쯤, 그의 의식은 몽롱해졌고 꿈속과도 같아졌다.

그때 잡생각(마귀)들이 별의별 유혹을 하며 그의 의지를 시험했다. "그래 봐야 아무 소용없어. 그저 죽기밖에 더 하겠어. 이 지긋지긋한 금식을 왜 하는 거야. 당신은 태자잖아. 궁으로 돌아가면 예쁜 처자식과 부귀영화가 기다리고 있는데 왜 객사에 매달리는 거야!"라며 금식을 방해했지만, 그는 꿋꿋이 버티며 금식을 이어 갔다.

이미 죽음을 각오했지만 시간이 갈수록 갈등과 번뇌는 더욱더 극심해져 갔다. 죽는 한이 있더라도 해탈의 경지에 도달할 때까지는 금식을 중단하지 않겠다는 의지를 굽히지 않았다.

40일의 기나긴 금식이 끝날 때쯤 그는 이제 가느다란 생명줄만이 붙어 있을 뿐 죽음의 세계로 넘어와 있는 것과 다름없었다. 그때서야 그는 깨달았다. '어떤 과정을 통해 죽음의 세계에 들어와 본 사람만이, 죽음을 이길 수 있다는 것을!' 그는 급기야 그토록 찾아 헤매던 해탈의 경지를 깨달았고 그때 환한 지혜의 광명이 그를 감싸 안았다. "그대는 이제 죽음의 세계를 맛보았고 죽음을 이겼노라"는 울림이 어디선가 들려왔다. 죽음을 넘어 본 사람만이 죽음을 이길 수 있다는 걸 드디어 깨달은 것이다.

그 후 그는 죽음이 두렵거나 경계의 대상이 되지 않았다. 그리고 갈등과 번뇌도 자취를 감추었다. 마음속에 가득 차 있던 수많은 갈등과 번뇌들이 사라진 빈자리에는 영롱한 지혜만이 가득했다. 어떠한 고통으로도 넘을 수 없었던 죽음이었지만, 금식을 통해 죽음의 세계를 넘고서야 무아(無我)에 이르게 되었고, 비로소 해탈의 경지에 들어섰다.

욕심과
본능

성인들은 평화에 대한 우선순위를 잘못 인지하지 않았나 싶다.

왜냐하면 진리를 설파하기에 앞서 의식주의 풍요를 먼저 해결하는 것에 중점을 두었어야 했다는 뜻이다. 우리 속담에 '사흘 굶고 남의 담 넘지 않을 사람 없다'라는 말이 있듯이, 인간이 저지른 대부분의 범죄는 배고픔에서 시작되었다고 보기 때문이다.

인간의 삶은 과거만이 아니라 현재도 어렵기는 마찬가지다. 과거 성인들이 등장했던 2000년 전의 인간사회는 얼마나 먹고 살기가 힘들었겠는가. 특히 의식주의 부족으로 인해 발생된 불의한 행동이 더욱 많았지 않았나 싶다. 그렇기에 올바름을 강조했던 성인들도 그 시기에 그토록 등장하지 않았을까. 먹이가 풍부한 곳에는 동물들의 개체 수가 많아지듯, 그때 당시의 사회가 불의로 만연했기에 많은 성인들이 탄생되었으리라는 추측이다.

만일 그때 현대와 같은 농업 기술로 식량이 풍족했더라면, 성인들이 등장하지 않았을지 모른다. 배가 부르면 죄와 불의가 없을 테고, 그랬다면 성인들도 필요하지 않았으리라는 생각에서다. 그것을 증명이라도 하듯이 그 시대를 넘긴 이후부터 현재까지는 그때와 같은 성인들이 탄생되지 않았으니 하는 말이다. 인류는 성인들이 출몰했던 기원전의 시대를 넘기고 서기로 접어든 이후부터는, 의식주의 해결에 심혈을 기울였고 급기야 지금과 같은 물질만능의 시대가 되었다.

하지만 물질이 풍요로워진 현재와 같은 시대에서도 부정부패가 끊이지 않는 현상은 어떻게 설명할 수 있겠는가. 지금은 쌀독에 쌀이 넘치고 옷이나 집이 넘쳐 나는데도 더 많은 부정을 저지르고 있으니….

옛날 시골에서의 풍경이 기억난다. 지푸라기들이 널려 있는 마당 한편에서 여러 마리의 닭들이 먹이를 찾기 위해 뒷발질이 한창이다. 그러던 어느 날 거둬들인 나락을 말리기 위해 펼쳐놓은 덕석 위에는 알곡들로 가득했다.

그것을 본 닭들이 '이것이 웬 떡이냐'라는 듯 나락을 허겁지겁 쪼아 먹기 시작했다. 그러던 닭들이 갑자기 뒷발질을 하며 알곡들을 사방으로 흩뿌린다. 숨어 있는 먹이를 찾기 위해서 하던 뒷발질은, 먹이로 가득한 덕석 위의 알곡더미 위에서 하고 있으니 이 같은 닭들의 심리는 과연 무엇이겠는가. 습관인가 본능인가?

이처럼 인간도 먹을 것이 없어서 불의를 행하는 게 아니라 욕심이 떼려야 뗄 수 없는 본능이기에 그러지 않을까. 즉, 욕심이란 인간이 가지고 태어난 본능인데 그것을 억지로 떼어 내고자 함이 아닐까. 아니, 더 많은 부가 더 큰 행복을 줄 것이라는 욕심이 본능 깊숙이 자리 잡고 있는 게 아닐까! 닭들이 처음부터 풍족한 먹이 속에서 살았더라면 혹시 뒷발질을 배우지도 않았을지 모른다. 그 랬다면 닭의 본능처럼 느껴지는 뒷발질이란 습관이 생기지도 않 았을까!

그처럼 사람 역시도 풍요로운 환경에서 성장해 살았다면 욕심 이란 습관이 없었고, 그로 인해 죄와 불의가 없었을까? 본능이란 습관 이전에 갖게 된 천성이 아닌가. 먹이가 풍족한 더미 위에서 뒷발질하는 닭들의 행동이 꼭 습관에서 나온 게 아니라 닭이라는 태생적인 본능이 아닐까? 인간의 끝없는 욕심도 습관에서 길들여 진 게 아니라 인간이 태생적으로 갖고 태어난 천성이라 본다. 다시 말해 '욕심'이란 습관에서 생겨난 게 아니라 자제력으로 제어할 수 없는 인간의 '본능이요 천성'이라는 생각이다.

이상 국가와
천국

감성(感性)이란 인간이 가지고 있는 감각기관의 순수한 기능이다.

그에 반해 이성(理性)이란 어떤 원칙이나 기준을 정해 놓고 인위적으로 길들인 정신을 말한다. 인간들이 사는 사회란 이같이 길들여진 이성으로 펼쳐지는 사회다.

그동안 존재했던 많은 철학자들과 성인들은 그런 이성적인 사회를 꿈꾸었던 분들이다. 고대 그리스의 소크라테스는 인간의 본질을 탐구했고, 그의 제자인 플라톤은 이성적인 사람들로 구성된 '이상 사회'를 꿈꾼 사람이다.

플라톤의 이상 국가란 본능적인 감성만으로 살아왔던 시대를 넘어, 철학적인 지식으로 변화된 이성적인 사회를 말함이다. 즉, 그가 꿈꾸고 추구했던 이상 국가란 바로 '이성화된 사람들로 이뤄지는 사회'를 말함이었다.

그 후 예수가 등장하여 그보다 더 완벽한 이상 국가(천국)를 형성해 보려는 청사진을 그렸다. 그가 추구했던 천국이란 창조주 하나님의 말씀대로 펼쳐지는 나라였다. 이성으로 이뤄진 나라와 천국은 이란성 쌍둥이와 같다. 이성사회란 인위와 제재로 이뤄지는 사회지만, 천국은 이성을 넘어 완벽한 참(선)과 의(義)로 이루어진 나라였다. 예수는 그 같은 그림을 그리기에 알맞은 환경에서 태어났고, 그의 의지 또한 그에 적합했다. 그가 그런 꿈을 꾼 것은 그 나라의 오랜 숙원이었다. 이스라엘은 그가 태어나기 2000여 년 전부터 이상사회(하나님 나라)를 꿈꾸며 살아온 민족이다. 그의 조상들이 꿈꾼 이상사회는, 하나님의 뜻을 믿고 따르기만 하면 안전하고 평화로운 나라가 되리라는 확신이었다.

예수는 세월의 흐름 속에서 타락되어 버린 유대사회를 회복시켜 완벽한 나라(천국)를 만드는 것이 자기의 사명이라 받아들였다. 그는 자기의 신념과 목표를 위해서는 목숨까지 바칠 각오가 되어 있었다.

그의 천국사상은 플라톤의 이상 국가를 한층 뛰어넘는 것이었다. 플라톤의 이상 국가는 철학적 지식과 윤리도덕으로 형성되는 이성적인 국가였다면, 예수의 천국은 하나님의 말씀으로 변화된 완전한 나라다.

그것은 인위나 제재로 이뤄지는 이성적인 사회가 아니라 하나님의 말씀으로 거듭난 하나님 자녀들의 나라였다. 그는 그 길을 말씀(4복음서)으로 남겨 놓았다. 그럼에도 불구하고 변화되지 않는다면 가라지처럼 취급되어 불에 태워질 것이라는 경고를 남겼다. 그의 그 같은 노력은 이스라엘을 회복시킬 시대적 과제였을 뿐만 아니라 인류에게 던지는 숙제와도 같았다.

예수의 꿈은 소크라테스나 플라톤 같은 희랍의 철학자들을 접함으로써 싹텄을지 모른다. 그동안 유대인들은 믿음과 순종과 숭배에만 치우쳐 왔었기에 예수와 같은 꿈을 꿀 생각도 못했지만, 시대의 변화에 맞춰 태어난 예수는 다양한 사고와 견해를 접하게 되었고, 플라톤의 '이상 사회'를 만나면서 그와 같은 꿈을 꾸게 되지 않았을까 생각된다.

예수는 자기의 꿈이 곧 세상을 변화시키리라 믿었다. 그러나 그것은 성급한 기대였다. 자기의 꿈이 신기루와 같음을 미처 깨닫지 못했다. 하지만 그의 노력과 희생은 2000년이라는 기독교의 역사를 만들어 냈다.

한때 젊고 개혁적인 사람들로부터 우상과도 같았던 쿠바(아르헨티나)의 체 게바라가 한 말이 있다. '현실을 직시하라. 그러나 가슴속엔 불가능에 대한 꿈을 가져라'라는 말이다. 체 게바라는 자기의 꿈이 현실적으로 가당치가 않음을 알았기에 그 같은 말을 남기지 않았나 싶은 생각도 든다.

예수는 현실을 간과한 채 하나님이 권능을 믿었기에 그와 같은 천국을 꿈꿨는지 모른다. 하지만 그가 남겨 놓은 꿈은 아직도 끝나지 않은 진행형이다.

예수는 '나를 본 자는 하나님을 본 것이다'(요14:9)라고 할 만큼 자기는 하나님의 뜻과 일치하고 있음을 확신하고 있었다. 그런 만큼 자기의 꿈 또한 하나님과 같으리라 판단을 한 것 같다. 아니! 자기의 뜻이 곧 절대적인 하나님의 뜻이라고 믿고 있었다.

플라톤의 이상 국가는 천천히 발전을 거듭해 현대와 같은 민주 국가를 만들었지만, 예수의 천국 사상은 아직도 요원하기만 하다. 그렇지만 예수의 '천국 사상'은 체 게바라의 말처럼 무려 2000년 동안이나 종교를 통해 인류의 길잡이와 희망이 되어 주고 있다.

인간이 변하기를
바라는가

'창조주는 전지전능자요 완벽하다'라는 정의가 꼭 기독교만의 주장은 아니다.

창조주께서 우주를 창조하실 때 모든 것이 완벽했기에, 지금까지도 뒤틀리지 않고 처음 그대로 운행되고 있다는 것이 과학자들뿐만 아니라 상식이 있는 모든 사람들의 공통된 인식이다. 우주에 떠있는 수많은 천체들이 빙빙 돌면서도 그 간격을 유지한 채 현재까지 진행되고 있지 않은가. 그 완벽함은 생명을 가진 생명체도 마찬가지다. 모든 생명체의 탄생은 완벽한 창조의 결과물이다. 한번 호랑이는 영원한 호랑이다. 호랑이로서의 모양이 바뀌거나 성질이 변하지 않는다. 그럼으로써 자연의 질서가 유지되고 영속된다.

그런 조물주께서 특별히 인간들만을 외에로 취급했을까? 아닐 것이다. 만일 인간들이 변한다면 그때는 인간의 종말이 가까워졌다고 본다. 왜냐하면 조물주의 의도에서 벗어남으로써 그로부터 외면받았다는 증거이다. 그는 창조할 때부터 지금의 인간처럼 만들었고 내면 또한 지금과 같은 마음(정신)을 갖도록 만들었다. 결코 종교에서 주장하는 대로 바꾸어지기를 바라지 않았다. 그 같은 변화를 추구하는 것은 인간들 스스로가 어떤 목적을 갖고 변화하고자 한 것일 뿐이다. 즉, 좀 더 나은 삶을 얻기 위해서 갖게 된 인간들의 목표일뿐이다. 인간을 제외한 모든 생명체는 태초에 지음받은 그대로 살아갈 뿐 변화를 모색하지 않는다.

하나님의 아들로 거듭난다거나 성불에 대한 갈망은 인간만이 가지고 있는 '영생을 바라는 높은 지능'에서 출발했다.

한편 죽음을 사전에 인식하는 생명체는 인간뿐이며 그 같은 인지능력을 준 것도 조물주다. 그것을 대비하는 것이 종교로 나타난 것도 창조주의 의지일 수도 있다. 가령 개나 원숭이가 장차 다가올 죽음을 인식하고 걱정할 수 있었다면 그것들도 종교를 만들었을지 모른다. 그러나 창조주는 그 동물들에게는 그런 의지를 갖게 하지 않았다. 오직 인간에게만 죽음을 인식할 능력을 주었다.

사고할 수 있는 인간들이기에 죽음을 대비한 최소한의 준비를 할 수 있었고, 그 결과 종교를 만들어 냈다. 그래서 찾아낸 게 성불이요 거듭난 하나님의 아들이다. 석가모니는 해탈을 통해 성불의 길을 남겼고, 예수는 하나님의 아들인 자기를 믿고 거듭나 구원받을 수 있는 길을 남겨 놓았다. 그동안 인간들은 영생을 얻기 위해 그 같은 논리에 매달려 왔다.

하지만 만일 조물주가 인간에게 어떻게든 바뀌기를 원했다면 그것은 완벽한 조물주로서의 실수였다고 하지 않을 수 없다. 창조주의 역사는 빗나가면 안 되는 것이기 때문이다. 그는 완벽한 존재이기에 현재도 이렇듯 우주와 삼라만상이 한 치의 변함없이 돌아가고 있지 않은가?

인간이 바뀌어야 한다는 정의를 내리는 것은 인간들의 자의적인 판단이요 해석일 뿐, 조물주의 관여와 의도는 결코 아니다. 창조주는 처음부터 인간을 포함한 모든 생명체를 완벽하게 만들어 놓았다. 단지 인간들은 다른 동물들이 가지지 못한 지능이 있기에 그처럼 판단할 뿐이다.

인간들은 인간에게 바라는 창조주의 진실을 알 길이 없지만, 가장 근사치라 판단한 것들을 종교라는 이름으로 세상에 내놓았다. 그리고 그대로 거듭나야 한다고 주장하고 있다. 그것이 창조주가 바라는 인간의 바른 모습이라고 강조한다. 그러나 그런 논리는 안타깝게도 인간들이 만들어 놓은 인간의 그림일 뿐 조물주의 의지가 아니다. 그것은 약하고 유한한 인간들이 위안을 얻기 위해 만든 방편이다.

인간들의 삶에서 영생에 대한 희망은, 그 무엇보다도 더 소중하다. 삶 안에서 펼쳐지는 소소한 희망들로는 죽음을 뛰어넘을 수 없지만, 구원 영생이라는 희망은 죽음을 뛰어넘을 유일한 길이다.

하지만 조물주는 인간들의 이 같은 추구와는 아무런 연관도 없다. 태초부터 지금까지 그래왔다. 단지 인간들이 창조주 하나님과

연관 지어놓고 의지할 뿐 이 모든 그림들은 유약한 인간들의 판단
이요 의지일 뿐임을 부인하지 못할 것이다.

하나님은 시작과 끝만 담당할 뿐 자기가 창조한 피조물들의 어
떤 변화를 원치 않는다. 그는 완전한 존재이기 때문이다.

문자는 신의
선물이다

인류의 역사는 수억 년일지 또는 수십억 년일지 모른다.

그것은 문자로 기록되어 있지 않기 때문이다. 물론 역사학자들의 연대기 파악으로 대략적인 측정은 가능하지만 문자 역사만큼 정확하지는 않다. 문자의 효시라 할 수 있는 상형문자의 시작은 인류의 역사에 신이 개입한 사례라 봐도 과언이 아니다.

문자의 역사로 볼 때 그 첫 번째가 성경이 아닐까 싶다. 왜냐하면 신의 뜻이나 인간의 뜻이 정확히 전달되었다고 보기 때문이다. 문자가 꼭 신의 뜻을 전달할 목적으로만 쓰인 건 아니다. 인간들의 희망이나 선대의 뜻을 후대에 전달해 의도하는 바를 이어 가거나 성취하려는 뜻도 있었으리라!

그 같은 문장으로서의 효시와도 같은 성경은 인간의 삶과 방향을 이끌고 뜻을 전달함으로써 그 역할을 톡톡히 하고 있음은 분명

하다. 성경은 후대에게 메시지를 전달하려는 문자로서의 본질은 물론, 인간의 삶에 신이 참여한 사례라 보인다. 그곳에서의 아담과 이브의 탄생을 인류 탄생의 최초로 보는 것도 문자로 기록되어 있기 때문이다.

성경이 그토록 잘 작성되기까지는 또 얼마나 흘렀을지 모르지만, 성경의 등장은 대략 3,000여 년 전으로 알려져 있다.

인류의 문명이 급진적으로 발전하기 시작한 것은 문자가 출현한 때와 맥을 같이 한다고 볼 수 있다. 메시지의 전달이 그만큼 중요하다는 증거다. 예를 들어 태초부터 현재까지의 인류 역사를 보면, 문자가 등장한 3,000여 년의 역사가 그 이전 수십억 년의 역사보다 빨리 발전하게 되었다는 것을 알 수 있듯이, 문자는 인류의 삶에 많은 변화와 발전을 가져오게 만들었다. 만약 문자가 근 세기까지도 없었다면 인류는 원시의 모습을 벗어나지 못했을지도 모른다.

문자를 빨리 만들어 읽힌 종족은 선대가 원했던 삶의 본질과 정신력을 더욱 빨리 이어받고 성장할 수 있었다. 문자가 없어 선대의 뜻을 전달받지 못했다면 발전이 더디기만 하지 않았겠느냐는 생각이다. 선대의 뜻이 문자를 통해 후대로 전달되고 그 확실한 메시지가 후손들 중 누군가에 의해 성취될 수 있었다는 뜻이다. 그같은 메시지가 곧 '하늘의 뜻'인 것이다.

조상의 숙원하던 바를 알지 못하면 어떻게 성취할 수 있었겠는

가. 어느 날 갑자기 하늘에서 조상들의 뜻이 내려와 전달되는 게 아니라, 조상의 뜻이 글을 통해 후대로 하달되고 그것이 후손들의 노력으로 열매를 맺게 되었다는 말이다.

누군가가 억울한 누명을 쓴 뒤 한을 품고 죽으면서 "하늘이 무섭지 않느냐! 하늘이 결코 너희를 가만두지 않을 것이다."라는 말을 글로 남겼기에 언젠가 시의적절한 상황이 되어 한을 풀게 된다. 만약 문자가 없어 기록되지 않았다면 몇 대 또는 몇 세기가 지난 뒤, 그 같은 사실을 아무도 모르게 된다면 결코 한을 풀 수 없게 되고 만다. 물론 구전을 통해 뜻이 전달된다 해도 정확한 본의를 벗어날 수밖에 없게 되리라는 것이다. 그렇게 된다면 하늘이 가만두지 않을 것이란 명제가 성립될 수 없다. 문자가 있어서 그것을 기록해 놓았기에 급기야 적절한 사명자가 나타나 그 소원을 풀어 준다는 것이 곧 '하늘'이 풀어 준다는 뜻이다.

예수의 탄생도 하늘이 아니라 문자에 의한 것이라 볼 수 있다. 즉, 구약성경에는 수많은 예언자와 선지자들의 소원이 나온다. 그들은 어서 빨리 메시아가 나타나 타락된 이스라엘을 구원해 줄 것을 간절히 기도한다. 그 적임자가 몇 백 년이 흘러도 나타나지 않았지만, 급기야 예수에게 필(feel)이 꽂혔다. 그것은 바로 자기를 두고 하는 말이었고, 그것을 감당할 자신이 있었을 뿐만 아니라 자기의 사명이라 받아들였다. 만일 그 같은 구약성경이 없었다면 예수도 없었을지 모른다.

구약의 그 글들이 곧 예수를 메시아로 만들었고 하나님의 아들이요 구원자로 만들 수 있지 않았을까. 신의 의도에 의해 예수가 탄생된 게 아니라 그런 글들이 예수의 마음을 움직여 그 길을 가게 만들었을 것이라는 말이다.

예수께서 떠나시며 언제 어디서나 기도하는 자의 머리 위에 보혜사 성령을 보내 줄 것이라며 희망을 심어주고 가셨다. 그것이 복음서에 기록되었고, 그것을 인지하는 성도들에게는 효력을 발생시켰다. 메시지를 전달한 바로 그 '문자'가 곧 '보혜사 성령'의 역할을 한 것이다. 하늘에서 보혜사 성령이 내려오는 게 아니라 그 문자의 뜻이 기도하는 자의 심령 속에서 소생되었으리라.

이 같은 효력을 가진 문자는 인류의 길잡이일 뿐만 아니라 '신의 음성이요 손짓이며 활동'이라 하지 않을 수 없다. 그렇기에 문자는 불가사의한 유적보다도 하늘의 혜성보다도 더 위대한 인류의 보물이며 '신의 선물'이다.

아무리 위대한 말일지라도 몇 백 년이 흐르면 잊히게 되지만, 글은 만년이 아니라 인류의 삶이 끝날 때까지 함께할 것이다. 예수의 말씀들이 문자로 기록되지 않았다면 오늘날까지 이어져 오지도 못했으리라!

제 6 부

새 술은 새 부대에

Toward the Nobel Prize im
Literature Camdidates

겨자씨만 한
믿음만 있어도

우리나라에서는 아주 작은 단위를 표현할 때 '눈곱'이란 말을 쓴다.

그렇듯 이스라엘에서는 '겨자씨'를 가장 작은 단위로 사용했다. 예수께서 그의 제자들에게 "너희가 겨자씨만 한 믿음만 있어도, 이 산을 명하여 저쪽으로 옮길 수도 있을 텐데…"(마17:20)라는 한탄과 함께 호통을 치신 대목이 나온다. 예수께서 왜 이처럼 과한 표현을 써가며 그의 제자들을 나무랐는지 그 동기와 의미를 유추해 보고자 한다.

오랫동안의 수련과 공부를 마치신 예수께서 드디어 귀국해 제자들과 함께 전도에 나섰다. 그의 제자들은 대부분 혈기왕성한 젊은이들이었다. 예수의 높았던 인지도 때문이었는지 예수께서 동행하자는 뜻을 비치면 거절하지 않고 뒤따랐다. 그의 제자들은 열두 명으로 구성되었다. 그는 열두지파로 구성된 이스라엘의 행정 구역대로 열두 명만 차출했는지 모른다.

희망을 갖고 예수의 전도 사업에 합류하게 된 제자들은 나름대로 각자의 꿈들을 갖고 있었다. 즉, 장차 어지러운 세상을 평정하여 집권하게 되면, 내 위치는 어느 만큼이 될까라는 속셈이었다. 제자들은 그 같은 상황이 오기 전에 자리매김을 해 두려는 생각들을 하게 됨으로써 서로가 힘겨루기를 하지 않을 수 없었다.

그때 예수께서는 어떻게 하면 '믿음'이란 씨를 뿌려 유대사회를 천국으로 변화시킬 수 있을까라는 마음으로 불철주야를 가릴 수 없는 상황이었지만, 그의 제자들은 이처럼 사욕에 눈이 멀어 서로를 견제하고 있었다.

천국이란 온전한 믿음으로 형성된 사회를 말한다. 온전한 믿음은 어디서 나겠는가? 그것은 '완전한 하나님 말씀으로 변화된 사회'를 말함이다. 하나님 말씀이란 바로 완벽한 율법(윤리)이 펼쳐지는 사회다.

예수께서도 "내가 온 것은 율법을 폐하러 온 게 아니라 완전케 하기 위함이다"(마5:17)라고 말씀하셨다. 그가 말씀하신 '완벽한 율법'이란 제재를 통해 이뤄지는 율법이 아니라 회개를 통해 거듭 태어난 순종적이고 자율적인 율법의 실천을 말함이었다. 그것은 여호와 하나님의 강압된 통치가 아니라 사랑의 하나님께서 운영하시는 용서와 긍휼의 세계관이었다.

그러한 스승님의 심중은 헤아리지 못한 채 그의 제자들은 서로 높은 자리를 차지하려는 완력에만 정신이 팔려 있었으니 어찌 한심하지 않았겠는가!

그것을 보다 못한 예수께서 그런 말씀을 하셨다. "에이 이 못난 것들! 너희 중에 믿음이 겨자씨만큼이라도 있는 자가 있다면, 이 산을 저쪽으로 옮길 수도 있을 텐데 어찌 이리 아무도 없단 말이냐"(마17:20)라며 호통을 치셨다.

이는 진실로 산이 옮겨질 수 있음을 두고 한 말이 아니라 생사고락을 함께하자고 나선 제자들 간의 믿음이 티끌만큼도 없어 보였기에 하셨던 비유였다. 우리가 잔인한 범죄자를 향해 "네놈이 눈곱만큼이라도 양심이 있었다면, 그렇게도 악한 일은 하지 않았을 텐데"라는 말을 하는 것과 같은 비유였다.

그의 제자들은 믿음을 통해 완전한 평화(천국)를 이루겠다는 스승님의 뜻은 소홀히 한 채, 장차 다가올 새로운 세상에서 자기들이 얻을 수 있는 요직에만 정신이 팔려 있었다.

오병이어

성경에는 빵 다섯 개와 고기 두 마리로 5,000명을 먹이고도 남은 음식이 열두 광주리나 되었다는 이야기가 나온다.(마14:15~21) 이 내용이 어떤 과정을 거치며 전개되었는지는 모르겠으나 그 같은 사실이 있었던 것은 진실인 듯하다. 그러나 빵이 가마솥만큼 큰 것도 아니요 고래만한 물고기가 아니었다면, 어떻게 그 많은 사람들을 배불리 먹이고도 열두 광주리나 남았을 수 있었겠는가. 보통의 빵과 물고기였음에도 불구하고 그와 같은 상황이 전개되었다는 가정 하에서 이 문제를 풀어가 보자.

현재 한국의 대통령 선거운동은 TV를 통해 토론을 지켜보면서 판단하지만, 얼마 전까지만 해도 커다란 운동장이나 넓은 공터에서 육성으로 직접 선거운동을 했다. 그러려면 언제 어디서 누가 선거 연설을 할 것이라고 방(榜)을 붙이거나 스피커를 통해 육성으로 알리고 다녔다.

그처럼 옛 이스라엘에서도 선지자나 예언자들이 나서서 시국의 잘못된 점이나 지도자들의 타락에 대해 지적하고 또 바른 방향을 제시하곤 했을 것으로 본다. 그때 많은 군중들을 모아놓고 외쳤던 곳이 빈들이었다. 그런 장소는 대부분 험준하지 않은 외곽의 완만한 산비탈 같은 곳이었다. 예수 역시 선지자들처럼 등장하여 유대의 지도자들과 민중들의 불의에 대해 꾸짖고 회개할 것을 외치고 다니던 때였다. 예수의 전도가 서서히 열기를 더해갈 무렵, 뜻 있는 한 인사가 예수께 좋은 제안이 있다며 말을 걸어왔다.

"당신의 말에는 역시 대단한 웅지가 있고 사람들을 감동 감화시킬 만한 힘이 있소이다. 작은 마을에서 이러실 게 아니라 몇 개의 지역민들을 한군데 모아놓고 연설할 수 있는 커다란 공터가 있으니, 그곳에서 한번 연설을 해 보시면 어떻습니까!" 이런 제안을 받게 된 예수께서는 크게 공감하며, 수행하던 성도들과 제자들에게 각 지역을 돌아다니며 방을 붙이도록 지시를 내렸다.

몇 날 몇 시에 예로부터 선지자들이 군중을 모아놓고 연설하던 빈들에서 하나님의 아들이요 메시아이신 예수께서 연설을 할 것이라는 소식을 알렸다. 그런 광고를 접한 사람들은 "오라! 요즘에 그토록 소문이 자자한 예수라는 사람이구먼. 그 사람이 어떻게 생겼는지 또 무슨 말을 하는지 한번 들어나 볼까. 그는 못 고치는 병이 없다는 소문이 자자한 걸 보면 혹시 내 병도 고침을 받을 수 있지 않을까!"라는 기대까지 더해지면서 많은 사람들이 그날을 기다렸다.

마침내 때가 되니, 사람들은 특별히 시간들을 내 가족들과 함께 음식을 충분히 준비하여 허리춤의 음식전대에 넣고 출발했다. 우리나라의 음식은 젖은 것이라 전대에 넣고 다닐 수 없었지만, 중동 지역에서는 구운 빵이나 생선이었기에 전대에 넣어 허리춤에 차고 다닐 수 있었다. 개중에는 이미 예수를 신뢰하던 사람들도 있었기에 그 일행에게 희사할 목적으로 많은 음식을 준비한 사람들도 있었다.

과거 우리도 대통령 후보가 연설을 하러 오면 그 지역의 유지들이나 친분이 있던 사람들은 촌지를 건넸듯이, 그들 중에는 예수 일행을 위해 여분의 음식을 더 준비했던 셈이다.

드디어 연설이 시작되었고 예수의 말씀은 소문대로 감동 감화를 불러일으키는데 부족함이 없었다. 얼마 동안의 연설이 끝나고 드디어 식사할 때가 되었다. 그때 예수께서 식사에 대한 기도를 드리기 위해 한 제자에게 물었다. "너희가 가지고 있는 음식이 얼마나 있느냐?"라고. 그 말을 들은 한 제자가 가지고 있던 광주리를 내보이며 "고작 빵 다섯 개와 고기 두 마리밖에 없는데요."라며 가지고 있던 음식을 내보였다. 그리고 "우리 일행과 이 많은 군중들을 어떻게 다 해결하실 수 있겠습니까"라며 걱정을 하고 나섰다.

그러나 예수는 다 알고 있었다. 각자가 음식을 다 준비해 왔음을. 예수를 따르던 제자들은 대부분 어부나 목장을 하는 부모 밑에서 목동이나 어부 수업을 받고 살아왔었다. 그러다 보니 이렇다 할 여행 한번 해 보지 않은 처지였기에 전대 같은 것에 음식을 가지고 다녀보지 않았지만, 예수께서는 수많은 여행을 하면서 이미 전대 속에 음식을 가지고 다녀봤기 때문에 그 같은 사실을 잘 알고 있었다.

한 제자가 내민 오병이어를 간이 제단에 올려놓은 예수께서 "자! 모두들 가까운 사람들을 중심으로 둥글게 앉아서 식사를 합시다."라며 군중들을 정돈시켰다. 아는 사람들끼리 두리두리 앉으며 식사 준비를 마친 군중들은 허리춤에 차고 있던 전대를 풀어 각자가 준비한 음식들을 가운데로 내놓았다.

정리가 다 된 것을 확인한 예수께서 식사에 대한 기도를 드리기 시작했다. "하나님 아버지 우리에게 일용할 양식을 주신 것을 감사하나이다. 오늘 이 자리에 함께한 모든 이들에게 은혜를 베푸시옵고, 하나님의 뜻이 하늘에서 이뤄진 것 같이 땅에서도 이뤄지게 하옵소서……. 아멘."

기도가 끝나자 드디어 식사가 시작되었다. 식사가 끝날 무렵 예수께서는 제자들을 불러 지시를 내렸다. "남은 것들은 한 조각도 남기지 말고 모두 거두어 오거라." 그 말을 들은 열두 명의 제자들은 각자 자기 몫의 광주리를 들고 5,000여 군중들이 식사를 끝낸 뒤끝을 산산이 뒤져 각자의 광주리에 가득가득 채워서 돌아왔다.

음식조달이 쉽지 않았던 예수와 그 제자들은, 어떤 행사가 끝나거나 잔치가 끝난 집을 찾아가 남은 음식들을 이처럼 광주리에

담아 들고 다니며 먹었다. 그것이 그들의 양식 구하는 한 방편이
었다.

새 술은
새 부대에

성경에는 "새 포도주를 낡은 가죽부대에 넣는 자가 없나니…
오직 새 포도주는 새 부대에 넣느니라"(막2:22)라는 예수의 말씀
이 있다. 이 이야기는 '내게서 나오는 새로운 사상은 새롭게 변화
된 마음에 담으라'라는 예수의 뜻이다. 그동안 구세대들이 이끌었
던 유대교의 관행들은 닳을 대로 닳아 세상을 어지럽게만 하고 있
으니 이제는 모두 접어두고, 지금부터는 '진실한 하나님의 말씀으
로 거듭난 자기의 사상'을 받아들이라는 말씀이다. 예수는 그만큼
새롭게 변화된 하나님의 뜻을 마음에 품고 전도에 나섰다.

그 수준에 미치지 못했던 그때 당시의 유대인들은 그렇게 말하
던 그를 건방지고 오만방자한 사람으로 취급하여 외면했다. 그의
말은 한마디로 '나 잘났다'라는 말과 같았으며 새로운 노선을 앞세
우며 탄생된 '사이비 교주'와도 같았다.

그의 이 같은 자신감은 어디서 나왔겠는가? 그것은 갑갑하기만 했던 이스라엘을 벗어나 외국을 경유하면서 보고 배웠던 실리적이고 합리적인 시각과 사고에서 나왔으리라 본다. 그동안 유대인들은 오직 여호와 하나님만을 따르며 그 외 것들은 무조건 배척하고만 살아왔었다.

전도에 나선 예수는 새롭고 건전한 하나님의 뜻이 이스라엘에 펼쳐지기만 한다면 하나님이 바라시는 사회(천국)가 구현될 수 있으리라는 확신을 한 것 같다. 그가 그렇게 판단한 것은, 하나님은 결코 외식과 형식을 좋아하지 않는다는 것을 깨달았기 때문이다. 유대인들은 그때까지 외식과 형식으로만 하나님을 숭배하며 살아오고 있음을 예수는 보았다. 우리가 현재까지도 관행적으로 치르는 제사와도 같았던 것이다.

예수께서는 그 같은 형식을 배제하고 이제부터는 하나님의 진정한 뜻을 실리적이고 합리적인 입장으로 받아들여 실천하자고 주장하고 나섰다. 그러려면 기존의 낡은 신앙관은 버리고 자기가 이끄는 대로 받아들이라는 말이었다. 그동안 유대사회가 '이에는 이 눈에는 눈'이라는 강경한 길만 고집해 왔지만, 앞으로는 '사랑의 하나님, 용서의 하나님'이 관장하는 새로운 세상을 펼쳐 보이겠다는 포부였다.

그 같은 신(新) 사고를 갖고 등장한 예수이지만 로마나 그리스처럼 인본주의 철학이나 다신론적인 사상을 곁들이지는 않았다. 그는 오직 따뜻하고 자애로운 하나님의 진정한 뜻을 세상에 펼쳐 보이겠다는 일념뿐이었다.

유대의 타락과 몰락은 기득권자들의 이익 챙기기와 권력의 남용 그리고 불의로 인한 불신과 형식에 빠진 외식에서 비롯되었다고 예수는 생각했다. 그와 같은 유대사회를 바로 잡자는 게 개혁적인 예수의 마인드였다. 이제 그동안의 낡은 폐습은 퇴출시키고, 모든 인간이 똑같은 권위와 존엄을 가지고 평등하고 공정하게 살 수 있는 사회를 만들어 보겠다는 의지였다.

한마디로 귀족들만 살기 좋았던 과거를 벗어나 모두가 자유롭고 평등하게 사는 현대와 같은 민주사회를 갈망하고 있었다. 자기의 이 같은 신선한 사상을 담으려면 그만큼 새롭게 거듭난 마인드를 가져야 한다고 판단했다.

이처럼 패기 있고 개혁적이던 예수의 외침들은 젊은 층들에게는 먹혀들었지만, 기존의 관행에 젖어 살던 기득권자들에게는 전혀 먹혀들지 않았다. 또 대부분의 사람들은 그의 사상이 좋다고는 느끼면서도 변화되지는 못했다. 공산사회에서 살던 사람이 자본사회에 적응하기가 힘든 것처럼, 예수를 따른다는 건 자신의 살을 깎아내야 하는 큰 고통을 참고 견뎌야 했기 때문이다.

그는 결국 자기의 뜻을 확산시킬 방법이 없자 그 돌파구를 썩은 밀알과 같은 경우를 통해 얻고자 하는 구상을 하게 되었다. 혼자서는 도무지 진척이 어렵다는 것을 깨달았다. 새로운 세상을 건설해 보겠다는 예수의 생각은 이처럼 너무나 큰 벽에 막혀 제자리걸음만 하고 있었다.

자기의 뜻을 이루기 위해서는 다수의 전도자를 양성하여 그 영향으로 더욱더 많은 성도들을 확보하지 않으면 어렵다는 걸 깨달은 것이다.

자기의 썩은 밀알 역할로 많은 알곡들이 새롭게 열매 맺고, 그 힘으로 새로운 나라(천국)를 구성할 수 있을 만한 성도들이 확보되면, 그때 전능하신 하나님이 마무리를 하시게 되리라는 판단이었다. 그것을 확신한 그는 물꼬를 트기 위해 썩은 밀알의 길(십자가)을 가는 데 주저하지 않았다. 그래서 그는 '여기 있는 너희들 중에는 새롭게 될 그날을 볼 자도 있으리라'(눅9:27)는 말까지 한 것으로 여겨진다. 이 같은 예수의 구상이 새 술이었고, 그 길을 함께 갈 수 있는 사람은 자기와 같은 개혁적이고 혁신적인 마인드를 가진 사람들이어야 한다고 판단했다.

예수께서 그와 같은 판단을 했던 시대가 벌써 2000년 전이다. 그 시대는 현대와 다르게 오직 신에 의지해 살았던 시대임을 감안한다면, 그처럼 꿈꾸고 기대했던 예수의 희망을 이해할 수도 있을 듯하다. 짧은 시간에 그 같은 이상 국가를 형성해 보겠다는 예수의 기적 같은 꿈은 끝내 이뤄지지 못한 채 오늘에 이르고 있지만, 그 꿈은 긴 세월 동안 민심에 의해 조금씩 현대와 같은 모습으로 발전되어 왔다.

그리고 세상의 변화는 천천히 인간들의 입장과 상황에 맞게 전개되고 있으며, 예수의 의지는 현재까지도 많은 사람들(신자)의 마음속에 융화되어 진행되고 있다.

예수의 인지도와
요한의 선택

　만일 어떤 능력이나 인지도가 없었던 예수께서 갑자기 나타나 "나를 따르라, 내가 너희를 사람을 낚는 어부가 되게 하리라"(마 4:19)고 했다면 어땠을까? 아마도 자세히 알아보지도 않고 "거! 어느 집 아들인지나 알아봐라"라며 아들들에게 주의를 주지 않았을까. 그러나 예수께서 그렇게 말씀하시며 등장했을 때 그 지역에 살았던 부모들은 자기의 아들들에게 "그래, 예수라는 사람을 따라다녀 봐라. 그는 앞으로 메시아가 될 사람이라는 소문이 자자하더라. 그 밑에서 열심히 하다 보면 혹시 한자리라도 차지할 것 아니냐. 아비 따라 고기만 잡으러 다니지 말고!" 어찌하여 예수는 이 같은 인지도를 얻을 수 있었을까. 처음부터 하나님의 아들이었기에 그랬을까. 아니면 권위 있는 후손으로서 이스라엘을 다스릴 만한 힘이 있다는 것을 알았기에 그러했을까!

그때는 예수께서 공(公)생활의 시작이요 유대에 첫발을 내딛던 시점이었다. 그랬음에도 불구하고 예수를 그만큼 알고 있었다는 것은 그의 성장과정이나 인물됨이 그동안 주위에 이미 알려져 있었음을 느낄 수 있다.

요한(세례)과 예수는 어렸을 때부터 총명하고 지혜로웠다. 그 부모들 또한 지혜롭고 신심이 깊은 분들이었다. 보통 다른 부모들은 아들들이 태어나면, 기초 교육인 초등학교(?)만 보내고 자기들이 하던 일을 시키기 시작했지만, 요한과 예수의 부모들은 요즘 시대로 본다면 초 중 고와 대학 그리고 유학까지 보냈다. 물론 그럴 수 있었던 것은 인재를 발굴해 훌륭한 인물을 양성하고자 했던 회당의 주재자들과 원로들의 이끎과 추천이 있었기에 가능했다. 그와 같은 사실(?)들이 나사렛이나 갈릴리 지역에는 벌써 알려져 있었다.

그런 과정을 거쳐 고등교육을 받은 그들이 귀국하면, 선지자는 따놓은 당상이고, 그중에 예수는 모든 면에서 수석을 차지한 만큼 대제사장을 넘어 유대를 이끄는 왕까지 될 수 있으리라는 소문이 자자했다.

어려서부터 요한과 예수는 같은 길을 걸었고 또 동문수학하던 사이라는 것을 그들의 고장에서는 다 알고 있었다. 그러므로서 요한은 누구보다도 예수를 잘 알았다. 예수는 특히, 창조주 하나님에 대한 남다른 지혜와 믿음으로 메시아가 될 자격이 충분하다는 소문이 돌고 있었다.

그들이 유대를 일신시키기 위해 귀국할 것이라는 소문이 있던 어느 날 드디어 요한이 귀국했다는 소식이 들렸고, 그의 주변에는 벌써 많은 사람들이 모여든다는 말이 떠돌았다. 그의 외모나 복장은 물론 먹는 음식도 보통 사람들과는 달라 보였다. 그는 소문대로 선지자 같은 모습이었으며 시민들의 정신을 계몽시키겠다고 요단 강가에서 세례를 주며 회개할 것을 외쳤다. 그는 유대사회를 타락으로 이끌던 제사장과 바리새인 그리고 서기관과 부자들의 잘못된 부분들에 대한 질책과 변화를 강력히 촉구하고 나섰다. 그는 또 "회개하라! 천국이 가까웠느니라"(마3:2)라며 회개할 것을 거듭거듭 외쳤다.

요한이 당을 새롭게 구성하여 출발을 하려 할 때쯤에 예수께서도 갈릴리로 돌아오셨다는 소식이 들리자 그는 예수에 대한 칭송을 아끼지 않았다. "오실 그이는 천국의 열쇠를 쥐고 열매와 쭉정이를 가려낼 것이요, 불과 성령으로 너희를 인도할 것이다."(마3:11~12)라며 늦기 전에 회개할 것을 서두르라 외쳤다.

요한은 이제야말로 이스라엘을 천국으로 새롭게 바꾸실 메시아가 오심을 환영하고 나섰다. 그리고 자기는 그의 나아갈 길에 걸림이 되리라 판단하고 헤롯왕의 부정을 꼬집으며 퇴장의 길을 택했는지 모른다. 그러지 않으면 자기를 따르던 단체와 파벌도 생기고 세력 싸움까지도 전개될 것이라 판단하지 않았나 싶다. 물론 요한의 퇴장이 그의 의지로 펼쳐진 게 아니라 이미 하나님의 계획 아래 있었지 않았나 싶기도 하지만!

요한이 요절한 후 예수는 요한과 같은 전철을 밟지 않기 위해 신중하고 치밀하게 전도를 전개했고, 때가 올 때까지 몸을 사리셨다. 급기야 때가 되어 썩어질 밀알(십자가 고난)을 실천할 때가 되니 사명의 완수를 위해 예루살렘으로 향했고, 메시아로서의 마지막 마무리를 하셨다. 그는 그렇게 하나님의 뜻을 남기고 가셨다.

만약 요한의 마중과 배려가 없었고 둘이서 더 큰 공(功)을 세우기 위해 라이벌 의식이라도 개입되었다면, 경쟁과 질투로 인해 예수는 메시아로서의 모습으로 남지 못했을지 모른다.

고발

죄를 지었으면 진심으로 뉘우치고 회개하면 사(赦)해질지 모른다. 그런 것이 아니라 돈을 받고 받은 돈만큼 죄를 사해 준다는 논리가 가당키나 하겠는가. 죄에 대한 무거운 형벌을 돈으로 대신 갚는 것은 몰라도!

그 같은 논리를 앞세우며 돈을 갈취하던 면죄부에 반기를 들고 나선 것이 16세기 마틴 루터의 종교개혁이다. 그로 인해 가톨릭이라는 기성종교로부터 개신교라는 신흥종교가 탄생했다. 그것은 구약시대의 외식에 치우쳤던 유대교에 반기를 들었던 예수의 의지와도 같았다. 예수의 그와 같은 의지로 예수교(가톨릭)가 탄생했음은 모두가 아는 사실이다.

종교는 세월의 무상(無常)함과 함께 이처럼 때에 따라 변화를 거듭해 오고 있다. 지금도 천주교에서는 그때처럼 고백성사라는 형식을 취하며 죄를 사해 준다는 의식이 남아 있기는 하지만, 그것을 빌미로 대가를 따로 받지는 않고 있다.

그와는 다르지만 현재의 기독교 역시 그와 비슷한 형식을 취하고 있는 것이 있다. 사람에게 절대적이라고 볼 수 있는 '구원'이란 문제다. 구원이란 인생에 있어서 무엇과도 바꿀 수 없는 중차대한 문제인데 그것을 너무도 쉽게 얻을 수 있다는 주장을 한다. 즉 '예수만 믿으면 구원을 얻는다.'라는 황당한 논리를 두고 하는 말이다. 어쩌면 그때 당시 면죄부라는 의식도 현재의 구원 논리와 다르지 않았다.

예수를 믿음으로써 구원을 얻게 되면, 죄로 인해 전개될 사후의 불행을 미리 제거한다는 논리가 그와 같기 때문이다. 그 대가로 십일조와 여러 헌금을 내면서 지속적으로 교회를 다녀야 한다는 조건이 그때의 면죄부 조건과 흡사하다. 신자가 된 사람들에게 구원을 담보로 평생 교회에 발목을 잡아 놓겠다는 속셈과도 같아서 하는 말이다. 예수를 믿고 예수만한 분량이 되어야 구원을 얻는 게 아니라 오직 그만 믿으면 구원을 얻는다는 논리는 면죄부 논리와 하등 다르지 않다.

이런 교리적 발상은 인간의 나약함과 유한함을 이용해 겁을 주고 사익을 얻으려는 종교지도자들의 욕심에서 비롯되었다고 볼 수 있다. 그때도 그렇게 모은 돈으로 거대한 성당을 짓고 위엄과 존대를 유도했듯이, 현재도 거대한 교회를 지어 자신들의 권위와 위엄을 취하겠다는 의도가 있음은 두말할 필요도 없다.

그래서 구원이란 명목을 이용해 많은 교인을 확보하고, 힘 있는 거대한 집단(대형교회)으로 만들어 그 안에서 욕망을 챙기고 있는 것이 아닌가! 그렇게 할 수 있었던 것은 전지전능한 하나님과 죽었다 살아난 그의 아들을 등장시킴으로써 가능했다. 그들은 그렇게 하고자 예수에게 별의별 기적들을 덧입혀서 그의 위상을 높이지 않을 수 없었고, 실상도 알 수 없는 하나님의 위용을 제멋대로 열거하여 신자들의 마음을 꼼짝할 수 없게 만들었다. 만일 예수께서 자기에게 덧씌워진 이 같은 거짓된 위상들을 보게 되신다면 어떻겠는가. 아마도 채찍을 만들어서 후려치실 수도 있다. "나를 이용해 장사하지 말라"고….

현재의 신앙인들이 그러한 구원론을 과거의 면죄부와 똑같이 보지 않는다는 것이 오히려 이상할 뿐이다. 현재의 구원론도 과거의 면죄부와 조금도 다를 게 없는데, 왜 그것만은 그렇게 생각하지 않는지 알 수가 없다. 물론 무엇과도 바꿀 수 없는 '천금보다 귀한 생명'이기에 그러리라 본다. 그러나 꼭 그 길만이 유일하게 생명의 구원을 얻을 수 있는 길인가? 다른 길을 통해서는 생명의 구원을 얻지 못한다는 말인가. 그들이 얻었다는 구원에 대한 위안이 타 종교에서 얻는 구원과 뭐가 다르다는 말인가? 마음의 평안을 얻고 죽음에 대한 위로를 얻는 게 구원이 아닌가! 그 이상 무엇이 있다는 말인가 확실한 구원이란 스스로가 갖게 되는 믿음뿐이지 않는가.

그런 논리에 휩쓸린 교인들이야 무슨 죄가 있겠는가. 이 모든 것을 주관하는 지도자들이 문제지! 교회에서 발을 빼면 구원이 없다는 그들의 주문(呪文)에 묶여 죽을 때까지 교회를 다녀야 한다는 게 무슨 조화인가. 예수를 믿는다는 것은 그의 뜻을 존중하고 본받아 그의 뜻대로 변화되어 바르게 사는 것을 말함이 아닌가. 그런 변화 없이 그저 그를 믿기만 하면, 구원 영생을 얻는다고 하니 어찌 황당하지 않을 수 있겠는가.

그때 당시 예수께서도 마음의 변화는 없이 오직 사욕 챙기기와 형식에만 치중하여 유대교를 이끌던 주재자들에게 가증스럽다고 호통을 치지 않았던가. "내가 미쳤냐. 구원받고 죽어서 천국 가자는 뜻에서 교회도 다니고 헌금도 하지, 그런 게 없다면 교회를 뭐하러 다니냐."라는 말을 하는 그런 신자들이 존재하는 한 어두운 교회의 장막은 쉽게 벗겨지지 않을 것 같다. 신앙인들이 그 같은 생각을 하게 된 것은 그렇게 되도록 이끈 지도자들의 교묘한 설교에서 비롯되었으리라 본다.

예수께서 한탄하신 장면이 있다. "그들은 천국 문을 닫고 그들도 들어가지 않고, 들어가려 하는 자도 들어가지 못하게 하는도다."(마23:13) 이 말은 그때 당시, 하나님 말씀을 전하러 다니는 자기들에게 가까이 오려는 사람들을 가로막고, 자기들도 참여하지 않고 참여하려던 사람들도 못 가게 하던 바리새인들에게 한 말이다.

그처럼 교회를 이끄는 주재자들은, 신앙인들 중에 혹 이성적이고 합리적인 사고와 가까이하려는 신도들을 발견하면, 무조건 가로막고 서서 자기들의 말만 믿고 따르는 것이 올바른 신앙이라며 강권하고 있으니, 이것이 예수께서 한탄하신 것과 뭐가 다르다는 말인가. 그들은 예수의 진면목을 바르게 전달하겠다는 생각은 외면한 채 오직 그를 믿기만 하면 구원을 얻는다는 쉬운 논리를 펴서, 신자 확보와 확보된 신자들의 이탈을 막고 그것을 통해 사욕만 채울 생각에 빠져 있다.

예수만 믿으면 구원을 얻는다는 현재의 기독교는 형식과 외식에만 치우쳤던 그때의 유대교와 다르지 않고, 구원론 역시 돈만 지불하면 그 돈만큼 죄를 사해 준다는 면죄부와 조금도 다르지 않다는 것을 '고발'한다.

예수의
역할

영웅의 길을 간 사람들은 선천적으로 용맹무쌍한 성품을 가진 사람들이다.

반면에 성인은 인자하고 자비로운 성품을 가졌다. 그렇기에 인자하고 자비로운 사람이 영웅이 되기 어렵고, 용맹무쌍한 사람은 성인이 되기 어렵다. 그렇지만 성인이라 부르는 예수는 부처와 달리 영웅적인 성품을 가지고 있다. 그 같은 성품을 가지고 있는 예수께서 성인으로 추대받을 수 있었던 것은, 끝까지 폭력적이지 않는 전도를 통해 진리를 전수했기 때문이 아니었을까!

성인으로 추대받은 두 분이지만 성품이 확연히 다름을 알 수 있다. 부처님은 인자하고 자비로운데 반해 예수님은 강렬하고 강력했다. 하지만 예수께서는 남다른 카리스마를 전도하는 동력으로만 사용했을 뿐 물리적으로 사용하지는 않았다.

예수께서는 '참된 인간에 관한 완벽한 구상'을 가지고 전도에 나섰다. 그를 완벽하다고 보는 것은 그의 갖춤이 창조주 하나님의 뜻과 같았기 때문이다. 그는 하나님의 뜻에 합당한 사람이 되고자 부단한 노력을 했고, 그 위치에 다다른 그의 마음은 하나님과 다를 게 없었고, 그 스스로도 그렇게 자신했다.

그의 그런 의지는 강력한 추진력을 갖게 되었고, 개혁을 넘어 혁명적인 변화를 향하게 했다. 만일 그가 진리를 품지 않고 군사(軍事)에 뜻이 있었다면, 아마도 알렉산더나 징기즈칸과 같은 영웅의 길을 가지 않았을까! 그러나 그는 자기의 강렬함을 진리를 전파하는데 활용함으로써 기독교라는 큰 업적을 세상에 남길 수 있었다.

그는 하나님과 핫라인을 설치하고 하나님의 뜻을 세상에 전파하는 역할을 자임했다. 그는 그 같은 역할을 하는데 적합한 적격자였다. 만약 그가 인내심이 없거나 유약하여 하나님 일을 하는데 부적격자였다면 하나님은 그 역할을 다른 사람으로 대체했을지 모른다.

세례 요한은 성격이 급하고 인내심이 약해 일찍이 버렸는지 모른다. 바울 역시도 카리스마와 결단력 부족으로 그 역할을 맡길 수 없었을지 모른다. 그러나 예수는 누구도 막을 수 없는 결연함과 카리스마가 있었다. 그리고 탁월한 지혜와 명철을 가지고 있었기에 하나님 일을 하는데 부족함이 없었다.

예수는 요한과 바울이 갖지 못한 하나님에 대한 확실한 믿음과 스스로의 만용을 제어할 인내심을 가진 사람이었다. 그와 같은 그의 성품은 하나님의 뜻을 세상에 펼치는데 적합했다. 하나님은 타락된 이스라엘을 회복시키기 위해 그를 선택한 것이다. 아니, 어쩌면 하나님은 그런 인물을 세상에 내보냈는지 모른다.

하나님은 그에게 부처와 같은 자비나 온유함을 갖추는 것보다는 타고난 지혜와 강렬한 카리스마로 자기의 뜻을 세상에 널리 전파하는데 그 목적을 두고 있지 않았을까! 그래서 하달받은 자기의 뜻을 적극적으로 수행할 수 있기를 바라셨는지 모른다. 그러한 하나님이셨기에 역설적이게도 인간들의 마음을 부처와 같은 성품이 되도록 이끌기 위해 예수를 심부름꾼으로 희생시키셨는지 모른다. 그것이 성취되었을 때 지상은 바로 불국토요 하나님이 바라시는 천국이 될 것이기 때문이다.

예수가 외친 모든 말씀들은 그처럼 바른 인간성을 촉구하는 진리의 말씀들이었다. 예수께서 목숨까지 내놓고 간 것도 '인간성을 바르게' 하자는 데 있었다. 자기를 믿고 따른다면 자기가 한 말들을 실천하지 않겠는가라는 희망으로 고난의 길도 갔다. 다시 말해 예수는 사람들이 자기와 같은 지혜와 카리스마를 가지기를 바란 게 아니라 '부처와 같은 바른 사람이 되게 하자는 것'이었다. 그 길을 알려 주는 것이 하나님의 뜻이었고 그의 몫이었다.

그는 그 길을 신약복음서에 남겨놓고 가셨다. 자기를 믿는다고 해서 누구나 다 구원을 얻을 수 있는 게 아니라 하나님의 뜻인 '바른 사람'이 되지 않으면 아무 소용이 없다고 했다.

자기는 하나님의 뜻을 전달할 뿐이니 자기 이름을 부른다고 해서 구원을 얻는 게 아니라 오직, 하나님 보시기에 합당한 자가 되어야 구원도 얻고 천국의 아들도 되리라 했다.

예수의 부활과
심청의 생환

　공양미 삼백 석으로 아버지의 눈을 되찾게 해주려는 심청이의 지극한 효심이 그를 생환시켰다는 것이 심청전의 요지다. 그 같은 심청이의 지극한 효심을 통해 효(孝)를 권장하고자 해서 만들어진 것이 그 소설을 쓴 저자의 의도였음은 두말할 필요도 없다.

　그와 같이 인류의 구원을 위해 십자가를 선택한 예수의 정신과 희생에 대한 보상이 부활이었음을 성경은 말하고 있다. 어찌 보면 심청이의 효심을 향한 희생과 예수의 십자가 희생은 비슷하다고 보여 지는데, 왜 예수는 부활이란 영광을 얻었고 심청이는 스토리로만 전해오고 있는지 여운이 남는다.

　심청전을 쓴 저자는 미상이다. 그는 아마도 유교의 효 사상을 넓히고자 그와 같은 글(소설)을 쓴 듯하다. 또 효심이 지극하면 하늘의 은혜를 입어 생환도 한다는 이야기를 통해 조선사회에 부모에 대한 효심을 심고자 했다. 그처럼 예수의 부활은 진심으로 하나님을 믿고 그의 뜻을 따르고 희생함으로써 부활할 수 있다는 것을 보여주었다고 하지 않을 수 없다. 물론 예수는 하나님의 아들로서 부활은 이미 담보되어 있었다고 보는 견해도 있지만!

종교로 이어져 온 예수의 부활은 실제로 이루어진 듯이 전해오고 있는데 반해, 심청의 생환은 실제로는 보지 않는다. 만일 심청전의 이야기가 어떤 종교의 교리였다면 어땠을까! 그랬다면 심청이도 실제로 생환되었다고 전해져 오지 않았을까? 그것이 바로 종교를 지탱하고 존속할 수 있게 하는 힘이다. 심청전은 종교가 아니었기에 그처럼 스토리로만 전해져 왔을지 모른다.

예수는 하나님의 뜻을 남기고 확장시키기 위해서 죽음을 택했고, 심청전은 효심을 확산시키기 위해 창작된 것이었기에 결이 같다고는 볼 수 없으나 부활과 생환에 대한 이미지는, 초록은 동색처럼 비슷함을 느끼지 않을 수 없다. 그러나 예수는 실존 인물이고 심청은 소설 속의 인물이기에 대등한 관계라 할 수 없다. 이 두 이야기는 어떤 목적을 이루려는 '희생에 대한 보상'이라는 점에서는 같지만 현실과 가상이라는 큰 차이점이 있다.

문제는 내 생명을 구하려는 부활과 타인의 불행을 해결해 주려는 결과로서의 생환이었다. 예수께서는 스스로가 십자가에 못 박혀 죽음으로써 부활되리라는 것을 믿었고 또 그렇게 되었다는 것을 기록하고 있다. 그때의 부활은 스스로의 구원이다. 기독교가 번성할 수 있었던 것은 예수처럼 본인이 부활되어 영생할 수 있다는 믿음 때문이 아닐까!

　예수의 부활을 누군가는 심청이의 생환처럼 바라볼 수도 있다. 어찌 죽은 지 사흘 만에 정상으로 소생하여 걷고 먹을 수 있다는 말인가! 더군다나 40일 후에는 하늘로 승천했단다. 심청의 생환처럼 얘기해도 충분히 이해하고 받아들일 텐데 군이 부활이 사실이라며 궁색한 변명까지 덧붙인단 말인가. 그러나 심청전과는 달리 예수는 창조주 하나님을 배경으로 하고 있다. 우주를 창조한 하나님은 전지전능하여 못하실 게 없는 존재이기에 예수의 부활도 가능했을지 모른다고 긍정 아닌 긍정을 하기도 한다. 그에 비해 심청이의 생환은 그런 배경(세력)이 없으니 실제라고 말할 수 없다. 그처럼 하나님과 예수를 믿고 따른다면 구원과 영생은 물론 심판날에는 부활의 영광을 얻을 수 있다고 말한다. 그 같은 부활을 믿는 것이 신앙이요 믿음이라니 구원을 얻기 위해서는 억지춘향이라도 되어야 할 형편이다. 심청의 생환과 예수의 부활은 같기도 하고 다르기도 하기에 한마디를 남긴다.

돼지 목에
진주목걸이

　예수께서는 하나님의 말씀을 진심 어린 마음으로 받아들이고 실천했으며, 그 뜻을 사람들이 받아들이기 쉽도록 비유해서 선포하셨다. 예수는 그런 하나님의 말씀들이 금은보화보다도 값지고 귀하다고 느꼈다. 자기가 선포한 하나님의 말씀들은 그동안 토라(모세오경)에도 없었고 어떤 선지자도 언급하지 않았던 소중한 보석이라고 생각했다. 그런 말씀들을 잘 받아들이기만 하면 유대사회는 금세 변하리라고 믿었다. 그러나 그런 기대는 큰 오판이었다. 유대인들은 예수의 말씀들을 한 귀로 듣고 한 귀로 흘려버리거나 되레 화로 되받았다. 유대인들은 그동안 자기들의 텃밭과도 같은 환경을 피괴하려 한다고 생각했다.

　예수는 참된 진리를 터득하면 황금을 얻는 것보다도 더 크게 기뻐하고 소중히 받아들여 살과 피가 되게 했었지만, 외식과 은폐와 형식에 치우쳐 살았던 유대인들은 자기 배 불리는 데만 급급해 살았기에 보석 같은 진리보다는 물질이라는 금은보화에 관심이 더 많았다.

다시 말해 그가 외친 진리의 말씀들이 그들에게는 '돼지 목에 진주목걸이'를 걸어주는 꼴밖에 되지 못했다. 가령, 부를 갖고 태어난 금수저들이 흙수저들의 마음을 알지 못하듯이, 진리의 말을 외치는 예수의 말씀들을 그들은 알아듣지도 못했고 또 들으려고 하지도 않았으며 무조건 외면했다. 만일 유대인들이 예수가 외치는 하나님의 말씀들을 금은보화보다도 귀하게 여기며 받아들이기만 했다면, 이스라엘은 금세 천국으로 변하게 되었을 수도 있었다.

그렇게 판단한 예수가 성급했는지 모른다. 그가 수준 낮은 보통의 민중들처럼 살아보지 못했기에 미처 그들의 마음을 알지 못했을지 모른다. 그는 공부와 수도에 매달려 30여 년을 살았을 뿐 현실을 살아보지 못했다. 그래서 벅차고 고단한 현실을 살아가는 사람들의 심정을 꿰뚫어 보지 못했는지도 모른다. 예수는 그동안 사유의 세계인 영적인 세계와 감각으로 세상을 바라보고 판단하지 않았을까 싶다.

세상에는 좋은 말들이 얼마나 많은가! 그러나 인간세상은 결코 좋은 세상으로 바뀌지 않는다. 무거운 벌과 범칙금이라는 제재를 통해 그 같은 사회를 꾸밀 수는 있어도 진심으로 그런 사회를 만들 수는 없다. 왜냐하면 인간들의 마음은 늘 욕심으로 채워져 있고 그것을 결코 벗어나지 못할 것이기 때문이다.

그렇기에 일사불란하게 만들 수만은 없다는 뜻이다. 동물농장에 갇힌 다양한 동물들의 행동을 일률적이게 할 수 없듯이, 각양각색인 인간들의 마음을 한결같이 할 수는 없다는 말이다.

그것을 미처 깨닫지 못하고 유대사회를 천국으로 만들어 보겠다는 꿈을 꾸었던 예수가 오히려 잘못 판단했다. 그것도 강력한 통제가 아니라 마음으로부터 변화된 완벽한 하나님의 자녀들만으로 이뤄질 수 있는 천국형성을.

인간은 이대로 살다 언젠가 때가 되면 종말을 맞을 수밖에 없다. 온갖 노력과 제재로 삶의 변화는 미세하게 있을 수 있겠지만 결코 현재와 같은 인간의 심성과 정체성은 변하지 않을 가능성이 높다. 그것이 인간을 창조한 조물주의 의도일 테니까!

좋은 세상을 만들어 보겠다는 선인들의 의지가 아무리 반복된다 해도 인간의 마음은 현재와 크게 달라지지 않는다. 혹 강력한 제재를 통해 외적인 변화가 조금은 있을 수 있다고 해도 인간들이 갖고 있는 원초적인 사악성은 변하지 않는다.

사람들은 천국 같은 세상보다 '지금 같은 세상'을 더 원할지 모른다. 돼지는 깨끗한 호텔보다는 볏짚이 깔린 움막과 텃밭을 좋아하듯이, 인간은 천국보다는 지금 같은 이런 세상이 더 좋을지 모른다.

나사로
이야기

나사로와 누이들은 부모님을 일찍 여의고 둘이서 힘들게 살고 있었다.

여느 무더운 여름 이름 모를 풍토병이 온 마을을 휩쓸었고, 못 먹고 약했던 나사로는 몹쓸 병에 걸리고 말았다. 여유가 있던 사람들은 이웃 마을의 의원을 찾아가 치료도 받았지만, 나사로는 그럴 수가 없었다. 약은커녕 먹을 양식도 부족한 탓에 영양실조까지 겹쳐 병세는 점점 깊어만 갔다.

갈수록 나사로는 병세가 깊어졌고 몸은 진물로 뒤덮여 갔다. 온종일 누워만 지내는 탓에 몸에서는 썩은 냄새가 진동했다. 이웃들은 혹 병이라도 옮을까 봐 누구도 곁에 오기를 꺼려했고 곁에는 오직 누이들 뿐이었다.

오라버니의 치료를 위해 좋다고 하는 온갖 약초들을 다 써 봤지만 별 효험도 없이 악화만 되어 갔다. 그의 누이는 그저 하나님의 은총만을 기대하며 하루하루를 기도로 보내고 있었다.

그러던 어느 날, 물을 긷기 위해 샘에 도착했을 때 이웃 아낙네들이 하는 말에 귀가 솔깃해졌다. 그중 하나가 나사로 누이를 향해 "예수라는 나사렛사람을 찾아가 봐! 그는 못 고치는 병이 없을 정도로 용하대. 절름발이만이 아니라 40년 된 앉은뱅이도 고쳤다는 소문이 있는 걸 보면 혹시 나사로 오라버니의 병도 고칠 수 있지 않겠어! 우리가 당분간 오라버니를 봐줄 테니 한번 찾아가 봐."라고 하는 것이었다.

절망에 빠져 있던 나사로의 누이는 그 말을 듣는 순간, 드디어 오라버니의 병을 낫게 할 수 있으리라는 희망으로 기쁨을 감출 수가 없었다. 그는 사실 얼마 전 예수께서 마을에 들렀을 때 가까이서 본 적도 있었으나, 오라버니의 병을 고쳐 보겠다는 생각은 까맣게 잊고 있었다. 집으로 돌아오는 그녀의 발걸음이 빨라졌다.

죽음만을 기다리며 절망에 빠져 있던 나사로는 오늘따라 생기에 넘친 누이의 모습을 보면서 뭔가 모를 희망을 느꼈다. 아니나 다를까 누이의 목소리는 다른 날과 달리 힘이 실려 있었다. "오라버니 이제는 오라버니의 병을 낫게 할 방법을 찾았어요. 예전에 보았던 예수라는 사람이 오라버니를 살리실 것 같아요. 그분은 절름발이와 앉은뱅이뿐 아니라 장님과 귀머거리도 낫게 한다니, 그분만 모셔 오면 오라버니의 병도 고칠 수 있을 거예요. 조금만 참고 기다려 주세요. 금방 모시고 올 테니!"

얼마 전에 나사로 역시 누군가로부터 얼핏 그와 같은 소리를 들은 것 같기도 했지만, 누이의 확신에 찬 모습에 큰 기대가 생겼다. 그는 썩은 동아줄이라도 붙잡고 싶은 마음이었기에 누이의 확신에 찬 말에 희망이 부풀어 올랐다.

하지만 길을 떠난 누이는 이틀이 지나도록 나타나지 않았다. 희망을 갖고 기다리던 나사로는 이제 병도 깊어졌지만 희망도 사라지고 몸도 쇠약해질 대로 쇠약해져 극한의 단계까지 치달았다. 그 다음 날 그는 급기야 의식을 잃고 쓰러졌다.

누이가 길을 떠나며 부탁해 놓은 이웃의 주민들이 잠시 살피러 왔을 때, 나사로는 이미 죽어 썩은 냄새를 풍기고 있었다. 그 지역에서는 전염을 예방하기 위해 죽은 시신은 즉시 장례를 치르게 되어 있었기에 나사로는 바로 장례꾼들에 의해 공동무덤에 매장되고 말았다.

사흘 만에 간신히 예수를 만난 누이는 부랴부랴 예수와 함께 돌아왔지만, 이미 오라버니가 무덤에 장사되고 말았다는 소식을 듣고 하늘이 무너지는 듯 맥을 놓고 쓰러졌다. 그때 예수께서 누이를 일으키며 "아니다. 그는 아직 죽지 않았다. 그는 나를 기다리고 있을 것이다. 어서 가자." 누이와 예수일행은 돌무덤을 향해 발길을 재촉했다.

드디어 돌무덤에 도착해 돌을 비켜 세운 뒤, 예수께서 큰소리로 무덤을 향해 외쳤다. "나사로야 나오너라! 네가 기다리던 예수가 여기 왔노라." 어찌나 소리가 컸던지 예수의 말이 돌무덤 속에서 메아리되어 돌아왔다.

그 순간 장사될 때 둘러멘 세마포에 쌓인 나사로가 천천히 걸어 나오고 있었다. 예수만 만나면 살 수 있다는 그의 '강한 믿음'이 식어 가던 그의 의식을 되돌려 놓았던 것이다.

물이
포도주로

물을 포도주로 변형시켰다는 예수의 기적은, 돌을 떡으로 만들라는 기적과 다를 게 없다. 그런데 왜 예수께서는 광야에서 사탄의 유혹에는 "하나님을 시험치 말라"(마4:1~11)라며 단호하게 부정해 놓고, 물을 포도주로 만드는 것에는 참여했겠는가! 이는 어떤 곡절이 있었을 것임에 의심의 여지가 없다.

예수는 열두 명의 제자들과 함께 전도에 나섰지만 늘 음식조달에 어려움이 많았다. 그들은 부잣집 아들들도 아니었고 또 어떤 생산능력을 갖고 있지도 못했기 때문에 먹을 양식을 구하기가 어려웠다. 물론 어부의 아들들이 있어서 소량의 물고기는 얻어올 수 있었겠지만! 그래서 그들은 스님들처럼 어디선가 양식을 구해야만 했다.

부자들은 대부분 기성종교인 유대교도들이었고, 새롭게 등장한 예수는 이제야 시작되었기에 고향인 갈릴리 외에는 대부분이 알지도 못했으며, 그런 그들에게 누군들 선뜻 희사하려 했겠는가! 그들이 조금이라도 음식을 구할 수 있는 길이란 혼인집이나 대사 집에서 잔치를 끝내고 남은 음식이나 그를 따르던 성도들의 자그마한 적선이었다. 그러니 참새가 방앗간을 그냥 지나칠 수 없다는 속담처럼, 예수 일행은 대사집이나 혼인집을 그냥 지나치지 않았다.

어느 날 예수께서 전도를 마칠 무렵, 이웃 동네에 혼인 잔치가 있었다는 소문을 듣게 되었고, 예수 일행은 그곳을 향해 발길을 옮겼다. 그들은 드디어 해가 뉘엿뉘엿해서야 혼인집에 들어섰다.

그때 당시의 예수는 상당한 위치에 있었다. 한마디로 대통령이 되기 전의 김대중 선생쯤이었다고나 할까! 만일 전라도에서 누군가가 자녀를 혼인시키던 날 김대중 선생이 수행원을 이끌고 잔치가 다 끝날 무렵에 찾아왔다면 어땠을까! 예수 일행의 방문은 그와 같은 상황이었다.

갑자기 예수가 제자들과 함께 대문에 들어서는 모습을 본 혼주는 귀한 손님임을 알고 반갑게 맞아들였지만 걱정이 앞섰다. 음식만이 아니라 술도 바닥나 있었기 때문이다. 특히 손님 접대의 첫째가 술인데 술이 바닥나 있었으니 아니 그랬겠는가! 장차 유대의 왕이 되실 분인데! 예수께서는 미안해하는 혼주에게 그런 걱정은 하지 말라며, 자기가 온 것은 대접을 받고자 함이 아니라 남은 음식들을 거두어 가기 위함이라 했다.

하지만 귀한 손님인데 술과 음식이 다 떨어져 드릴 게 없었기에, 혼주는 난처해하지 않을 수 없었다. 그것을 지켜보던 예수는 혼주의 체면을 살려 줄 좋은 묘안이 떠올랐다.

예수는 그곳에서 심부름하던 사람들에게 조금 전에 지나치면서 보았던 샘을 알려주면서 샘물을 떠올 것을 주문했다. 잠시 뒤 그들이 물을 떠오자, 마당에 깔려 있던 덕석(멍석)에 제자들을 앉혔고, 혼주를 도와주던 그의 친구도 합석했다. 그런 뒤 예수는 모든 술잔에 샘에서 퍼온 물을 채우게 했다. 그리고 혼인한 아들 부부와 가족들을 위해 기도하기 시작했다. "오늘 혼인한 신랑 신부에게 하나님의 은총이 가득하기를 비옵나이다. 항상 복된 삶이 되기를 축원하고 그 가족에게도 하나님의 은혜가 가득하기를 기도하나이다. 아멘." 그리고 건배사와 함께 그 술잔의 물을 마셨다.

그 물을 마신 혼주 친구가, 멀리서 이를 바라보던 혼주를 향해 이렇게 외쳤다. "얼! 친구, 나는 아침부터 허리가 아프도록 도와주었지만 텁텁한 술만 주더니, 하나님의 아들이요 유대의 왕이 되실 분이 오셨다고 이렇게 좋은 술을 내놓는단 말인가!"라며 위트를 던졌다. 그는 비록 맹물을 마셨지만 예를 갖추려는 예수의 의지를 읽었고, 그에 맞는 유머를 던짐으로써 양쪽 모두에게 위안을 주고자 했다. 그 후 예수와 제자들은 남은 음식들을 모두 수거해서 길을 떠났다.

이렇게 전개되었던 것이 나중에는 '물을 포도주로 만들었다네.'라는 기적으로 남지 않았을까! 술자리와 멀리 떨어져 있던 사람들, 특히 일손을 도우러 왔던 이웃의 아낙네들이 멀리서 그 소리를 듣고 정확한 내막을 알지 못한 채 그 같은 말을 퍼트린 게 아닐까! 물론 그런 소문이 퍼지게 된 것은 그동안 전지전능한 하나님의 아들로서 무엇이든 못할 게 없다는 소문이 이미 퍼져 있었기 때문에 가능한 얘기였을 수도 있다. 그때는 뚜렷한 정보가 없이 그저 소문으로만 전달되던 시대였기에 발생된 사건이 아니었을까 싶다.

특히 예수를 경이적이게 하고자 했던 성경의 저자들이, 이 같은 소문을 성경에 기록함으로써 기적으로 남지 않았을까?

제 7 부

부자가 천국 가기란

Toward the Nobel Prize im
     Literature Camdidates

부자가
천국 가기란

성경에는 '부자가 천국 가기란 낙타가 바늘귀 통과하기보다 어렵다'(마19:23~24)라는 예수의 말씀이 있다. 예수께서는 어찌해서 이렇게까지 부자들을 질타했는가. 물론 모든 부자들을 지칭하지는 않았을 수도 있다. 그리고 바늘귀란 과연 무엇을 뜻하는지 살펴보고자 한다.

공산주의라는 사회제도가 세상에 탄생하게 된 원인 중 하나가 부자였던 것은 누구나 아는 사실이다. 즉, 부의 편중이나 불평등이 공산사회를 부른 요인이었기 때문이다. 또, 부자가 되기 위해서 했던 만행들만이 아니라 부자가 되고난 후의 행태 또한 많은 문제를 낳는다는 걸 알았기에 예수께서 이 같은 말씀을 하신 것 같다.

한마디로 그때 당시, 많은 재산을 가진 부자들의 그릇됨과 행패가 도를 넘어 사회공동체를 파괴했고, 나태와 타락의 원인이 되고 있음을 보았다. 부자들의 그 같은 폐해가 없었다면 공산주의라는 사회제도가 세상에 나오지 않았을지도 모른다. 그만큼 부자들로부터 파생된 문제들이 크고도 많았다.

불교에서 강조하는 '무아'도 부자들의 잘못됨을 바로잡기 위해 하신 말씀이 아니었을까. 정신적인 무아(無我)만이 아니라, 물질적인 측면에서의 무욕(無欲)도 강조하기 위함이 아니었나 싶다.

2000년 전 유대인들의 사회가 어떻게 돌아가고 있었기에 예수께서 이처럼 외쳤겠는가. 자기가 꿈꾸고 있던 천국을 형성하는 데 가장 큰 걸림이 바로 부자들이라 보았는지 모른다. 인류의 역사에서 최고의 사회제도라는 현대의 '민주주의' 하에서도 부자들의 폐해는 공공연히 드러나고 있는 게 사실이다. '무전유죄 유전무죄'라는 말이 그것을 증명한다.

이스라엘은 지중해 연안의 작은 나라로써 한반도처럼 약소국인 데다 새로 등장한 강성한 나라들의 전쟁 길이었기에 수없이 많은 침범을 당해야 했다. 그 때문에 큰 도읍지마다 성을 쌓고 방비를 해야 했다. 그로 인해, 이 마을과 저 마을 사이에 없었던 성벽이 생겨났고, 예전 같으면 한 시간에 갈 길을 한나절을 걸어서 갈 수밖에 없게 되었다. 그래서 사람들은 성벽이 얇거나 빨리 갈 수 있는 곳에 작은 구멍을 뚫어 놓고, 그곳을 통해 왕래를 하게 되었다. 그 후, 그 지름길을 수없이 지나다니다 보니 그 모양이 바늘귀처럼 길쭉한 모습으로 변하게 되었고, 사람들은 그 길을 바늘귀라 부르게 되었다.

그러나 그 길은 덩치 작은 양이나 염소는 지나갈 수 있었지만, 덩치가 큰 낙타 같은 동물은 지나갈 수 없었다. 시장에다 낙타를 팔려거나 또 산 사람들은 결국 한나절을 돌아서 이웃마을의 장터로 가고 또 와야만 했다. 그 때문에 한 시간이면 갈 길을 한나절을 돌아서 가야 했다.

부자가 천국 가기란 낙타가 그 바늘귀로는 도저히 지나갈 수 없음을 비유하여 그 같은 말씀을 하셨던 것이 아닐까! 다시 말해 하나님의 뜻을 믿고 따르는 사람들이 갈 수 있는 천국을 부정과 부패로 얼룩진 부자들이 간다는 것은, 덩치 큰 낙타가 그 좁은 바늘귀를 통과하는 것만큼이나 어렵다는 뜻이 아니었을까?

오른쪽 뺨
때리면

2000년 전, 예수께서 유대를 돌아다니며 전도에 여념이 없을 때였다.

그때 예수의 연설을 들으려고 모여든 대부분의 군중들은 가난하고 힘없는 서민들이었다. 힘 있고 부유한 사람들은 대부분 그를 무시하고 외면하기 일쑤였다. 상위층들은 기성종교인 유대교에 몸담고 있었으며 예수의 연설장에 나타나지도 않았다. 예수는 자기의 말에 관심을 갖고 찾아온 힘없고 가난한 그들에게 이처럼 말씀하셨다. "불의한 자들이 너희의 오른편 뺨을 때리거든 왼편 뺨까지 대어주고, 속옷을 달라 하면 겉옷까지 벗어주고, 억지로 오리를 가자 하면 십리를 동행하라."(마5:39~42) 예수의 이 같은 표현이 무엇을 뜻하는지 살펴보자.

예수께서 하신 이 말씀은 어쩌면 '너희는 하나님의 자녀들이니 반발하지 말고 순수한 사랑을 베풀라'는 말씀처럼 들리기도 한다. 하지만 그 이면을 살펴보면 현실적인 삶의 지혜(처세)를 가르친 것임을 알 수 있다.

과거 우리나라에서도, 1960년 전후에 어린 시절을 보냈던 사람들은 경험이 있으리라 본다. 간혹, 위 아랫마을을 지나칠 때면 힘 있고 나이 많은 선배들이 괜히 시비를 걸었던 사실들이다. 그들은 어떤 하찮은 문제를 트집 잡아 겁을 주면서, 돈 빼앗을 구실로 삼았었다. 그보다 앞선 조선시대 때는 깊은 산길마다 산적 떼들이 그와 같은 행패를 부렸다.

시대를 거슬러 올라가면 갈수록 동서양을 막론하고 그 같은 현상은 심했으리라는 생각이다. 예수께서 활동하시던 그 시절의 이스라엘 역시 그러했기에 이 같은 말씀을 하셨다고 느껴진다.

불의한 자들이 괜히 시비를 걸어 오른쪽 뺨을 때렸을 때, 아무런 잘못이 없는데 왜 때리냐며 맞뺨을 때렸다가는 뺨 두 대로 끝나지 않고 몇 배나 큰 상해로 이어질지 모른다. 그러니 오른쪽 뺨을 치거든 아무 말하지 말고 왼편 뺨까지 대어주며 순순히 맞으라는 말이다.

또, 먼 길을 가는 중에 무거운 짐을 들고 가던 불의한 자들과 합류하게 되었을 때 "이 짐을 저 앞 오리까지만 부탁한다"라는 강압에, 거절하지 못하고 그들의 말대로 오리쯤 가서 그 짐을 돌려준다면, 그들은 그에 만족하지 못하고 딴 이유로 시비를 할 것이니 아예 처음부터 십리까지 들어다 주어라. 그러면 그들도 그 선에서 멈추지 않겠느냐는 것이다. 세 번째 역시 처음에는 속옷만 필요했지만 곧 욕심이 발동해 겉옷까지 탐하는 시비에 휘말리지 말고, 겉옷마저 몽땅 다 벗어주고 그들 곁을 되도록이면 빨리 벗어나는 게 상책이라는 뜻이다. 그들은 이미 인간이기를 벗어난 자들이기에 인간적으로 대응해서는 안 된다는 시각으로 보신 것 같다.

그렇지 않고 거부하거나 정당성을 주장했다가는 돌이킬 수 없는 큰 상해를 입든지 목숨을 잃을 수도 있을 것이라는 말씀이다. 과거 산적들도 궁핍 때문에 준동했듯이, 그때의 이스라엘 역시 그런 환경이었기에 불의한 자들이 난립해 사회를 어지럽히고 있지 않았는가 싶다.

예수는 언제라도 그와 같은 상황이 닥치면 그처럼 대응하라며 그곳에 모인 힘없고 가난한 군중들에게 일러 주었다. 그러나 너희는 하나님을 믿는 자녀로서 불의한 자가 되지 말고, 순한 양처럼 언제나 마음을 의롭고 청결히 할 것이며 네 이웃을 내 몸과 같이 사랑하라고 가르치셨다.

또한 '독사같이 지혜롭되, 비둘기같이 순결하라'는 총체적인 메시지를 남겨, 하나님 자녀로서의 자세를 잃지 말 것을 당부하셨다. 그는 하나님의 아들로서 진리의 말씀만 하신 게 아니라 이처럼 현실적이고 합리적인 시각으로 세상을 바라보셨고, 그 해답을 찾아 지혜롭게 살도록 가르치셨다.

세례 요한과
예수

세례 요한과 예수는 동년배로 태어났다.

그들의 어머니들은 태중의 아들들에 대한 얘기를 나눌 만큼 서로 가까운 자매처럼 지냈다. 가까운 친지였을 것 같다.

먼저 요한이 태어났고 그의 첫 울음소리는 탯줄을 단 아이의 울음소리가 아닐 만큼 컸고 건강하게 태어났다. 그런지 얼마 후 예수도 태어났다. 그의 잉태와 태몽은 비밀이 많았으나 누구에게도 말해서는 안 된다는 천사(성령)의 지시에 따라 그의 어머니 마리아는 예수가 태어날 때까지 비밀로 부쳤다. 그의 잉태가 비밀스러웠듯 출생도 비밀스럽게 이뤄졌다.

요한과 예수는 어머니들의 교재로 인해 어려서부터 가까운 친구로 지내게 되었고 교육도 함께 받으며 성장했다. 그들이 받았던 교육은 여호와 하나님의 우주창조와 아담의 탄생에 이어 노아와 아브라함과 이삭과 야곱으로 이어지는 믿음의 삶, 그 후 모세의 출애굽과 다윗시대의 영광을 거쳐 솔로몬의 지혜까지 이스라엘의 역사를 배우며 성장했다. 그들은 할머니가 들려주시던 옛날이야기처럼 성경 속에서 펼쳐지는 선지자들의 믿음과 지혜의 말씀들을 어머니로부터 들으며 즐겁게 배울 수 있었다.

특히 예수는 어머니가 들려주는 이스라엘의 역사들이 재미있는 이야기로만 끝나지 않고 뇌에 깊이 각인되었으며, 몸과 마음에 피와 살처럼 저장되었다. 그 같은 이야기가 재미도 있었지만 그것이 자기들의 역사요 창조주 하나님의 특별한 은혜임에 큰 기쁨과 자부심으로 다가왔다.

요한은 태어날 때부터 다부진 체력과 성품을 갖고 태어나 혈기왕성했지만 예수는 가녀린 외모와 침착한 눈빛을 가진 소년으로 성장했다. 요한은 공부보다는 놀기를 좋아했고 선지자들에 관심이 많아 선지자 역할에 흥미를 느꼈지만, 예수는 오직 공부에만 집중하고 사색을 즐겼다. 서로 성격이 맞지 않아 친하지는 않았지만 회당도 같이 다녔고 공부도 함께했다.

그들의 어머니들은 회당의 궂은일을 도맡아 했고 신심도 깊어 회당의 주재자들과도 가깝게 지냈다. 그럼으로써 회당의 주재자들은 그 아들들에게도 깊은 관심을 갖고 있었다. 어머니들이 신심이 깊은 만큼 요한과 예수도 어려서부터 신앙에 남다른 관심을 갖게 되었다. 특히 예수는 어린 나이에도 불구하고 성경을 다 외우다시피 했고 그에 대한 열정까지 깊어서 회당의 주재자들도 놀라지 않을 수 없었다.

그들의 나이도 어느덧 소년기로 접어들어 부모와 떨어져서 생활할 나이가 되었을 때, 회당의 주재자들이 그들의 어머니께 특별한 제안을 해왔다. "곧 있으면 성전에서 몇 명을 차출해 각 나라의 교육과 문화는 물론 철학과 의술도 익히고 명상과 수도까지 가르치는 학습이 있으니 아들들을 보내 볼 의향이 있으신지요?"라며 진지하게 물어왔다. 그런 제안에 요한과 예수의 부모는 찬성하게 되었고 곧 공부의 길을 떠나게 되었다. 해외수행(修行)은 로마의 관할권 안에 있는 큰 수도장과 그 외 근동에서 박사들이 기도하는 수도원과 사찰들이었다.

각 수도장에서는 현재의 교육기관처럼 그 지역의 역사와 언어뿐 아니라 시대별로 펼쳐졌던 문화와 철학도 가르쳤고, 병을 치료했던 약이나 의술 등도 가르쳤다. 또한 마음 닦음을 위한 수행을 시킴으로써 정신도 함께 성장시키는 특별한 배움이었다. 그들은 그렇게 이곳저곳의 수도장과 사찰들을 거치며 공부와 수행을 하게 되었고, 로마와 희랍을 거쳐 아시아지역에 분포되어 있는 여러 곳의 사찰과 수도원을 거쳤다.

사방 각지에서 추천되어 온 어린 수행자들은 각자 색다른 신념과 의지를 가진 학생들이었기에 남다른 배움의 열정이 있었다. 요한과 예수는 그 모든 과정을 함께 거치면서 공부를 했고 서로를 잘 알고 있었다.

그들의 목표는 조국인 이스라엘을 어떻게 하면 바로 세우느냐에 있었다. 그렇지만 그들은 그 과정과 결론에 관해서는 의견이 달랐다. 요한은 예수처럼 확실한 구상은 없었지만 조국의 회복을 위해서는 어느 정도의 물리적인 힘이 필요하다고 판단했고, 예수는 물리적인 힘이 전혀 포함되지 않은 선에서 유대를 바꿔 나가야 한다고 보았다. 물리적인 힘은 또다시 물리적인 힘으로 되받게 된다는 게 예수의 생각이었다. 그는 그 같은 각오로 이스라엘을 회복시켜 보겠다는 꿈을 꾸고 있었다. 그들의 나이는 벌써 30세가 되었고 이제는 꿈꾸었던 유대사회의 개혁에 나설 때가 되었음을 알았다.

요한은 이스라엘을 향해 발길을 서둘렀다. 그동안 꿈꾸면서 갈고닦았던 실력으로 유대를 확 바꿔 보겠다는 강한 희망이 그를 서두르게 했다. 그는 군중들에게 믿음을 갖게 하는 것이 무엇보다도 먼저여야 된다는 생각으로 선지자처럼 약대 털옷을 입고 허리에는 가죽띠를 하고 음식도 메뚜기나 석청만을 먹으며 사람들의 시선을 사로잡았다. 더구나 요단강에서의 세례는 사람들의 시선을 집중시키는데 효과적이었다.

그가 외쳤다. "천국이 가까웠느니라. 나는 물로 세례를 주지만 내 뒤에 오시는 이는 불과 성령으로 너희에게 세례를 주시리라. 그는 키를 들고 알곡과 가라지를 구분하여 알곡은 곡간에 들이고 가라지는 꺼지지 않는 불에 태우시리라"(마 3:1~12)라며 외치기 시작했다. 그동안 없었던 새로운 방식의 세례를 통해 죄를 사해 준다는 요한을 바라보는 유대인들은 그가 그토록 기다리던 그리스도가 아닐까 생각했다. 그러나 그는 군중들의 그 같은 반응을 보고 이렇게 대답했다. "내 뒤에 오시는 이가 바로 그다. 그는 나보다 능력이 많으시니 나는 그의 신들메를 감당하기에도 합당치 못하노라"(마 3:11)라며 자기를 낮추는 자세를 보이며 곧 메시아가 등장할 것이라고 예고했다. 예수에 관한 요한의 이 같은 반응은 그동안 공부를 함께하며 예수의 능력을 잘 알고 있었기 때문이었다. 자기의 능력은 유대사회에 조그만 파장을 일으킬 뿐이겠지만 예수의 능력은 유대사회를 천국으로 변화시키고 남음이 있을 뿐만 아니라 이방 세계까지도 변화시킬 수 있음을 믿고 있었다.

예수는 요한의 겸손과 애국심을 알고 있었기에 그를 가리켜 "여자가 낳은 자 중에서 세례 요한보다 큰 이가 없도다. 그러나 천국에서는 극히 작은 자라도 저보다 크니라"(마 11:9~11)라고 말씀하셨다. 요한의 능력은 선지자급이었지만 그가 가진 진리를 향한 열의와 투지는 그 어떤 선지자도 따라올 수 없을 만큼 크다고 보았다. 그렇지만 천국에서는 가장 작은 자라고 덧붙였다. 천국은 그만큼 큰 의와 용기와 참을 갖춰야 합류할 수 있다는 것을 상징적으로 보여주는 대목이다.

요한은 천국이 가까웠느니라며 예수의 길을 예비하는 것이 자기의 소임임을 알아차린 예언자요 선지자였다. 요한도 예수와 함께 동시대에 태어나지 않았다면 엘리야나 이사야 같은 선지자들처럼 유대인의 타락과 위정자들의 나태를 꼬집으며, 미래의 메시아를 갈망하는 말을 남겼을 것으로 생각된다. 그러나 그는 여기

이 땅에서 메시아로 오신 예수님을 직접 영접할 수 있는 영광을 얻었다.

예수께서 입국해 계도에 나섰다는 소식이 들리자 그는 예수를 칭송하는데 주저하지 않았고, 그의 나아갈 길에 걸림이 될까 봐 적절한 퇴진의 길을 선택해 그의 곁에서 사라져 갔다.

바울의
회심

조선조 말 한 정승집에 아들이 태어났다.

그는 어려서부터 학문이 깊었던 부모의 지도 아래 많은 공부를 하게 되었다. 하나를 배우면 열을 아는 총명한 아이였다. 그는 젊은 나이에 과거에 급제하여 관직에도 올랐다. 하지만 곧 일제강점기가 시작되어 모든 체제는 일본의 영향 하에 놓이게 되었고, 그 체제 하에서도 신분은 유지되었다. 그의 관직은 고등법원의 법관이었다. 그 같은 신분이었기에 사방에서 많은 청탁들이 들어왔다.

간혹 어렸을 때의 친구들이 찾아와 독립운동에 협력해 줄 것을 요청하기도 했지만 수락할 용기가 없었다. 그랬다가는 그 자리까지 키워주신 부모님께 죄를 짓는 것만이 아니라 새로운 모험과 희생을 감당할 자신도 없었다. 또한 힘들게 얻은 고급 관직과 행복을 놓치고 싶지 않은 이유도 있었다.

그는 그동안 정식 코스를 통해 법원에 들어왔고 별수 없이 일제 치하에서도 고급스러운 생활을 할 수밖에 없었다. 법관이었던 그는 독립운동하다 들어온 독립투사들에게 무거운 징역형과 사형까지도 내려야 했다. 그럴 때마다 그의 마음은 한없이 무겁고 죄스러움에 빠지지 않을 수 없었다.

그런 생활을 거듭하면서 수많은 갈등과 번뇌로 잠을 이루지 못한 밤이 많았다. 수많은 젊은이들이 '조국의 독립을 위해서 이토록 목숨을 내놓고 희생하는데, 자기는 지금 뭐하고 있는가!'라는 자괴감이 엄습해 올 때마다 술로 달래곤 했다. 그러면서도 그는 안정된 스스로의 삶을 포기할 자신도 용기도 없었다. 하지만 그는 나약하고 허약한 스스로를 부끄러워할 줄 아는 의로운 사람이었다.

이처럼 바울은 꿈틀대는 애국심을 억누르며 살고 있었다. 할 수 없이 직무를 수행해야 했기에 죄인이라 지목된 일행들을 검거하기 위해 뒤쫓지 않을 수 없었다. 그가 뒤쫓던 주요 대상들은 사회를 불안하게 만든다는 요한(세례)과 예수와 그의 일당이었다. 그들의 죄는 기존의 유대교를 뒤흔들고 군중들을 유혹하여 사회를 혼란하게 한다는 죄목이었다. 바울은 그렇게 잡혀온 그들에게 형벌을 내릴 수밖에 없는 자신을 원망하고 있었다.

그러던 어느 날 수괴인 예수가 병사들에 의해 붙들려오는 것을 보게 되었다. 바울의 눈에 비친 예수는 그동안 떠돌던 소문만큼이나 위엄이 있어 보였다. 결코 사사로움에 흔들리지 않을 결연한 의지의 눈을 가진 사람이었다. 총독이 직접 판결을 맡았다. 그때 그는 살아날 길(바라바와의 선택, 마27:15~21)이 있었는데도 그 길을 택하지 않고 자기의 신념과 의지를 지키기 위해 기꺼이 죽음을 선택했다. 바울은 그때 그의 당당함을 볼 수 있었다.

조국의 평화와 영광을 위해 십자가의 길을 선택한 그의 의연한 모습에 바울은 큰 충격을 받았다. 예수가 왜 하나님의 아들이라는 소리를 듣는지 또 진리의 왕이요 유대의 왕이라는 말을 하는지 미루어 짐작할 수 있었다.

어느 날인가도 예수의 잔당들이 숨어 있다는 정보를 듣고 그곳을 향해 출발하게 되었다. 그는 이미 십자가에 못 박혀 죽었지만, 그의 잔당들이 분란을 일으킨다는 소리에 그곳을 향해 무거운 발길을 옮길 수밖에 없었다. 그들의 소동들이 모두 애국심에서 나왔음을 알고 있었기에 그들을 체포하는 것이 내키지는 않았지만 자기가 맡은 직무인지라 어쩔 수 없었다.

몸도 마음도 무거웠던 바울은 수행원들과 함께 가던 길을 잠시 멈추고 쉬었다 가기로 했다. 다메섹이라는 그곳은 사람들의 왕래가 많아 주막도 있었지만 쉴 만한 정자도 있었다. 피곤했던 그는 금세 잠이 들었고 그때 어디선가 강한 빛과 함께 누군가의 목소리가 들려왔다. "사울아 사울아 너는 왜 나를 핍박하느냐! 이제는 그만 멈추고 너의 갈 길을 가거라"(행9:4)라는 음성이 천둥처럼 들려왔다. 깜짝 놀라 잠에서 깨어난 그의 몸과 마음은 강한 전류에 감전된 듯 경직되었다.

그 순간 그의 정신을 혼란하게 만들었던 그동안의 갈등과 번뇌는 안개처럼 사라지고, 피곤했던 몸과 마음은 힘과 용기로 벅차올랐다. 그리고 새로운 각오와 사명감에 몸을 떨었다. 자기의 길은 이제부터 예수께서 못다 이룬 사명을 이어서 펼치는 것임을 이윽고 깨달았다.

그는 그동안 예수를 남몰래 존경하고 있었다. 자기는 용기가 없어서 로마에 메어 부끄럽게 살아왔지만, 예수는 조국과 민족을 위해 목숨까지 바치는 것을 보면서 진심으로 존경하게 되었다. 그러한 갈등 속에 있던 그를 깨닫게 하기 위해 예수(성령)께서 임하셨던 것이다.

예수께서 하신 그동안의 모든 말씀들은 하나님의 말씀이었고, 그가 추구했던 길은 오직 하나님 나라 이스라엘의 회복에 있었으며, 그는 사사로운 명예나 사욕에 매이지 않았고, 결국은 하나님의 일을 위해 목숨까지 바치고 간 진정한 하나님의 아들이심을 바울은 드디어 깨닫게 되었다.

예수는
외로울 틈도 없었다

예수께서도 친구가 있었을까?

곧고 바른 길만 고수했던 예수께서는 아마도 친구가 없었으리라는 생각이다. 세례 요한은 친구라기보다는 조국의 재건을 꿈꾼 동료 같은 존재였다. 또한 그와 예수는 성격이 다르고 용량이 달라 가까이 지낼 만한 사이도 아니었다고 보인다. 예수께서 흉금을 털어놓고 지낼 만한 상대는 오직 하나님 한 분뿐이었다.

그를 따르던 제자들은 배움도 없는 단순한 어부나 농부의 아들들이었다. 그중에서 사도 요한만이 스승님의 진정한 뜻을 대략 알고 따랐지만, 베드로를 포함해 대부분의 제자들은 스승님의 십자가 고난을 목격한 후에야 진정한 스승님의 진의를 알게 된 제자들이었다.

그는 고난의 길 앞에서는 언제나 혼자 고뇌했고, 홀로 산에 올라 하나님께 간절히 기도하며 향방을 물었다. 그때마다 자기와 같은 길을 간 선지자나 예언자들의 고난의 길을 상상하면서 그 해법을 찾곤 했다. 많은 제자들이 있었지만 그들에게 조언을 구하지는 않았다. 단지 쌓인 고민이나 닥쳐올 고난들을 독백하듯 흘리기만 했을 뿐 혼자서 고민하고 혼자 풀었다.

대부분의 아버지들이 고민거리를 자식들과는 상의하지 않듯이, 예수 역시도 제자들과는 상의하지 않은 듯하다. 간혹 그가 지혜를 구하고자 했던 상대는 엘리야나 이사야 같은 선지자들이었다. 즉, 그분들의 영적인 소환을 통해 의견을 나누고 이해를 구하곤 했다.

만약 그에게 친구가 있었다면 가고자 하는 길에 방해가 되었을지도 모른다. 고난의 길을 외면하고 부와 권력과 편함을 함께 숙고했을 수도 있었기 때문이다. 같은 길을 걸었던 세례 요한도 그와의 차이가 너무도 큼을 느끼며 함께하지 못했다. 요한은 "나는 그의 신들메에 합당한 자로다"(요1:27)라며 예수의 능력에 존중을 넘어 경외감을 감추지 못했었다. 그것을 보면 예수의 능력이 어땠는지 짐작하고도 남음이 있다. 그의 바름을 향한 의지와 탁월한 지혜는 친구를 만들 수 없게 만들었다. 또한 곧고 강직했던 그의 성품은 친구만이 아니라 부모형제마저도 긴장관계를 벗어나지 못한 것 같다.

그는 오직 천상천하유아독존 같은 외로운 존재였다. 그가 거만해서도 잘난 척해서도 아니었다. 그에게는 친구처럼 가까이 지낼 만한 동급이 없었다. 그는 오로지 하나님의 뜻을 유대사회에 펼쳐 천국으로 만드는 데만 집중했기에 뜻을 같이 할 친구가 없었다. 그 길을 걸었던 세례 요한마저도 접근하기 어려워했던 예수였다.

그는 스스로를 양(천국)의 문이라 했다. 또 자기는 "길이요 진리요 생명이니 나로 말미암지 않고는 아버지께로 올 자가 없느니라. 하늘에 계신 아버지에게 갈 자는 나를 따르라"(요14:6) 했다. 자기의 길은 오직 그 길뿐이며 그 외에는 모두 부질없는 것들에 불과하다는 마음으로 스스로를 다그치고 바로잡았다.

예수는 사람들 사이에서 결코 예의를 차리거나 겸손할 수 없었다. 그의 사상이 그들과는 전적으로 달랐기에 대부분이 반대편이었고 부딪칠 수밖에 없었다. 그로 인해 그들로부터는 사이비(?)라는 비판과 함께 무시와 멸시를 받았고, 더 나아가 율법을 어기고 하나님을 모독한다는 죄목으로 수배까지 내려 있었기에 숨어 다니며 전도할 수밖에 없었다.

항상 피해 다녀야 하는 그였기에 음식을 구하는 것도 어려웠다. 간혹 병 고침을 받은 사람들이 내놓은 약간의 음식이나 은전 그리고 혼인잔치가 끝난 뒤의 남은 음식을 수거하는 것이 음식을 얻는 길이었다. 제자들은 그저 스승의 지시를 따르거나 연설하는 자리를 정돈하며 때가 오기만을 기다릴 뿐이었다.

예수는 그와 같은 자기의 처지를 후회하지 않으려 했지만, 풍찬노숙만이 아니라 쫓기는 처지까지 겹치고 전도의 진척마저 더딤에 한숨이 절로 나올 때도 있었다. "여우도 굴이 있고 공중의 새도

거처가 있으되 오직 인자는 머리 둘 곳이 없다"(마8:20)라는 고백
까지 한 것을 보면 그 심정이 어땠는지를 알 것만 같다. 그런 독백
을 듣던 제자들의 심정은 또 오죽했겠는가.

예수는 아직 덜 깨우쳐진 제자들을 이끌며 전도하는 것도 힘들
었지만, '썩은 밀알'을 구상한 뒤부터는 그 일에 대한 고민으로 더
욱 힘들어하신 것 같다.

그는 사명의 마지막을 어떻게 장식해야 할지 또, 하나님의 뜻을
널리 펼치고 더 많은 전도자들을 양성할 수 있는 길이 꼭 고통스
러운 '썩은 밀알의 길'밖에 없는지를 생각하다 보니 '외로울 틈'도
없었다.

예수가 하나님의
아들인 것은

　예수께서 하나님의 아들이 될 수 있었던 것은 그의 부단한 노력과 끊임없는 사색 그리고 희생적인 자아 발전을 통해서 얻을 수 있었다. 그가 만약 아무런 노력도 하지 않고 새로운 비전도 없이 그저 적당히 살면서 주위 사람들과 조화롭게 지냈다면 과연 하나님의 아들이 될 수 있었을까?

　아니, 유일한 하나님의 아들이기에 별 배움과 닦음이 없었어도 그처럼 유능한 존재가 될 수 있었을까!

　기독교의 주장대로 오직 그만이 하나님의 아들이었다면, 어찌 서른 살이 되도록 아무런 말씀이나 기적도 일으키지 않았다는 말인가. 꼭 서른이 되어야 전도자의 역할을 할 수 있는 이유라도 있었다는 말인가. 그렇다면 서른 살이 넘어야만 사회운동가로서의 자격이 주어졌다는 것이 아닌가. 세례 요한도 그랬던 것을 보면 그만한 이유라도 있었던 것이 아닐까!

그는 12세 때 원로들과도 의견을 나눌 만큼 총명했다. 그것은 하나님의 아들이었기에 그랬던 것이 아니라 그만큼 예리한 감각과 총명함을 가졌기에 그럴 수 있었다. 하지만 오직 그만이 진정한 하나님의 아들이었다면 왜 서른 살이 되기 전에는 아무런 활동도 하지 않고 살았다는 말인가. 그때까지는 성숙이 덜 되었기에 그랬는가! 아니면 서른쯤 되어 충분한 능력을 갖췄기에 전도를 시작하게 되었다는 말인가. 그들(?)의 말대로라면 그는 이미 유일한 하나님의 아들이었는데도!

이런 상황은 하나님의 아들로서 어떤 능력을 갖고 태어난 것이 아니라 하나님의 뜻을 수행할 수 있는 충분한 자질과 능력을 갖추고 난 뒤에야 공적 생활이 시작되었다는 뜻이다. 그러기 위해 스스로를 갈고닦았을 뿐만 아니라 여러 수도 기관들을 거치며 많은 경험과 지식을 쌓을 시간이 필요했다. 그 기간이 바로 12세부터 30세까지의 공백이 아니었을까!

현대와 같은 사회에서도 사회인이 되는 적당한 나이가 서른 살 전후이듯, 예수가 서른쯤 되어 공적 생활에 뛰어든 것은 그 시대, 유대사회에서의 선지자나 예언자들이 공적 생활을 시작하던 나이였는지 모른다. 세례 요한의 등장도 그 나이쯤이었음을 비추어 보면 느낄 수 있다.

그는 이처럼 메시아로서의 모든 자질과 능력을 갖춘 뒤, 마지막 시험을 치르기 위해 40일의 금식을 거쳤고, 그 후 세 번에 걸친 사탄의 시험을 치렀다. 그 과정을 무난히 통과한 후에야 하나님의 아들 자격이 주어졌고 본격적인 전도에 나서게 되었다. 만약 그때, 그 같은 시험을 통과하지 못했다면 그도 하나님의 아들로 인정받지 못했을 것이라 추정된다. 이 같은 추정을 하다 보면 예수도 하나님의 아들로 태어난 것이 아니라 끊임없는 공부와 수도를 거쳐 그 자격이 주어졌다는 반증이다.

그가 한 말 중에는 그것을 증명이라도 하는 듯이 "너희가 하나님의 뜻대로 행한다면 너희도 하나님의 아들이니라"라고 말씀하신 것을 보면 예수의 생각이 어떠했는지 느낄 수 있다. 이는 자기 혼자만이 특별히 하나님의 아들로 태어난 것이 아니라 누구라도 하나님 보시기에 합당한 자라면, 하나님의 아들이라는 것이 예수의 생각이었다.

예수는 이처럼 실질적이고 합리적인 사람이었다. 그는 하나님의 뜻을 정확히 알고 있었고 그와 같은 하나님의 뜻을 세상에 전파하는 것이 자기에게 주어진 사명임을 확신했다. 자기가 세상에 온 것은 그것을 위해서이고 그 길이 자기가 갈 길이란 걸 잘 알고 있었다.

그는 결코 자기 혼자만이 하나님의 아들로 태어났고, 이후에도 없으리라는 언질도 내색도 하지 않았다. 그러나 예수를 내세워 어떤 목적을 얻으려던 교회의 주재자들과 신학자들은 오직 그만이 유일한 하나님의 아들이라며 우기고 있다.

하나님께
빚진 자

하나님이 어찌 인간에게 빚질 수 있겠는가!

인간은 어디까지나 그로부터 지음받은 피조물로서 그에게 이미 빚을 진 존재인데! 하지만 그의 어떤 목적을 위해 희생적인 삶을 살았던 인생이 있다면 이야기는 달라진다. 그렇다면 그는 그로부터 비록 지음을 받았을지라도 보상을 받아야 할 권리가 있다. 태어나면서부터 불구자로 태어난 사람이나 예수처럼 하나님의 일을 위해 희생된 존재들이라면!

태어나면서부터 불구로 태어난 장애인을 가리키며 예수의 한 제자가 스승님께 질문을 던졌다. "저 사람이 어찌해서 저 같은 장애를 가지고 태어났을까요?" 그러자 예수께서는 "하나님의 하시고자 함이 있어서니라"고 대답했다. 예수께서 그처럼 말씀하신 것은 어떤 의미가 있었겠는가?

그의 이와 같은 대답은 어떤 믿음과 확신에서 나올 수 있었을 것이라 믿는다. 이는 그 장애를 통해, 어떤 뜻을 전하려는 하나님의 뜻이 숨어 있다는 의미다. 즉, 신체 건강하면서도 잘살지 못하고 스스로를 비관하거나 타락에 빠져 있는 사람들을 깨닫게 하여, 새롭고 건강한 삶을 살 수 있도록 해주는 역할에 쓰이기 때문이 아니었을까! 그 장애를 보면서 실의를 딛고 일어설 수 있는 깨달음을 얻으라는….

장애를 둔 부모들은 자기 자식이 다른 것은 다 못해도 좋으니, 건강하기만 하면 소원이 없겠다고 한탄한다. 또, 그 자식이 비관할 때마다 가슴이 무너지며 건강이 최고라는 생각을 절감하게 된다. 그러나 그들도 더욱 심한 중증 장애를 만나게 되면, 최악의 상태가 아님에 조금이라도 안도를 하지 않겠는가!

예수께서 하신 말씀은 이 같은 마음의 변화를 줄 수 있었기에 하셨던 말씀이지 않았을까?

그렇다면 하나님은 그 장애를 가지고 태어난 이들에게 빚짐이 아니고 무엇이겠는가! 물을 끌어올리기 위해서는 어쩔 수 없이 마중물로 쓰는 허드렛물도 있어야 하듯이, 아무리 귀중한 생명일지라도 그 같은 중증 장애를 통해 인간사회를 정화해 가는 마중물로 이용하신 만큼, 하나님은 그들에게 빚짐이 아니고 무엇이겠는가. 그것이 하나님의 사업이 세상만물의 창조와 조화의 한 일면일지 모른다. 예수께서는 그와 같은 하나님의 깊은 뜻을 아셨기에 그렇게 말씀하시지 않았을까!

그와는 달리 신체 건강한 사람들은 모두 하나님께 빚진 자이니 늘 감사하고 그의 뜻을 실천하며 살아야 한다. 장애도 아니면서 외모가 좀 못났다고 또 남들보다 키가 좀 작다고 하나님을 원망하는 것은, 다음 생에서 마중물의 역할로 태어나지 않을까라는 걱정도 해본다.

조물주인 하나님의 뜻이 그렇다면 피조물인 인간으로서는 어쩔 수 없이 받아들일 수밖에… 예수께서도 자신에게 쓴잔(십자가, 썩은 밀알)이 놓였을 때, 하나님을 향한 서운함도 있었지만 자기가 꼭 받아야 할 잔이라면 달게 받겠노라고 하지 않았던가. 그런 예수였기에 그처럼 말씀하시지 않았을까!

그는 스스로 희생의 길을 갔다. 그의 십자가 선택은 하나님의 사업에 적극적인 협력을 한 사건이다. 그러니 만큼 그도 하나님께 빚받을 권리를 갖고 돌아가셨다. 그러나 건강한 사람은 하나님께 빚진 자로서 그의 뜻을 따르고 은혜에 감사해야 할 마땅한 존재들이다.

유대인의 왕
예수

　예수께서는 "네가 유대의 왕이냐"(요18:37)라는 빌라도의 물음에 "그렇다"라고 응답했다. 민중들 사이에 떠돌던 그 같은 소문을 예수께 직접 물었다. 예수가 붙잡혀 온 것은 왕을 사칭하며 사회를 혼란하게 만든다는 죄목이었다. 예수께서 그처럼 대답한 것은, 살 수 있는 길을 스스로 포기하고 '썩은 밀알'이 되기 위한 계획적인 포석이었다고 보인다.

　그렇다고 예수께서 왕이라고 말한 것이 단순히 '썩은 밀알의 길을 가기 위한 것'만을 생각했던 것이 아니었다는 생각도 든다. 그 스스로도 왕의 위치를 염두에 두고 있었지 않았나 싶기도 하다. 그때 당시에는 없었지만 과거 1000여 년 전에는 사울이란 왕이 첫 번째 왕으로 추대되기 시작하여 몇백 년 동안은 왕의 시대가 있었다. 예수는 그때 당시 다윗과 같은 전철을 밟으며 왕이 되는 길을 생각하고 있었는지도 모른다.

다윗은 목동이었지만 골리앗과의 싸움에서 승리함으로써 유대인의 영웅으로 추대되었고, 그 여파로 왕으로까지 옹립되었다. 다윗은 영웅의 길을 통해 왕이 되었지만, 예수는 하나님의 아들로서의 길을 성취함으로써 왕으로 추대되리라 판단하고 있었을지 모른다.

만일 자기의 노력으로 하나님의 뜻이 가나안에 활짝 피어나 잔잔한 호수처럼 평화가 찾아오면 '호산나 주 예수여 우리의 왕이 되어 주소서'라며 다윗처럼 왕으로 추대되는 것을 염두에 두고 있었던 것이 아니었을까! 그의 확실한 희망은 차차 종말을 거쳐 부활의 때가 되면, 자기는 재림하여 심판의 왕이 되리라는 것을 당연한 수순이라 믿고 있었지만!

다윗은 강력한 권력을 가진 왕이었지만 자기는 강제된 힘이 아닌 '의와 사랑'을 기반으로 하여 얻게 되는 완전한 나라, 천국에서의 왕이 된다는 것이었다. 그렇기에 베드로가 칼을 휘둘렀을 때 '칼은 칼로 망한다'라며 철저히 무력을 배제했다. 그렇다면 어떻게 왕까지 될 수 있으리라 자신하고 있었는가?

그는 전도 초기부터 가난한 민중들의 큰 호응에 감동을 받았다. 연설을 할 때마다 장정만 4,000명 또는 5,000명씩 구름처럼 몰려들었고, 그들의 환호와 성화가 하늘 높은 줄 모르고 치솟던 것을 보고 그 같은 희망을 가졌는지 모른다. 또한 이곳저곳에서 자기들의 왕이 되어 주십사 외치며 간청하는 소리를 듣기도 했었다. 하지만 예수는 그들이 원하는 그런 왕이 되고자 함이 아니었다. 그들은 다윗 같은 강력한 권력으로 강한 나라가 되어, 부조리한 사회를 평정하고 공산주의 같은 균등한 분배와 평등한 권리를 가진 나라가 되는 것을 바라고 있었다.

그러나 예수께서 바라던 왕은 하나님의 뜻이 완벽하게 전개되는 나라에서의 지도자였다. 자기는 지금 그것을 향해 가고 있는데, 제자들과 군중들은 엉뚱하게도 다윗과 같은 왕을 바라고 있으니 예수의 심정은 답답하고 참담할 뿐이었다.

예수께서는 그런 나라(천국)를 위해 3년 동안이나 외치고 다녔지만, 다시 그 고을을 찾았을 때는 아무런 변화도 감지할 수 없었기에 마음은 더욱더 어둡기만 했다. 그 같은 상황을 타개하기 위해 그는 결국 '썩은 밀알'을 구상하게 되었고, 그것에 일말의 기대를 걸 수밖에 없었다. 한 알의 밀이 땅에 떨어져 썩어져야 60개 100개의 밀알이 되고, 그것을 통해 형성된 많은 전도자들의 전도에 의해 천국이 되리라는 것이 예수의 판단이었다.

예수는 자기의 구상이 곧 하나님의 뜻이라 보았기에 기필코 성취되리라 믿었다. 그리고 '나는 반드시 돌아올 텐데 그때까지 알곡으로 변화되지 않은 자들은 가라지처럼 불타는 아궁이에 태워질 것'이라며 경고를 남겼다. 그러니 늦기 전에 서둘러 회개하고 거듭나라 외쳤다. 자기는 그때가 되면 심판하는 '왕'의 역할을 맞게 되리라 판단한 것이다.

그 길은, 자기가 남긴 그동안의 하나님 말씀(4복음서) 안에 다 있음을 밝혔다. 그리고 그는 스스로의 구상을 믿고 담대하게 골고다 언덕을 향했다. 그 구상은 곧 하나님의 뜻이요 의지임을 믿어 의심치 않았다.

인간은
원죄가 없다

성경에는 간음한 여인을 현장에서 끌어다 놓고 예수께 판정을 내려 주십사 하는 장면이 나온다. 그러한 유대인들을 바라보시던 예수께서 잠시 뜸을 들이다가 "너희 중에 죄 없는 자가 먼저 돌로 치라"(요8:3~7)며 그들을 둘러보았다. 그 말을 듣자마자 그들은 들고 있던 돌들을 놓고 꽁무니를 감추고 말았다.

예수가 그 같은 말씀을 하게 된 것은, 누구나 현실적으로 죄를 짓지 않고는 살 수 없는 인간이라는 것을 알았기에 그러했을까! 그래서 그 말이, 그때의 상황을 무난하게 마무리할 수 있으리라는 판단에서… 어쨌거나 예수께서는 그 말씀을 던져서 곤란한 상황을 해결했고, 그들의 덫에서 벗어날 수 있었다.

만일 그런 상황에서 "죄가 있지만 용서해 주십시다"라며 동정을 구하려 했다거나 "죄를 지었으니 돌로 쳐 죽입시다"라고 거들었더라면, 예수의 운명은 어떻게 바뀌었을지 모른다.

그가 그와 같은 상황에서 자신감 있게 말을 꺼낼 수 있었던 것은, 어떤 확신이나 믿음이 있었기에 가능했으리라고 본다. 나름의 확신이나 믿음이 없었다면, 우물쭈물하다 그들의 올가미에 걸려들 수도 있었다.

그처럼 지혜 있는 말을 던질 수 있었던 예수의 능력은 어디서 얻게 되었을까? 그는 태어나면서부터 성스러운 어머니의 철저한 지도 아래서 자랐기에 현실적인 죄를 짓지 않고 성장했을지 모른다. 또 그의 나이 12세 때 하나님을 아버지라 할 만큼 하나님과 가까운 관계를 갖고 살았기에 죄를 짓지 않고 살았을지도 알 수 없다. 그런 그였기에 '죄 없는 자가 먼저 치라'며 자신 있게 말을 던질 수 있었지 않았을까!

그의 어린 시절을 보면, 그저 평범하게 살았던 유대의 어린이들과는 달랐음을 알 수 있다. 한편 그가 꼭 현실적인 죄가 없어서 그랬다기보다는 인간은 본래 죄인이라는 의식이 그 나라를 지탱해온 유대교의 뿌리였기에 그런 말을 던질 수 있지 않았을까 싶기도 하다.

종교인들이 일반적으로 원죄라 규정하는 것은 마음속에 도사리고 있는 '욕되고 악한 마음'을 말한다. 그러나 인간이 세상을 살아가는데 있어서 욕(欲)이 없다면 어떻게 살아갈 수 있겠는가. 그 욕은 인간의 삶을 이끄는 원천적인 동력인데! 조물주께서 인간의 두뇌에 의식을 주입해 완성했다 해도, 그 안에 동력이라 할 수 있는 '의욕'을 포함시키지 않았다면 어떻게 되었겠는가? 기름 없는 자동차와 다르지 않을 것이다. 자동차를 완벽하게 만들어 놓았다 해도 기름이 없다면 무용지물이듯이, 인간을 완성해 놓고 그 안에 사고할 수 있는 의욕(意欲)이 없었다면 식물인간이나 다름없게 된다. 의욕이 있기에 무엇인가를 하게 만든다. 그 의욕이 바로 모든 죄악의 원천이라 할 수 있는 원죄이다. 하지만 만일 인간에게 의욕이라는 의식이 없다면 창조의 미완성이 될 수밖에 없다.

그러니 사람을 움직이게 하는 그 의욕의 착근은 인간창조의 '화룡점정'이라 볼 수 있다. 하지만 유대인들뿐만 아니라 모든 성인들은 그 의욕이 죄를 부르는 근원이라고 말하기도 한다. 그러나 인간에게 의욕이 없다면 식물처럼 한곳에 뿌리를 내리고 살 수밖에 없는 존재에 지나지 않게 된다.

자궁 속 같은 에덴동산에서 최종적으로 인간의 정신이 만들어져 나올 때 삽입된 것이 바로 그 욕(원죄)이다. 그것은 창조주께서 인간을 조물하는 한 과정이었을 것으로 믿는다. 결코 인간이 저지른 잘못 때문에 얻게 된 죄가 아니다. 그러니 인간에게 죄를 물을 수 있겠는가! 한마디로 인간은 죄가 없다. 죄라 부르는 것들은 평화를 얻기 위해 인간(유대인)들이 꾸며놓은 종교논리에 불과할 뿐이다. 다시 말해 인간들의 잘못된 행위로 발생된 죄값이 아니다. 도둑을 지켜야 하는 개가 짖지두 않고 꼬리만 친다면 개가 아니다. 인간은 그 죄성이라 부르는 욕이 있기 때문에 인간인 것이다.

유대인의 조상들은 경전을 만들면서 원죄와 죽음을 연결시켰고, 또 이해시키기 위해 이 같은 선악과의 논리를 펼쳤다! 죄에 대한 의식이나 부정은, 영생에 방해가 되는 원인을 이해시키고자 하는 유대인들의 지혜에서 나온 말일 뿐이다.

가룟 유다에 대한
해명

　'열둘 중에 하나인 가룟 유다가 대제사장들에게 가서 말하되…
내가 예수를 너희에게 넘겨주리니…'(마26:14) 이 부분을 보면 복
음서 저자들은 이미 유다를 스승을 팔아넘긴 배신자로 보고 있음
을 알 수 있다. 그들은 예수의 진의를 정확하게 알지도 못한 채 유
다가 스승을 팔아 돈을 챙긴 것으로 평가하고 있다. 유다가 그처럼
행할 수밖에 없었던 이유와 그에 대한 오명을 쓰고 목숨을 끊었던
상황에 대해 해명해 보고자 한다.

　단적으로 말해 예수께서는 유다에게 자기를 고발해 줄 것을 명
했고 그는 그에 따랐을 뿐이다. 그런 만큼 유다는 '스승을 판' 배신
자가 아니다 '큰일'을 도운 제자였다고 말할 수 있다.

　마지막 만찬이 시작되기 전 예수께서는 스스로에게 닥쳐올 과
정들을 생각해 보았다. 이제 만찬이 끝나면 큰일, 즉 한 알의 밀이

썩어야 60배, 100배의 밀알이 되듯 자기도 십자가의 고난을 통해 저들 앞에서 썩은 밀알의 모범을 보여야 하는데 '누구를 고발자로 선택할까'라는 고민에 빠졌다.

그는 여러 제자들에게 자기를 고발해 줄 것을 명령했지만 모두 다 고개를 저으며 난색을 드러내거나 거절을 하던 제자들의 용기 없음에 한숨만 절로 나왔다. 결국 그중에서 담력도 있고 제사장 측 사람들과도 잘 아는 유다에게 그 일을 시킬 수밖에 없었다. 그리고 만찬이 끝날 때쯤이 되었을 때 모든 제자들 앞에서 다시 재확인 시켰다. '내 어깨에 기댄 자'가 그 막중한 임무를 감당할 것이라고! 그리고 겟세마네 동산에 올라 확고한 결정을 마친 뒤 유다를 향해 '네 할 일을 하라'는 지시를 내렸다.

그러나 십자가 처형이라는 참혹한 결과를 목격한 제자나 성도들로부터 죄인이란 비난을 받던 유다는, 스승의 명령에 순종하였음에도 불구하고 죄인 중 가장 큰 죄인으로 지목되게 된 것을 견디지 못하고 스스로 목숨을 끊었다.

유다는 결코 죄인이 아니다. 스승님의 큰일에 동참했고 부담스러운 일을 수행했기에 큰 상이 있어야 했다. 물론 그 상은 스승님과 하나님으로부터 받아야 했겠지만!

베드로가 왜 스승으로부터 사탄이란 말을 들었는가? 언젠가 스승님께서 "나는 이제 최후의 마무리를 위해 예루살렘에 입성할 것이며, 큰 고난과 죽음의 길을 갈 것이다. 그러나 죽은 지 사흘 만에 부활할 것을 너희가 보게 되리라"(마16:21~23)라는 독백을 듣고, 곁에 있던 베드로가 "그리 마옵시고 그동안처럼 목적을 이룰 때까지 몸을 사리시라"며 말리는 소리에 그 같은 호통을 치셨다. 스승의 그 말씀은 '자기의 예루살렘 입성과 십자가 고난과 피 흘리며 죽어야 하는 것'까지를 두고 '큰일'이라 한 것임을 제자들은 미처 알지 못했다.

십자가 죽음은 예수를 메시아로 만든 가장 큰 핵심이다. 그런 일에 동참한 유다야말로 예수님의 하시고자 하신 큰일에 동참했던 유일한 제자였고, 그 외 제자들은 자기 목숨 살리기 위해 몸을 사렸던 베드로 같은 죄인들이었다. 그러나 성경을 보면 죄인 중 가장 큰 죄인이라며 유다를 혹평하고 있다. 특히 저자들은 예수께서도 그렇게 말씀하셨다는 듯이 나를 '팔 자'라는 표현을 써가며 예수님 스스로도 유다를 배신자 또는 돈 욕심으로 자기를 팔아넘길 못된 제자로 여기고 있는 듯이 기록하고 있다. 물론 여기서 표현된 '나를 팔 자'라는 말은 관가를 찾아가 '자기의 소재를 알릴 사람'이라는 말인데, 그것을 딱히 적절하게 표현할 방법(어휘)이 없어 그처럼 기록한 것이라 여겨진다. 이런 점들이 바로 저작자들의 오판(誤判)과 오기(誤記)요 잘못된 문자의 선택이었다고 하지 않을 수 없다.

예수께서 성전의 장사꾼들을 몰아붙이고 제사장과 바리새인들에게 호통을 치시며, 마지막 말씀을 하신 것은 활동의 정점을 찍는 최후의 순서였다. 그런 뒤 한 성도의 집에 들러 마지막 만찬과 행사를 마치고, 스스로의 결정에 흔들림이 없도록 하시기 위해 겟세마네 동산에 올라 하나님께 결론을 향한 자기의 행보가 진실로 바른 길인지를 묻고 흔들리던 마음을 다잡고자 했다.

그 간절함으로 땀이 피가 되듯 흘러내렸고, 선지자 모세와 엘리야의 동의를 얻은 예수께서는 드디어 확답을 내리고 썩은 밀알의 역할에 착수하게 된다. 만약! 예수께서 예루살렘에 입성하기 전처럼 외각에서만 전도를 하시거나 피해 다니면서 전도를 하시다가 극단적인 유대인들에게 소리 소문 없이 암살되거나 아무 흔적 없이 사라지고 만다면, 그 뒤부터는 어떻게 되리라는 것을 예수께서는 너무도 잘 알고 있었다. 만일 그렇게 된다면 모든 제자들은 뿔뿔이 흩어져 본래의 본업인 어부나 목동으로 돌아가고 말 것이 선해 보였다. 그래서 선택한 길이 썩은 밀알이 되는 십자가였다. 물론 그뿐만이 아니라 전도자의 확산과 부활의 증거 등 많은 포석이 깔려 있었겠지만….

죽음 앞에서도 당당하게 자기의 뜻과 의지를 확실히 밝히고, 두려워하는 제자들 앞에서 장렬한 모습을 보이는 것이 절실히 필요했다. 그래야 연약하기만 한 제자들의 마음을 다잡아 줄 수 있음을 예수는 잘 알고 있었다. 그런 결론을 내린 예수께서 자기의 뜻을 확정짓고 하산하셨다. 중대한 결단을 내리기 위해 올랐던 동산에서 내려오신 스승님께서 유다를 향해 "네 할 일을 하라"며 명령을 내리셨다. 그 말씀은 둘이서 약속했던 '고발'을 하러 가라는 것이었다.

결단코 유다가 알아서 큰일을 행한 것도 아니요, 돈 욕심 때문도 아니며 배신은 더더욱 아니다. 스승님의 명령이 부담스럽고 위험했지만 순종하는 마음으로 따랐다. 그 외 제자들은 오히려 스승님께서 고발 문제를 타전해 왔을 때 모두 다 망설이거나 확정적인 대답을 하지 못했다. 고발 문제로 대제사장 집에 갔다가는 예수의 일행이라며 붙잡혀 곤욕을 치르든지, 함께 죽임을 당할지 모른다는 불안 때문이었다.

그들은 스승님의 깊은 뜻을 몰랐기에 그의 지시를 따를 수가 없었을지도 모른다. 물론 알았다 해도 베드로가 스승님의 안위를 생각했듯이 그들 모두는 스승님의 십자가 고난을 반대하고 나섰을 게 당연했지만! 충직한 베드로 역시 그런 바람에 사탄이란 말을 듣지 않았던가.

그런 못난 제자들의 근심을 덜어주기 위해 예수께서는 만찬이 끝날 무렵 "여기에 나를 고발(연락을 취할 자)할 자가 있다"라는 말씀을 하셨고, 그 말이 떨어지기가 무섭게 여기저기서 "내니이까 내니이까?"라며 걱정스런 반응들을 보였다. 혹시 스승님께서 얼마 전에 그 문제를 자기에게 물었을 때 그럴 수 없다고 난감해하며 거절했었는데, 혹시 자기를 두고 그러시는 게 아닌가 싶어 되물었던 것이다. 여러 제자들을 상대로 이 문제를 놓고 실랑이를 벌였던 예수께서는 그들의 걱정을 덜어주기 위해 "내 어깨에 기댄 자"라며 유다가 ㄱ 일을 하게 될 것이라고 확인시켜 주었다.

이 같은 사실을 놓고 볼 때, 유다를 제외한 다른 제자들은 사실 큰일(천국 사업)에 소극적인 반응을 보인 베드로 같은 죄인들이었다. 예수께서는 이 못난 제자들의 마음을 환기시켜 큰일을 하게 하기 위해서는, 지금 자기가 하고 있는 십자가 죽음이라는 썩은 밀알을 수행하는 길밖에 없음을 절감하고 있었다. "주는 그리스도시오 하나님의 아들이십니다"라는 것까지도 알고 있었지만, 일신을 산화할 용기가 없던 제자들은 스승님의 마지막 모습을 보고서야 용기를 얻게 되었다. 스승님의 십자가 죽음은 중과부적으로 사기가 떨어져 있던 병사들이 중대장의 적진을 향한 과감한 돌파와 희생을 보고, 큰 용기를 얻음과 같은 역할이었다.

그 후 제자들은 "나 같은 무지렁이가 하찮은 목숨을 아끼려고, 이렇듯 비겁하게 하고 있는 모습을 스승님이 보신다면, 얼마나 한심하고 실망스럽겠는가! 이제 그토록 위대했던 스승님도 하나님 일을 위해 목숨을 내놓고 가셨는데, 우리가 이렇듯 목숨을 아끼기에 급급해한다면, 죄 중에서도 가장 큰 죄다"라며 그들은 '이제는 죽으면 죽으리라'는 각오를 새롭게 다졌고, 세상을 향해 외치기 시작했다.

이것이 바로 '한 알의 밀이 썩어야 60배, 100배가 된다'는 예수의 십자가 선택이요 실행이었다. 예수께서는 그것을 강조하셨고 또 실천했으며, 그와 같은 결과로 인해 그의 제자들과 유대가 망한 후에 흩어졌던 성도들도 그의 뜻을 좇아 뒤를 따르게 되었고, 그 후 카타콤의 시련과 가시밭길 같은 초대교회의 길을 갈 수 있었다. 더 나아가 기독교라는 세계의 종교로 확대되어 2000년을 이어올 수 있는 동력이 되었다.

유다는 그러한 큰일에 목숨을 아끼지 않았던 진정한 예수의 제
자요 동지였다. 그는 결단코 '돈에 눈이 멀어 스승을 판 배신자'가
아니었다.

복음서 제작의
진정성

대통령을 모셨던 충성스런 부하에게 대통령의 전기를 쓰게 하거나 친족에게 쓰게 했다면 어떤 글이 나왔겠는가! 그와는 반대로 적대적인 입장에 있었던 사람이나 미움을 받았던 사람이 그의 전기를 쓴다면! 그리고 공정한 입장에 있던 역사가들이 그의 내력을 기록했다면!

신약의 복음서들은 예수에게서 신임을 받았던 제자나 성도들이 쓴 것이었기에 그의 전기가 어떻게 쓰이게 되었을지는 불문가지(不問可知)다. 그들은 예수의 영광을 드높이는 데 주력하지 않을 수 없었다. 즉, 장점이나 잘한 부분만을 열거했을 뿐 부족하거나 미흡한 부분까지 기록하지는 않았을 것이라는 추측이다.

신약에서의 복음서란 마태, 마가, 누가, 요한복음을 말한다. 그것을 쓴 저자들은 그를 믿고 따랐던 충성스러운 제자들이나 신뢰했던 지지자들이었다. 그들이 예수의 뜻을 남기고 또 전파하고자 해서 글을 집필하고자 했을 때 그들의 의지가 어떠리라는 것은 두말할 필요도 없다. 만약 저자들이 적대적이었던 바리새인이나 제사장 그리고 서기관이었다면 예수의 어떤 점을 얘기하고 또 어떻게 평가했겠는가.

아마도 지금의 사이비 교주를 바라보는 시선으로 보지 않았을까. 제멋대로 하나님을 분별하고 분석한 거짓 선지자라고. 그래서 구약에 나오는 선지자들의 반열에도 끼지 못할 인물이라고 평가하지 않았을까!

그때 유대사회를 이끌던 구약성경에는 예레미야나 다니엘 그리고 엘리야나 이사야 같은 선지자나 예언자들의 외침이 다수 섞여 있었다. 그들의 외침이 권력을 가진 기득권층만이 아니라 모든 유대인들의 나태와 타락에 경종을 울렸기에 구약성경에 기록될 수 있었겠지만, 예수 사후 유대인들의 기득권층에서는 획기적이고 개혁적이었던 예수의 외침까지 토라에 기록하지는 않았으리라는 생각이다.

왜냐하면 예수의 외침은 구약시대의 선지자나 예언자들과는 크게 달랐기 때문이다. 예수가 선포한 말씀들은 새로운 창조주 하나님의 뜻이었고, 유대사회를 완벽하게 탈바꿈시켜 보겠다는 개벽과도 같은 것이었다. 과거 조언이나 충고에 머물렀던 선지자들과는 달리 타락하거나 불의한 자들은 태워 없어져야 할 가라지로 보았고, 튼실한 알곡만으로 형성된 천국을 세워 보겠다는 과격한 혁명적 논리였기 때문이다.

예수의 사상은 그 스스로도 외쳤듯이 여호와 사상이 아니라 '새 술'과 같은 사랑과 용서의 하나님 사상이었고, 그 같은 자기의 말들은 '새 부대'에 담겨져야 한다고 외쳤다. 그의 주장은 '신약'에 담겨져서 현재까지 기독교라는 종교로 내려오고 있다.

신약의 복음서들은 예수의 훌륭함을 흠모했던 사람들이 쓴 글이기에 그의 진면목을 정확히 알 수는 없다. 한마디로 그가 했던 행적들 중에서 모범이 될 만한 것들만으로 구성되었으리라는 말이다. 복음서는 예수 사후 30여 년부터 70여 년 사이에 기록되었다. 이스라엘이 서기 70년에 패망하고 예루살렘까지 완전히 전소되면서 뿔뿔이 흩어지게 되었고, 유대 민족의 존재가 잊히게 되리라는 우려와 함께 예수의 간절한 소망까지 묻힐 것을 우려해 기록되게 되었다. 특히 훌륭했던 예수의 정신이 사장될 것을 우려한 바울을 포함한 그의 제자들과 따르던 성도들이 스승님의 뜻을 전수하려는 생각으로 쓰게 되었다. 나라가 망하면서 그런 의식이 제자들의 마음을 움직였고 지식인들의 의식을 일깨움으로써 왕성히 일어났던 것이다. 그 문서가 초대교회의 중심이 되었고, 그 후 신약성경이라는 이름으로 이어져 왔다. 특히 신약은 그의 제자들과 회개를 통해 제자가 된 바울이 스승님의 뜻을 이어가도록 하기 위해 남긴 기록물이다.

그 기록은 예수를 직접 따라다니며 듣고 목격했던 것들도 있었지만, 소문으로만 전해지던 예수의 흔적들도 수록되었다. 거기에 더하여 그의 위상을 높일 수 있는 기적들을 추가함으로써 그가 가진 메시아라는 역할에 맞추고자 했음은 물론이다. 그들은 유대교에서는 찾아볼 수 없었던 부활과 승천을 포함해서 재림과 심판까지 그려 넣었다. 그동안 유대인들이 상상도 못했던 그와 같은 기적과 예언들을 추가시킴으로써 예수가 메시아임을 입증하려는 의도였으며, 그가 진정한 하나님의 아들이요 유대의 구원자라는 것을 증명하고자 한 것으로 보인다. 그러한 붐이 그의 사후 30여 년 이후부터 불기 시작하여 이스라엘이 망한 후에 왕성하게 전개되었다. 이 같은 복음서 제작은 모든 것을 잃어버린 그들이 한 가닥 희망이라도 붙잡기 위해 발 벗고 나선 것이라 여겨진다.

그렇게 시작된 그의 어록들이 얼마나 많았으면 "예수의 행하신 일이 이 외에도 많으니 만일 낱낱이 기록하다 보면 이 세상이라도 기록된 책을 두기에 부족할 줄 아노라"(요21:25)라는 말까지 했겠는가. 예수께서 하신 말씀과 행적들이 그만큼 많았고 그의 업적을 남기고자 하는 기고자들 역시 많았음을 보여주는 대목이다. 그렇기에 그들은 짧고 간략하게 기술하지 않을 수 없었다.

가령 어떤 환자의 환부에 약을 발랐을 때 '곧 또는 즉시 나았다'라는 표현은 쾌차가 빨랐다는 뜻이고, '말씀만으로 나았다'라는 것은 병 고침에 대한 상세한 처방과 절차 없이 간략한 방법으로 낫게 만들었다는 것을 두고 했던 말이다. 그의 어록과 행적들은 그만큼 축약되어 기록되었음을 나타내는 말이다.

예수께서는 지혜만이 아니라 카리스마 있는 목소리로 사람들의 심령에 커다란 울림과 신뢰감을 심어 주었고, 그 신뢰감은 예수에 대한 믿음으로 이어졌다. 그 같은 믿음은 병자의 심령에 큰 파동을 일으켜 그들이 갖고 있던 사소한 병들을 회복시켰다. 그러한 예수의 병 고침은 전도에 큰 힘이 되어 주었음은 물론이다.

저자들은 또 예수를 전능한 하나님의 아들로 받아들이는데 부족함이 없도록 하기 위해 경이적인 사건이나 기적들을 삽입시키지 않을 수 없었다. 과거 구약에서도 경이적인 부분들을 포함시킴으로써 여호와 하나님의 권위를 높이고자 했듯이, 그들은 예수의 행적들을 경이롭게 함으로써 하나님의 아들이요 메시아임을 증거하는데 부족함이 없도록 기술하는 걸 잊지 않았다. 그래서 수많은 병자들을 말씀만으로 고치고, 죽은 자를 살렸을 뿐만 아니라 물 위를 걷고 바람을 잠재웠다는 기적들을 기록했다.

신약의 저자들은 대부분 끝으로 가면서 어떻게 저작을 마무리하는 게 적절한지를 고민한 것 같다. 모든 복음서의 마무리에서 머뭇거림이 느껴지기 때문이다. 하지만 십자가에 매달려 비참한 모습으로 마지막 말을 뱉어내는 예수의 모습을 기록한 것은 사실적으로 기록한 것 같다.

그들이 "아버지여 왜 나를 버리시나이까"(마27:46) 또 "다 이루었다"(요19:30) 그리고 "아버지여 내 영혼을 아버지 손에 부탁하나이다"(눅23:46)라는 예수의 마지막 말들을 나열한 것은 사실처럼 느껴진다.

이 같은 복음서의 기록은 구전으로만 이어지다가 전승이 끊어지면 진정한 예수의 뜻이 무엇인지도 모르게 되리라 판단한, 제자들과 성도들의 의지에서 나온 결과물이다. 신약의 출현은 무엇보다도 예수의 뜻이 중심이 되어 다시 이스라엘을 회복시키는데 구심점이 되었으면 해서였고, 거기에 더하여 구약을 능가하는 면면들을 보임으로써 이스라엘을 넘어 인류에게 확산되기를 바라는 뜻에서였을 듯하다.

복음서 제작의 핵심은 무엇보다도 '유대사회를 천국으로 바꿔 보겠다'는 예수의 뜻을 되살려 보겠다는 저자들의 의지에서 비롯되었다고 할 수 있다.

제 8 부

다 이 루 었 다

Toward the Nobel Prize in
Literature Candidates

썩은
밀알과 베드로

　　신약에는 예수께서 제자들을 향해 "사람들은 나더러 선지자 중 하나라 하는데 너희는 나를 어떻게 보느냐?"(마16:13~15)라는 말씀이 있다. 그 같은 스승님의 질문에 베드로가 벌떡 일어나 "주는 그리스도시요 살아계신 하나님의 아들이십니다."(마16:16)라며 자신 있게 외치는 장면이 나온다.

　　그때 스승님을 향해 이처럼 외친 베드로의 심정은 진심이었다. 그 후 그는 사사로운 욕심에 의해 수많은 갈등을 겪지만, 스승님의 '썩은 밀알'에 대한 의지를 깨닫고 갈등에서 벗어나 스승님의 뒤를 따르게 된다.

　　예수의 제자들은 대부분 목축업이나 어업을 생계로 살아가던 가난한 집 아들들이었다. 그들은 사람을 낚는 전도자가 되게 해주겠다는 예수의 말씀에 따라나섰다. 나라는 이미 로마의 지배 아래서 시름하고 있었고, 힘든 삶을 살아내기 위해 유대인들은 온갖 꾀와 술수에 익숙해져 있었다.

그런 환경이 오래 지속되어온 유대사회는 타락과 혼란에 빠져 허우적거렸고, 제사장이나 바리새인들의 외식과 가식은 물론 부자들의 욕심 챙기기는 더욱 심해져 갔다. 그럴수록 약자인 힘없고 궁핍한 대중들은 그런 환경을 개선시킬 메시아를 목마르게 기다렸다.

허물어져 가는 나라를 걱정하며 눈을 감지 못하던 한 고령의 수도자가, 어린 예수를 보고 난 뒤 "이제야 눈을 감을 수 있게 되었구나! 이는 장차 나라를 구원할 큰 동량이다"라며 회당의 주재자들을 불러 각별한 부탁을 남기고 눈을 감았다.

그 후 예수께서는 여러 지도자들과 교육기관을 통해 집중적인 교육을 받게 되었고, 스스로도 학습과 수도를 게을리 하지 않았다. 특히 구약의 시편과 잠언 그리고 이사야서를 손에서 놓지 않았다. 그의 부단한 노력은 급기야 열매를 맺게 되었고, 세상에 그 씨를 뿌리기 시작했다. 그는 드디어 제자들과 함께 전도에 나섰다.

그가 개혁의 깃발을 높이 들고 외치기 시작한 첫 번째는 안식일에 대한 의식의 변화였다. 그동안 안식일로 인해 일상생활에 많은 불편과 지장이 있었음에도 불구하고, 누구 하나 나서서 그 폐단을 지적하지 못하고 있었지만 예수께서는 과감하게 그 허상을 짚고 나섰다.

"안식일은 인간을 위해 있는 것이지, 안식일을 위해 인간이 있는 것이 아니다"라고! 그동안 안식일에 진행되어 온 기성세대들의 가식적인 외식과 허례를 꼬집으며, 실질적인 안식일이 되어야 한다고 주장했다. 그런 뒤, 예수는 "이제부터는 형식을 버리고 내면을 성숙시키는 일에 치중해야 한다."라고 외쳤다.

그것을 위해 그는 산상수훈 같은 하나님의 말씀을 선포하셨고, 일상에서의 평화와 화목을 위해 수많은 지혜의 말씀들을 폭포수처럼 쏟아냈다. 그 같은 스승님의 명석함과 개혁적인 마인드를 접한 제자들은 벌어진 입을 다물 수가 없었다.

어느 날인가 스승님은 제자들을 모아놓고 비장한 모습으로 입을 열었다. "우리가 주권을 빼앗기고 종의 처지가 된 것은, 서로 믿지 못하고 단결하지 못했기 때문입니다. 거짓과 가식에 매이고 외식과 형식에 치우쳤던 우리의 나쁜 습관과 기득권자들의 부정부패로 온 사회가 타락과 혼란에 빠지고 말았습니다. 이제부터 우리 같은 젊은 세대가 힘을 합쳐 이 나라를 새롭게 만들어 나갑시다. 내가 앞장설 테니 나와 함께 하나님 나라의 영광을 되찾읍시다. 나에게는 확실한 믿음과 구상이 있습니다."라며 예수는 굳은 표정으로 제자들 앞에서 미래에 대한 꿈을 선포하셨다.

그들은 스승님의 소명의식과 자신감에 찬 설득에 깊은 감명을 받았고 더욱더 큰 용기를 얻었다. 이런 스승님의 믿음과 탁월함 앞에서 그들은 진실로 메시아임을 확인할 수 있었다. 얼마 동안이었지만 그들은, 근거리에서 스승님이 왜 하나님의 아들인지를 실감할 수 있게 되었다.

바로 그때 예수께서 "남들은 나더러 훌륭한 선지자요 랍비라 하는데, 너희는 나를 누구라고 보느냐?"라며 질문을 던졌다. 그 물음에 베드로는 주저 없이 "주는 그리스도시요 살아계신 하나님의 아들이십니다."라고 외쳤다. 그 같은 베드로의 말을 들은 예수께서는 아직은 비록 덜 깨우쳐진 제자들이지만 제대로 알고 있음에 흐뭇해하시며, 그렇게 말한 제자에게 수제자요 베드로라는 영예를 안겨주었다. 하지만 예수의 뇌리에는 제자들에 대한 또 다른 걱정과 염려를 떨칠 수가 없었다.

그들은 곧 자기의 마지막 사명의 길인 십자가 고난을 접하게 되면, 모두들 살길을 찾아 달아나 버릴 것이라는 예감 때문이었다. 그러한 제자들을 보면서 그는 또 한 번 되새겼다. '썩은 밀알'의 실천이야말로 이 부족한 제자들을 깨우칠 수 있는 가장 큰 힘이란 걸.

그 후 겟세마네 동산에서 '썩은 밀알'의 어려운 결정을 끝내고 내려오시던 스승을 붙잡기 위해 유다를 앞세운 군병들이 다가왔다. 그들이 유다의 신호에 따라 스승님을 붙잡기 위해 다가설 때, 곁에 서 있던 베드로가 칼을 뽑아 군병의 귀를 자르며 저항했다.

그것을 보신 스승님께서 귀 잘린 군병을 안타까이 여기시며 되레 베드로를 꾸짖었다. "칼은 칼로 망한다."(마26:52)라며! 그것을 지켜본 베드로는 '아! 이것은 아닌데. 무저항 비폭력을 지향하는 스승님의 의지로는 결코 유대사회를 새롭게 탄생시킬 수 없을 텐데!'라는 탄식이었다.

베드로의 그 같은 갈등을 예수께서는 잘 알고 있었다. 그것이 제자들의 마음이라는 걸. 그는 갈등을 일으키고 있을 베드로의 마음을 다잡아 주기 위해 회초리 같은 질책을 던졌다. "너는 오늘 밤 닭이 울기 전에 나를 세 번 부인하게 되리라!"(마26:34)라고! 스승님의 갑작스러운 말씀에 베드로는 정색을 하며 "아닙니다! 절대로 그럴 리가 없습니다."라며 항변하듯 대응하고 나섰다.

하나님의
아들이 되기까지

　예수보다 수세기 앞선 알렉산더 대왕은 아리스토텔레스라는 훌륭한 철학자로부터 개인교습을 받았다. 이는 그때 당시에도 최고지도자나 고관들의 자녀들은 특별한 교육을 받아 수준 높은 자질과 인성을 갖추고자 했음을 알 수 있다. 하지만 유대인들은 개개인 모두를 바른 사람이 되게 하는 좋은 방법을 찾아냈다. 그것이 바로 '유대교'라는 종교였다. 그들은 유대교라는 종교를 통해 바름을 쫓고 단결심을 고취시킬 뿐만 아니라 종족을 번성케 하여 강한 나라를 만들고자 했다.

　그렇듯 유대인들은 종교를 통해 모든 국민을 교육시키고 통솔함으로써 안정과 평화를 구현하려 했다. 철학적 관철은 훈계를 벗어나지 못하지만, 그들의 종교에서는 잘못됨의 대가로 무서운 벌이 주어짐으로써 국민 전체를 일원화시키는데 큰 역할을 했다. 그들은 개인교습 대신 유대인 전체를 변화시킬 수 있는 유대교라는 좋은 시스템을 창안해 낸 것이다.

하지만 약소국이라는 운명은 가시밭길을 가는 것과 같았다. 시시때때로 융성했던 강대국들에게 짓밟히지 않을 수 없었다. 그 같은 환경에서 살아남기 위해 그들은 위장과 꾀와 회칠에 능숙해졌다. 손으로는 성경이라는 규약을 들고 외치면서도 속으로는 위선이라는 거짓의 삶이 계속될 수밖에 없었다. 어려운 삶을 살아내기 위해서는 심판이라는 벌이 있다 해도 어쩔 수 없는 일이었다. 젖과 꿀은 턱없이 부족했고 자기 몫을 챙기기 위해서는 온갖 꾀와 술수와 속임을 하지 않을 수 없었다. 선지자들은 이렇듯 타락되어 가는 유대사회를 바로 잡기 위해서 무서운 여호와임을 수 없이 내세웠지만 이중적인 행위를 막을 수는 없었다. 그러한 삶을 통해 유대인들은 꾀가 많은 민족이 될 수 있었는지 모른다.

결국 타락이 극에 달했을 때쯤 예수께서 탄생된 것이다. 어찌 보면 산화되어 없어지고 말 그 민족의 운명이 예수로 인해 보존될 수 있었다고 해도 과언이 아니다. 시대가 흘러 20세기에 이스라엘이라는 국가로 재탄생될 수 있었던 것도 예수의 뜻을 따르고자 하는 세계의 기독교 국가들이 도움을 주었기 때문이다. 결코 유대교 때문이 아니었다.

그 외중에도 깨어 있던 수도자들은 흐트러지고 추락된 이스라엘을 일신할 인물을 발굴하고 양성하기 위해 각고의 노력을 기울이고 있었다. 타락을 방치했다가는 하나님의 나라라고 자부하며 살아온 유대 나라가 사라지고 말 것이라 보았다.

제사장이나 바리새인들은 속죄물을 거둬들여 착복했고, 부자들은 고리대금을 통해 더 많은 부를 거머쥐고자 욕심을 냈다. 또 주인과 그 가족을 몰살하고 재산을 빼앗는 산적 같은 불의한 일도 잦았다. 하나님을 숭배하거나 선지자들을 경외하는 것 따위는 형식에 가까웠고, 이익이 될 만한 것에는 폭력이 횡행했다. 안식일이라는 것도 남을 의식해하는 형식에 불과했다.

그런 중에도 신앙이 깊은 사람들은 나라를 바로 세울 메시아를 기다리고 있었다. 그것이 언젠가는 꼭 이뤄지리라는 기대를 버리지 않았다. 한편 그들은 인물을 발굴하기 위한 기관을 설립해 놓고 몇 년마다 시험을 치르고 있었다. 그 과정을 통해 훌륭한 인재도 뽑고 선지자나 메시아도 배출하겠다는 뜻이었다.

그 같은 기관은 예로부터 내려오던 광야의 동굴로 된 사원이었다. 그 과정은 40일의 금식과 세 가지의 질문에 답을 하는 형식으로 진행되었다. 40일의 금식을 통해 극한의 인내를 체크한 뒤 정상적인 이성의 여부와 과신에 대한 유혹, 욕심에 대한 유혹을 점검하는 과정을 거치게 되어 있었다.

먼저 극도의 인내로 40일의 금식을 완수한 사람에게는 '하나님의 아들'이라는 호칭이 주어졌다. 그때 시험관(사탄)들은 그 같은 호칭을 함으로써 당사자에게 '나는 이제부터 하나님의 아들이 되었다'라는 자부심을 갖게 만들어 주었고, 그 의도가 걸림돌임을 그들은 알지 못했다.

금식을 어렵게 마친 예수에게도 하나님의 아들이라는 호칭과 함께 시험이 시작되었다. 첫 번째는 돌들을 가리키며 '저 돌들을 떡이 되게 해보라, 당신은 이미 하나님의 아들이 되었으니 외치기만 하면 떡이 될 것이다'라는 시험관의 유혹이었다. 그런 시험관의 유혹에 예수께서는 "사람이 떡으로만 살 것이 아니요 하나님 입에서 나오는 말씀으로 살 것이라"라며 물리쳤다. 두 번째는 성전 꼭대기에 세우고 '여기서 뛰어내려 보라. 그러면 천사들이 사뿐히 너를 받아 주리라'라는 유혹이었다. 그에 대해 예수께서는 이번에도 "주 너의 하나님을 시험치 말라"라며 물리쳤고, 세 번째는 높은 산으로 동행한 시험관이 '내게 경배하면 만천하를 다 주리라' 했다. 그때도 예수께서는 "사단아 물러가라"(마4:1~11)라며 호통을 침으로써 세 번의 모든 시험을 무난히 통과했다.

그동안 이 과정을 거쳤던 대부분의 수험생들은 죽을 것 같은 40일의 금식을 통과해 얻게 된 '하나님의 아들'이라는 호칭에 고무되어 세 번의 시험을 통과하지 못했지만, 예수께서는 무난히 통과했다. 그는 죽음과도 같은 금식을 마치면서도 '지극히 정상적인 이성'을 잃지 않았던 것이다.

자기가 생각하는 하나님의 아들이란 결코 돌을 떡이 되게 하는 기적괴는 믿었으며, 천사가 떨어지는 자기를 사뿐히 받아준다는 것과 만천하를 다 준다는 허황된 말이 일고의 가치도 없다는 것을, 40일의 금식으로 정신이 혼몽한 중임에도 단호하게 부정했다. 그런 예수를 향해 시험관은 "이제 당신은 진정한 하나님의 아들이요, 진리의 왕이며, 유대의 메시아가 되었습니다."라며 능력과 자격을 공식적으로 인정했다.

그 뒤 예수께서는 본격적으로 전도에 나섰으며 유대사회를 일신(천국)하기 위해 3년 동안이나 온갖 모욕과 비난과 핍박을 견뎌내시며 하나님의 뜻을 전파했고, 끝내는 썩은 밀알(십자가 죽음)이 되는 희생까지 감당하셨다.

예수와
유다의 비밀

사람들의 개성은 각자의 얼굴이 다른 만큼 다 다르다.

그처럼 가지고 있는 능력도 다 다르다. 누구는 자기에게 주어진 일은 잘 하지만 시키는 일은 못하고, 누군가는 두뇌회전이 좋아 기획에는 능하지만 실무능력은 떨어진다.

어떤 조직에서 리더나 총무는 그 역할을 잘할 수 있는 사람이 해야 한다. 그만한 능력이 없는 사람에게 억지로 맡겼다가는 큰 낭패를 볼 수도 있다. 어떤 단체가 결성되면 리더와 총무를 잘 뽑아야 그 단체가 발전하게 된다.

예수께서 베드로를 수제자로 뽑은 것도 그가 리더십을 가졌기 때문이다. 그는 담대함이 있었으며 과단성과 돌파력도 있었다. 그가 비록 참을성과 명철함은 부족했지만 그 같은 리더십이 있었기에 수제자로 선택될 수 있었지 않았나 싶다.

스승이 붙잡혀 가는 것을 보고 다른 제자들은 무서워서 다들 달아났지만, 그만은 스승의 뒤를 따라 제사장 집에까지 갔었다. 그러나 그 역시도 죽음이 두려워서 세 번씩이나 스승님을 부인하고 달아나긴 했지만! 그런 베드로였기에 스승님의 질문이 있을 때마다 서슴없이 대답하고 나설 수 있었다. 또 위험한 지역일지라도 전도할 행선지가 결정되면 가장 먼저 앞장섰으며 어떤 사건이 발생하면 그 문제의 해결을 위해 양팔을 걷고 나섰던 것도 베드로였다.

그에 비해 유다는 두뇌회전이 빠르고 듬직하여 대외적인 일을 맡아서 했던 것 같다. 또 생각이 깊고 조심성이 많았던 사도 요한은 중요한 사항들을 기억하고 메모해 두었다가 전도에 차질이 생기지 않도록 하는 일을 도맡아 하지 않았나 싶다. 예수는 제자들의 성격과 소질을 잘 분별하여 일을 맡김으로써 하나님 일을 위한 자기의 사명을 잘 펼쳐 갈 수 있었던 것으로 보인다.

그러나 큰 꿈과 비전을 갖고 출발했던 예수의 전도 사업은 시간이 갈수록 힘들어졌다. 유대의 기득권자들은 새롭고 획기적인 예수의 메시지들이 자기들의 권리를 흔들 뿐만 아니라 폐기해야 할 가라지라고 비판하고 다녔기에 방관만 하고 있을 수가 없었다. 그렇게 판단한 그들의 압박과 핍박은 갈수록 심해졌고, 수배로까지 이어졌기에 예수는 다른 방법을 생각하지 않을 수 없었다.

또한 혼자만의 힘으로는 도무지 유대사회를 변화시킬 수 없다는 것을 깨달았다. 그는 결국 그런 상황을 변화시킬 수 있는 유일한 길이 '썩은 밀알'밖에 없음을 직감했다. 한 알의 밀알이 썩어야

60배, 100배의 밀알이 탄생되듯 자기의 죽음을 통해 많은 전도자가 탄생하게 되고, 결국은 유대사회를 하나님나라로 변화시킬 수 있으리라는 판단이었다.

그 같은 결론을 내린 예수께서 어느 날 썩은 밀알이 되겠다는 자기의 구상을 제자들 앞에서 독백처럼 하게 되었고, 곁에서 그 말을 듣게 된 베드로가 말리고 나섰다. 스승님의 큰 계획을 알 리 없던 베드로가 말리며 나서자 예수께서는 "큰일은 보지 못하고 작은 일만 생각하느냐. 사탄아 뒤로 물러가라"(마16:22~23)며 호통을 치셨다. 그 후 예수께서는 자기의 고발 문제를 누군가에게 시키기 위해 여러 제자들을 불러 타전해 보았다.

그때 대부분의 제자들은 베드로처럼 스승님의 큰일(십자가 죽음)을 오히려 말리기에 급급하며 거부했다. 그 문제로 제사장을 찾아갔다가는 스스로 역시 위험하다고 느꼈을 뿐만 아니라 스승님을 그처럼 떠나보내고 싶지 않아서였다. 또한 그들로서는 지금까지 해왔던 '유대사회 재건'이라는 목표가 수포로 끝나고 말 것이라는 불안까지 엄습했다. 하지만 가룟 유다는 스승님의 신념과 결단을 믿었기에 따르기로 결심했다. 다시 말해 스승님이 하시고자 하는 썩은 밀알의 미션이 성공할 것을 믿었다. 왜냐하면 스승님의 결행은 곧 전능하신 하나님의 인도하심이 언제나 함께 하심을 믿고 있었기 때문이다.

유다를 제외한 다른 제자들은 스승님이 가시고 없는 상황을 상상하기만 해도 앞이 캄캄함을 느끼지 않을 수 없었다. 그러나 유다의 마음에는 스승님이 가시고자 하는 길은 결코 실패하지 않으리라 믿었다. 그래서 그는 스승님의 명령에 부담을 느꼈지만 다른 동료들처럼 거절하지 않고 순종하는 마음으로 받아들였다.

유다가 스승님과 그렇게 약속한 사실을 아는 제자들은 아무도 없었다. 서로가 알 수도 없었지만 사전에 알게 되면 분란이 일어날 수 있었기에 스승님도 이를 함구했는지 모른다. 그 후 예수께서는 스스로가 결심한 십자가의 길(썩은 밀알)을 갔으며, 그것을 목도한 제자들은 절망에 빠져 뿔뿔이 흩어졌다.

유다의 고발로 스승님의 비참함이 전개되었음을 안 동료들은 유다를 향해 비난을 퍼부었다. "너는 이렇게 될 줄 몰랐단 말이냐. 넌 우리가 스승님의 명령을 거부한 이유를 정녕 몰랐던 거냐. 우리는 이렇게 될 것을 알았기에 거부를 했는데, 너는 그것도 예상하지 못했단 말이냐. 넌 순종한 게 아니라 스승님을 배반한 거야. 모든 사람들이 널 그렇게 보고 비난들을 하고 있잖아. 우리 앞에서 썩 꺼져 버려. 그리고 다시는 나타나지도 마."라며 동료들은 유다를 향해 비난하고 나섰다.

그는 스승님이 하시고자 하는 '큰일'에 두렵기는 했지만 믿고 순종했는데, 칭찬과 위로는 못 받고 경멸과 비난만 쏟아지는 세상에서 더 이상 살아갈 자신이 없었다. 그때 그들 중에는 장차 '썩은 밀알이 가져다줄 커다란 영향력과 변화'를 짐작했던 사람은 하나도 없었다.

유다는 스승님의 명령을 다른 제자들처럼 완강하게 거절하지 못하고 순종하는 마음으로 따랐을 뿐인데, 그에게 돌아온 것은 스승을 팔았다는 비난과 함께 배신자라는 누명뿐이었다. 그는 그 같은 세상에서 살아갈 의욕을 잃고 막다른 길을 선택하고 말았다.

이러한 상황과 비밀을 알고 위로해 줄 사람은 스승님뿐인데 스승님이 먼저 가셨으니… 이 같은 유다의 비밀은 오늘날까지도 벗겨지지 않았고, 그를 향한 비난은 지금도 계속되고 있다.

한 알의
밀알이 썩어야

대화를 하다가 별것도 아닌 문제로 갑자기 버럭 화를 내는 사람이 있다.

잠시 후 그는 화를 낼 수밖에 없었던 자기 자신의 입장을 해명한다. 그가 그처럼 즉시 화해하지 않았다면 둘 사이는 어떻게 되었을지 모른다.

사람들은 화를 결별의 신호로 보는 경우가 있다. 화낼 만한 문제가 아니었지만 참는 힘이 부족해서 순간적으로 화를 냈을지도 모른다. 화를 쉽게 내는 사람들 중에는 화가 자기도 모르게 나온다는 사람도 있다. 물론 상대를 자기보다 낮게 생각하거나 쉽게 생각했기 때문에 그러는 경우도 있다. 하지만 비위 틀린 말이나 듣기 싫은 말들을 그만하라는 제지에도 불구하고 계속한다면 어떻겠는가?

예수의 제자들은 전도하던 스승의 뒤를 따르면서, 부정적인 시각으로 야유나 모멸을 던지는 사람들로 인해 하루에도 열두 번씩 화가 났지만, 견딜 수밖에 없었다. 꾹 참고 보내던 베드로가 끝내는 참지 못하고 스승님께 질문을 던졌다. "형제가 내게 잘못을 범하면 몇 번이나 용서해 줘야 합니까. 일곱 번까지 하면 되겠습니까?"라는 질문에 예수께서는 "일곱 번뿐 아니라 일흔 번씩 일곱 번이라도 해야 한다"(마18:21)라고 말씀하셨다. 그러나 이 같은 예수의 말은 누구에게나 또 어떤 상황에서나 그렇게 하라는 뜻으로 했던 말은 아니었다. 그때 당시 자기들의 입장에서 한 말이었다.

　　유대의 땅을 돌아다니며 전도하는 입장으로써 겪을 수밖에 없었던 수많은 부딪힘과 난관들 앞에서, 참고 견디지 않으면 안 되었기에 한 말이었다. 그들은 유대인들이 듣기 싫어하는 전도를 계속했기에 거칠게 대응했고, 성질 급한 베드로가 그처럼 화가 난 것이었다.

　　'스님은 절이 싫으면 떠나면 된다.'라는 속담도 있지만, 예수와 그의 제자들은 자기들의 목적을 이룰 때까지 전도를 멈출 수가 없었다. 그것이 바로 하나님의 뜻을 전파하여 유대사회를 하나님나라(천국)로 만드는 자기들의 사명이었기 때문이다.

　　사회생활 중에서 영업직이 어려운 것은 상대의 외면과 따가운 시선 그리고 홀대하는 자세이듯, 예수와 그의 제자들 또한 유대인들로부터 그와 같은 경우였기에 어려움을 겪고 있었다. 그것이 구원자로서의 임무를 이 땅에서 펼치는 길임을 잘 알고 있었다. 확고

한 목적을 가지고 출발한 그들이 그러한 난관들을 이기지 못하고 전도 사업을 접는다면, 목적을 포기하는 것과 다름없었다.

그들은 타락된 유대사회에 하나님의 뜻을 전파하여 천국을 이룰 때까지 어떠한 시련이 닥쳐와도 물러설 수가 없었다. 예수는 그런 필연적인 이유 때문에 제자들의 고통을 잘 알면서도 그 같은 말씀을 하실 수밖에 없었다.

그런 비유를 통해 제자들의 의지를 북돋아 주었고 또 그처럼 단단한 각오를 하고서 자기의 뒤를 따르라고 하신 듯하다. 그러나 그는 지금과 같은 전도 방법으로는 역부족임을 느끼지 않을 수 없었다. 몇 방울의 생수만으로 흙탕물이 된 유대사회를 깨끗하게 정화시킬 수 없다는 것을 절감했다. 그는 그 대안으로 '썩은 밀알'밖에 없음을 깨달았다.

그 길이 비록 어렵고 고통스럽지만 그 방법만이 유대를 하나님나라로 변화시킬 수 있는 유일한 길임을 확신했다. 한 알의 밀이 땅에 떨어져 썩어져야 60배, 100배의 밀이 탄생되듯 자기의 마지막 소임은 그 길뿐임을 알았다. 예수는 세상과도 바꿀 수 없다던 소중한 자기의 생명을 하나님의 일을 위해 바치기로 결심했다.

예수의
갈등과 번뇌

공생활을 시작한 예수의 모습은 어땠을까.

하나님의 아들이요 구원자였기에 인자하고 부드럽고 따뜻했을까? 그는 결연한 의지로 유대사회를 일신시키고자 했기에 단호하고 경직된 모습이었을 것으로 추측된다. 그리고 불의와 죄에 대한 강한 반발로 사람들과도 친화적이지 못했을 것이다. 그로 인해 불손하다거나 오만하다는 소리를 들었을지 모른다. 오히려 그 같은 비난보다 훨씬 강한 야유와 멸시를 받았다. 또 독단 독주 독선자라는 비난과 함께 독불장군이라는 혹평을 듣지 않았을까!

물론 그를 따르는 제자들과 신도들의 시각은 달랐다. 그의 강한 의지의 신념을 진취적이고 개혁적이라며 호평했으리라. 그는 그만큼 독특하고 창의적인 마인드를 갖고 있었다.

그가 만일 평범하고 보편적인 마인드로 살았다면 어땠을까?

그랬더라면 그는 행복한 삶을 살다간 평범한 유대인들 중의 한 사람으로 남게 되었을 수도 있었다.

그렇지만 그는 사실 자유롭고 평범한 삶을 살고 싶었을지 모른다. 왜냐하면 그가 남긴 모든 말들이 평화로운 사회를 구현해 보고자 해서 했던 말이기 때문이다. 본인이 그렇게만 살려고 했더라면 충분히 그렇게 살 수 있었다. 예수라고 해서 메시아 같은 험한 삶을 살고 싶었겠는가. 그러나 하나님은 그에게 평탄한 삶을 살도록 내버려 두지 않았다. 아니, 본인 스스로가 안락한 삶에 안주할 수 없는 운명임을 잘 알고 있었다. 항상 쫓기며 살다 보니 편하게 누울 자리도, 배부르게 먹을 음식도, 맘 놓고 먹고 마실 여유도 없었다.

늘 비난과 멸시와 야유 속에서 살아야 했고, 가시밭 같은 길만 걸었다. 그러나 그는 자기의 운명에 순응했다. 그와 같은 자기의 삶을 하나님의 명령으로 받아들였기 때문이다. 그는 하나님의 뜻이라면 불속이라도 뛰어들 용의가 있었다.

그가 그토록 평화로운 나라를 만들기 위해 최선을 다했지만 결국은 유대인들로부터 배척받고 죽임을 당했다. 완벽한 평화(천국)를 완성하려는 그의 뜻이 오히려 반발과 적개심을 불러왔고 퇴출되어야 할 대상이 되어 버렸다. 그렇다고 예수를 죽인 그들이 모두 불량한 사람들이었는가? 그들도 하나님의 뜻을 따른다고 하는 유대인들이었다. 하나님을 향한 그들의 의지는 열렬했고 하나님의 뜻을 푯대로 삼고 살아온 민족이었다.

그런데 왜 그들이 예수를 죽였는가. 너무 똑똑하고 잘난 척해서, 또는 질투나 미움 때문에 그랬는가. 아니었다. 그동안 철옹성 같았던 자기들의 성역을 뒤흔들어 불안하게 했고, 자기들의 부끄러운 부분들을 들춰내 난도질을 했으며, 외식과 형식을 통해 얻을 수 있었던 자기들의 사익을 허물려 했기 때문이었다.

어느 날 갑자기 나타난 그가 '회개하라 천국이 가까웠느니라'(마 4:17)라며 그동안의 모든 것은 헛것이요, 자기의 모든 것은 새것이라며 새롭게 변해야 한다고 외쳤다. 그의 그와 같은 시도는 그동안 편안하게 살아왔던 그들의 둥지를 무너뜨리고 더 나아가 진창으로 내모는 격이었다. 그가 주장하는 말들은 참되고 신선했지만, 누구에게나 좋을 수만은 없었다.

예수의 외침은 그동안 권위를 갖고 살아왔던 기득권자들에게는 날카로운 비수와도 같았다. 그들은 자기들의 권위를 지키기 위해 그를 제거하지 않을 수 없었다.

예수는 썩을 대로 썩어 버린 타락되고 위선적인 유대사회를 기필코 변화시키는 것이 하나님이 주신 자기의 사명이었기에 멈출 수가 없었다. 그는 하나님 나라인 이스라엘을 천국으로 회복시키는 것이 자기의 갈 길이라는 걸 한시도 잊지 않았다. 그렇지만 험난한 길을 선택한 그에게는 늘 '갈등과 번뇌'가 떠나지 않았다. 꼭 가시밭 같은 길(십자가 고난, 썩은 밀알)을 거쳐야만 목표를 달성할 수 있을까라는 인간적인 갈등에 사로잡힐 때도 있었다.

그는 십자가에서 숨을 거두는 마지막까지도 그 굴레에서 자유롭지 못했다.

떡 본 김에
제사 지냈는가

우리 속담에 '떡 본 김에 제사 지낸다.'라는 말이 있다.

그 같은 속담은 궁핍 때문에 생겨난 것이 아니었나 싶다. 가난하여 풀죽이나 끓여 먹고 살던 사람에게 갑자기 귀한 떡이 생겼을 때 하는 말이기 때문이다. 쌀 한 톨이 없어 부모님이 좋아하시던 떡 한 조각도 제사상에 올리지 못하고, 나물과 물 한 그릇만을 놓고 제사를 지낼 형편인데, 어쩌다 떡을 만났으니 그런 생각이 들지 않겠느냐는 속담이다.

조선시대 때 종이라는 신분으로 살아오던 사람들은 대대로 변변한 재산도 축적하지 못하고 가난하게만 살아왔다. 그러나 양반들이 모시던 제사를 종이라 해서 외면할 수는 없었다. 그것은 인간의 도리가 아니었다. 자기들이 비록 종의 신분이지만 부모 없이 태어날 수 없고, 그 부모님의 제사를 외면하는 건 도리가 아니라 여

겄다. 그런 그들 앞에 갑자기 귀한 떡이 생겼으니 어땠겠는가. 부모님 기일에 이런 떡이 있었더라면 좋았을 텐데라는 생각이 스치지 않았겠는가!

신약 성경의 복음서에 이와 비슷한 논리로 비쳐지는 부분이 있다. 그것은 '가룟 유다와 썩은 밀알에 관한 기록'이다. 기독교 측에서는 예수께서 십자가에 못 박혀 죽임을 당한 것은 인간의 죄를 대속하기 위함이라고 말한다. 성경에는 그 같은 예수의 대속사건이 '유다의 배신'으로 인해 십자가에 죽음으로써 된 것처럼 보고 있다.

마태복음 26:14~16절을 보면 욕심 많은 유다가 돈에 눈이 멀어 스승을 고발했다고 하는 대목이 나온다. 성경대로 본다면 예수께서 그때에 맞춰 썩은 밀알의 역할을 수행한 것처럼 비친다. 이 같은 기록이 현재 기독교의 정론으로 전개되고 있다는 것은 크나큰 모순이요 실수다. 그런 모순된 논리는 예수의 진실을 훼손하고 위상을 추락시킬 충분한 사유가 된다.

예수께서 전도에 나선 초기에는 그 호응과 열기가 불같이 일어나 유대사회가 금세 천국으로 변화될 것 같았지만, 그 같은 열기는 연설을 할 때뿐이었고 시간이 지나면 언제 그랬느냐는 듯 변화가 없었다. 전도가 중반을 넘길 때까지도 예수의 전도 사업은 별 진척 없이 진행되었다.

예수의 연설을 듣고 감동 감화된 사람들이 변화될 듯 보였지만, 얼마가 지난 뒤에 다시 와서 보면 아무런 변화도 일어나지 않았다.

혼신의 힘을 다해 전도에 나섰지만 이 같은 반응을 본 예수께서는 심히 실망스러웠고, 그런 상황을 어떻게 반전시켜야 할지를 숙고하게 되었다. 그래서 얻은 결론은 '혼자만의 전도로는 도무지 유대 사회를 변화시킬 수 없다'라는 결론이었다.

장고 끝에 찾아낸 방법은 '썩은 밀알'이었다. 한 알의 밀알이 썩어야 60개, 100개의 밀알이 되고 그 60개, 100개의 밀알이 다시 1,000개가 되리라는 논리다. 그리고 그 첫 번째 썩어질 밀알은 자기의 몫이라 판단했다. 유대를 천국으로 변화시킬 유일한 길은 오직 그 길뿐임을 확신했다. 그리고 그 역할을 이어가야 할 제자들에게 썩은 밀알에 대한 논리를 자세히 설명해 주는 걸 잊지 않았다.

그 길은 고통과 함께 스스로의 생명을 끊어야 하는 길이었기에 망설여지지 않을 수 없었다. 그렇지만 그는 이미 하나님의 뜻대로 사는 게 자기가 가야 할 길임을 알았기에 결심을 번복할 수는 없었다. 드디어 겟세마네 동산에 올라 최종적인 결심 앞에 다다랐을 때는 담대했던 그도 머뭇거릴 수밖에 없었다. 그의 간절함에 이끌려 나타난 모세와 엘리야의 위로에, 그는 드디어 "내 뜻대로 마시고, 하나님 뜻대로 하소서"(마26:39)라며 결심을 굳혔다. 그 같은 결행으로 이뤄진 썩은 밀알이었기에 대속이요 보혈인 것이다. 또한 메시아로 추앙받을 수 있었다.

그러나 유감스럽게도 유다를 '스승을 판 죄인'으로 낙인찍은 성경 구절로 인해, 논리의 혼선과 잘못된 판단을 하게 만들었다. 예수께서는 썩은 밀알이 되기 위해 누군가를 고발자로 내세울 수밖에 없었고 그것이 바로 유다였다. 다른 제자들은 스승의 명령에 거부반응을 보였던 죄인들이었다. 예수께서는 결코 '유다의 배신을 기회로 삼아' 썩은 밀알에 착수했던 게 아니라, 스스로의 결단으로 썩은 밀알의 길을 선택했다는 사실이다.

그처럼 유다에 대한 복음서 작가들의 오기(誤記)로 인해 예수의 진실이 잘못 전달되고 있음에도, 그것을 바로잡지 못하고 그저 '하나님 말씀은 일점일획도 건드려서는 안 된다'라는 성경무오설에 메어 그릇된 것을 바로잡지 못한다면, 어찌 진정한 신앙의 길이라 하겠는가. 잘못되었다면 예수께서 바로잡았던 구약시대의 안식일처럼 바로잡아야 하지 않겠는가. 유다가 나쁜 마음으로 자기를 고발하여 죽게 되었을 때를 기다렸다가 썩은 밀알의 역할을 곁들일 계획이었다면, 이 얼마나 부끄럽고 창피한 영광인가. 아니, 그의 장렬한 십자가 죽음을 헛되게 하는 게 아니고 무엇이겠는가!

현재 기독교가 취하고 있는 논리는 그렇게 밖에 비치지 않는다. 물론 그 같은 논리는 후대의 신학자들이 성경에 쓰여진 기록에 맞춰서 판단한 궁여지책이었다고 믿는다. 만일 유다에 대한 기록이 오기(誤記)가 아니라면, 예수는 '떡 본 김에 제사 지낸다'라는 우리의 옛 속담처럼, 그런 기회가 오기를 기다렸다가 썩은 밀알의 역할을 수행한 것이니 어찌 진정한 썩은 밀알이었다고 할 수 있겠는가!

40일의 금식과
예수와 부처

동방박사란 동쪽나라의 석학을 일컫는 말이다.

성경에 나와 있는 동방박사라는 말을 보면, 과거 2000년 전에
도 동서남북이라는 지리 분별이 있었고 서로 왕래가 있었지 않았
나 싶다. 동쪽이란 이스라엘을 기점으로 이란과 인도와 동남아 지
역을 말함이었다. 예수께서 태어난 날 동방에서 세 명의 박사들(마
2:1~11)이 예수의 탄생을 알아보고 인사차 들렀다는 말이 있다.

이는 그때도 석학들이 이곳저곳의 유명한 성전이나 사원 그리
고 전통 깊은 사찰 같은 수도장들을 방문하며 서로의 뜻을 교환하
기도 하고 전수도 했음을 느낄 수 있다. 예수께서 하신 말씀 중에
불교의 논리가 섞여 있는 것은, 예수께서도 동방박사들과의 인연
으로 동쪽나라에 있던 전통 깊은 사찰을 찾아가 교육을 받았거나
그분들이 유대의 성전이나 수도원을 찾아와 전수한 교육의 영향

이 아닌가 싶다.

　지리적으로 볼 때 중국은 너무 멀리 있을 뿐만 아니라, 인도의 불교나 힌두교처럼 집중적인 수도를 겸한 종교가 없었기에 예수께서는 거기까지 발을 들여놓지 않았을 것으로 생각된다. 당시 공자의 사상인 유교는 종교가 아니라 윤리 교육적인 학습과도 같았다.

　이런 예측을 기독교 측에서는 극구 부정하지만, 동방박사들의 왕래가 예수 이전부터 이미 활발하게 이뤄지고 있었음을 보면, 부인만 하기에는 설득력이 떨어지지 않을까 싶다. 그렇게 보았을 때 그 같은 개연성을 무시할 수만은 없을 것으로 본다.

　예수께서 40일을 금식했다고 한 것과 예수 이전 500여 년 전에 싯다르타가 40일을 금식하며 해탈했다고 하는 점이 겹치고 있는 것은 어떤 연관성이 있음을 시사하는 것으로 보인다. 즉, 금식에 관한 한 인간의 극한적인 인내와 신체의 한계점이 40일 정도임을 그때 당시 많은 수도자들의 체험을 통해 알고 있었다는 사실이다. 또한 40일의 금식이란 죽음의 한계선이며 그 극점을 극복한 사람은 초극을 넘어 완성자로 인정받게 되지 않았나 싶다. 특히 그 점을 불교에서는 죽음을 초월한 '해탈'로 인정했던 것이라 느껴진다.

　예수께서 하신 40일의 금식도 이미 인도의 수도자들이 하던 득도의 수련과정이 이스라엘의 수도 동굴에도 전수되어 있었던 것이라 생각된다. 부처는 해탈을 향해 6년이라는 고행을 거쳤지만 결국 그 길이 아님을 깨닫고 금식으로 방향을 바꿔 40일의 금식을 통해 해탈을 하게 되었다. 그처럼 예수도 20여 년의 수행을 마친 뒤 마지막 관문은 금식이었다. 과연 금식과 40일이라는 기간은 무슨 연관성이 있었기에 두 분에게 영향을 주었는가?

사람들의 심리와 정서는 직접 경험해 봐야 확실히 인식하고 깨닫게 된다. 즉, 죽을 고비를 넘겨본 사람이라야 죽을 만큼 힘든 일도 견뎌 낼 수 있고, 결혼을 해 본 사람이라야 결혼이 어떻다는 것을 실감할 수 있다. 또 죽음을 넘나드는 전쟁의 참화를 겪어 본 사람이 세상살이의 고달픔 정도를 거뜬히 견뎌 낼 수 있듯이, 부처의 생사해탈은 극한의 금식을 통해 '죽음을 경험했기에 가능했던 것'이라 판단된다.

보통 사람들은 3주를 온전히 금식하기도 힘들다. 병원으로 실려 가야 되살아날 수 있다. 하물며 30일도 아니고 40일을 금식한다는 것은 참으로 무리인 것이다. 그렇게 긴 금식은 그저 소소한 금식과는 달리 죽음과 맞닿는 곳까지 가게 된 것과 같아서 죽음의 세계를 여행하고 온 것이라 말할 수 있다.

금식을 시작하면 천천히 생각 속으로 빨려 들어가게 되고, 깊어 갈수록 어마어마한 갈등과 번뇌를 일으키게 된다. 그때 일어나는 끝없는 상상력은 사후세계의 구석구석을 샅샅이 뒤지며 죽음의 세계를 여행한다. 잠시 잠깐의 사색이나 명상으로는 얻을 수 없는 귀중한 체험이다.

그렇게 해서 부처는 탄생했다. 그 길을 알았기에 부처님이 가신 뒤 수많은 수도원들이 마지막 관문을 금식으로 정했을 것으로 추정된다. 예수께서 거치셨던 광야의 수도원에서도 40일의 금식을 마지막 관문으로 정해 놓고 있었다. 물론 유대에서는 금식을 완수한 사람에게는 세 번의 시험이 기다리고 있었지만!

예수 외에 수많은 유대의 수도자들이 그 관문을 거쳤다. 그러나 금식을 완수한 사람은 별로 없었다. 그리고 예수처럼 세 가지의 시험을 무사히 통과한 사람은 그동안 없었다. 수도원에서는 40일의 금식을 통과한 사람에게 일차적으로 하나님의 아들이라는 영예를 주었다. 예수 외 대부분은 그 영예에 취해 세 가지의 실험을 통과하지 못했다.

하나님의 능력은 전지전능하시다는 믿음을 가지고 살아온 유대인들이었기에 40일의 금식을 통과하고 받게 된 '하나님의 아들이란 칭호'는 대부분의 수도자들을 흥분시켰고 정상적인 이성을 잃게 만들었다. 왜냐하면 자기는 이제 40일이라는 극도의 한계를 뛰어넘었고 또 하나님의 아들이 되었다는 착각을 하게 만들었다. 하지만 예수는 달랐다. 예수께서는 지극히 정상적인 이성과 현실 인식을 40일의 금식이 끝난 뒤에도 잃지 않았다.

시험관들은 그 같은 그의 의지와 정신을 체크한 뒤 드디어 "하나님의 아들과 유대의 왕 그리고 메시아"라는 자격과 명예를 정식으로 안겨 주었다. 이처럼 40일의 금식은 고대의 수도자들이 거쳤던 득도의 마지막 관문 중 하나가 아니었을까?

건강한
자에게는

　사람들이 일반적으로 병원을 찾는 이유는 몸이 아프거나 다쳤을 때다. 아프지 않으면 병원을 찾을 리 없다.

　예수께서는 "건강한 자에게는 의원이 쓸데없고 병든 자에게라야 쓸데 있느니라."(마9:12)라고 말씀하셨다. 이는 불의하지 않고 건강한 사람에게는 자기가 필요하지 않다는 말과 같다. 즉, 자기가 온 것은 인간사회를 혼탁하게 하는 불의한 자들을 계도하기 위함이라는 말이다.

　그가 그릇된 자, 불의한 자들을 계도하기 위해 남겨놓은 수많은 어록들을 보면, 그는 확실히 변화될 수 있는 진리를 남겨 놓았음을 알 수 있다. 그는 그들을 고치기 위해 결국은 자기의 목숨까지 바치고 갔다.

　그러나 현재의 기독교는 어떤가? 그런 불의한 자들은 오히려 교회를 회피하고 있지 않는가! 교회를 찾는 사람들은 한결같이 신사다운 사람들과 바르게 살고자 마음먹은 사람들이며 성실하게 살려는 사람들이다.

교회에 출석하는 성도들은 대부분 예수의 가르침이 꼭 필요하다고 생각했던 불의한 사람들은 찾아보기가 어려운 상황이다. 그들은 대부분 교도소에 있거나 도둑이나 폭력배로 살아갈 뿐, 교회에는 얼씬도 하지 않는다. 혹 그런 사람들이 신자가 되겠다고 교회를 찾아오면 오히려 교회의 분위기가 흐려진다며 정중히 사절할지 모른다. 아니! 사람들을 시켜 막아설지도 모른다.

그리고 고급 승용차를 몰고 오는 신사, 예쁘게 차려입은 숙녀, 헌금을 크게 하는 부자들을 반기며 우대한다.

가난하여 십일조도 감사헌금도 할 능력이 못되는 신자들에게는 부담되는 말을 되풀이하여 아예 교회에서 자발적으로 나가 주기를 바랄지도 모른다. 괜히 그들로 인해 분란이라도 일어나면 헌금 잘하고 착한 신자들까지도 빠져 나갈지 모르기 때문이다.

또 성전을 대형으로 더욱 크게 짓고 대대로 안주하고자 대물림도 서슴지 않는다. 그리고 구원을 담보로 영구적인 신자로 묶어놓고 자기들의 삶을 안전하게 구축하기에 바쁘다. 그들은 그것을 성공했다고 말하고, 그 같은 성공사례를 자랑으로 여긴다. 교회는 이 세 예수께서 했던 진이는 온데간데없고 주권을 쥔 그들의 직업과 삶의 터전이 되어버린 지 오래되었다.

예수는 불의한 자, 불량한 자, 실의에 빠지거나 실족한 자들에게 바른길을 알려주고 꿈과 희망을 주기 위해서 오셨고 또 그 길을 남겨 놓았는데, 지금은 이처럼 반대로 변해 버렸으니 이 같은 현실을 누가 와서 바로잡을 텐가!

예수는 어느 정도의 튼실한 열매가 확보되면 반듯이 다시 와서 심판하겠노라 했는데, 세상은 갈수록 가라지로만 변해 가고 있으니 어느 틈에 그만한 열매가 거둬질 것이며 그가 오실 수 있겠는가!

혹 지금의 그릇된 교회와 직분자들을 혼내시기 위해 오시지는 않을까! 입으로만 주여! 주여! 외치며 속으로는 편함과 안락을 쫓고 욕심만 챙기는 지금 같은 현실은 그때 당시에도 있었다. 예수는 "말로만 주여! 주여! 하는 자들아, 나는 도무지 너희를 모르는도다."(마7:21~23)라며 겉으로만 자기의 뜻을 따르는 척하는 외식하는 자들을 꾸짖기도 했었다.

불의한 자들을 감당해 바른 사람이 되도록 하는 게 교회와 직분자들이 가야 할 길인데, 갈수록 반대로만 가고 있으니 어찌한단 말인가! 차라리 교회의 문을 닫고 예수의 이름을 먹칠하는 우를 범하지 않는 것이 오히려 예수의 이름을 보존하는 길이 아닐까. 진정 예수를 믿고 따른다면!

예수께서는 그렇게 말씀하셨다. 어느 누구라도 "안전한 양 아흔아홉 마리를 그대로 두고, 잃어버린 양 한 마리를 찾아 나서지 않겠느냐"(눅15:4~7)라고. 이 말씀은 건강한 사람들은 내버려 두고, 건강하지 못한 사람들을 받아들여 회복시킬 것을 말씀하신 게 아니겠는가!

예수의
십자가 선택

"사람이 만일 온 천하를 얻고도 제 목숨을 잃으면 무엇이 유익하리요. 사람이 무엇을 주고 제 목숨을 바꾸겠느냐."(마16:26)라는 예수의 말은 무엇을 의미하겠는가. 어떠한 일이나 경우에도 목숨을 가볍게 해서는 안 된다는 뜻이었다.

그랬던 예수께서 십자가를 자청하셨으니 이는 분명 피치 못할 사정이 있었음이 분명하다. 자기의 목숨보다도 더 소중한 무엇인가가 있었기에 그것을 위해 목숨을 바치지 않았겠는가!

그는 전도 초기에 불길 같은 전도를 보면서 희망이 생겼다. 얼마 있지 않으면 자기의 뜻이 온 이스라엘에 펼쳐져 천국 같은 나라가 되리라 보았다. 자기의 말을 듣기 위해 수많은 군중들이 모여들었고 다들 감동 감화되어 돌아갔기 때문이다. 짧으나마 그 같은 광경이 날마다 펼쳐지는 것을 본 예수와 그의 제자들은 자기들의 꿈이 곧 이루어질 것이라는 기대에 부풀었다.

그러나 얼마가 지난 후 다시 그 전도했던 곳을 찾아갔을 때는 아무런 변화도 일어나 있지 않았다. 어지럽던 옛날 그대로였다. 자기가 그토록 외쳤던 하나님의 말씀은 조금도 뿌리 내릴 기미가 없었다. 그런 현상은 어느 곳에서나 마찬가지였다. 거기에 더하여 자기를 향한 압박과 핍박은 날로 심해져 왔다. 그들 일행의 소문이 관가나 제사장들에게 알려지며 제재에 나선 것이다.

갈수록 상황이 어렵게 되어 운신의 폭이 좁아진 예수께서는 자기 혼자서 이 전도 사업을 이어 간다는 것에 한계가 있음을 느꼈다. 유대를 천국으로 변화시키기 위해서는 더 많은 전도자의 확대가 절실함을 깨달았다. 그래서 많은 전도자들이 전국적으로 전도의 불길을 일으켜야 한다는 것을….

그 길은 '썩은 밀알'과 같은 역할이 일어남으로써 가능하리라고 판단했다. 한 알의 밀알이 땅에 묻혀 썩어져야 새싹을 틔우게 되고 장차 그 새싹이 60개 100개의 밀알을 탄생시킬 수 있는 것처럼, 누군가가 먼저 그 썩은 밀알이 되어야 한다는 것이었다. 그렇게 탄생된 많은 전도자들에 의해 이스라엘은 천국으로 변화될 수 있을 것이라 믿었다.

그 길은 결국 자기가 앞장서야 함을 알았다. 누군가를 시켜서 될 문제도 아니요 또 제자들이 자청해서 이루어질 문제도 아니라 판단했다. 그 길이 너무나 고통스럽다는 것을 알았기에 결정도 쉽지만은 않았다. 갈등을 겪던 예수께서는 하나님의 뜻을 묻기 위해 겟세마네 동산에 올라 하나님을 향해 기도를 올렸다.

목숨을 그토록 소중히 여겼던 예수였기에 자기의 희생을 통해 얻을 수 있는 이와 같은 길이 아니라 혹 다른 길이 있을 수도 있지 않을까라는 갈등에 사로잡히기도 했다. 그 결정이 얼마나 어려웠으면 기도하는 예수의 얼굴이 온통 피땀으로 뒤덮여 있었을까! 간절히 기도하는 예수를 바라보시던 하나님께서 모세와 엘리야를 보내 위로해 줌으로써 결정에 도움을 주었다.

그는 하나님의 인도하심으로 이곳까지 왔고, 지금 같은 상황 또한 아버지의 뜻이라는 생각에 도달했다. 드디어 "아버지여 이 길이 아버지의 뜻이라면 따르겠습니다."라며 순종하는 마음으로 결론을 내렸다. 그도 연약한 인간인지라 고통과 죽음을 비켜 가고 싶었는지 모른다.

그는 한 가닥 희망을 가지고 있었다. 자기의 순종에 대한 하나님의 은총이었다. 하지만 몸이 십자가에 매달리고 창에 옆구리가 뚫리면서 이제는 최후가 되었다는 직감이 밀려오자 기대를 접을 수밖에 없었다. 그가 기대했던 한 가닥 희망은, 아브라함이 이삭을 제단에 올려놓고 칼을 빼들어 치려할 때 하나님께서 말리셨던 것처럼, 자기의 믿음을 보시고 그런 기적을 베풀어 주시지 않으실까라는 기대였다. 그러나 하나님께서는 그런 기미를 보이지 않았고 곧 숨이 멈출 것만 같은 상황이 되자 예수께서는 "아버지여 어찌

하여 나를 버리시나이까."(마27:46)라며 끝내 외면하시는 하나님께 인간적인 소회를 내뱉게 된다.

그러나 십자가의 선택은 '썩은 밀알'이 되겠다는 스스로의 결단에서 이뤄졌고, 자기의 사명임을 잘 알고 있었던 예수께서는 "다 이루었다."(요19:30)라는 한마디를 남긴 채 눈을 감았다. 그것은 고뇌의 마지막이었고 곧이어 부활의 영광이 있으리라는 희망을 안고 고요하고 깊은 잠으로 빠져들었다.

다 이루었다

"할 수 있거든 이 무슨 말이냐, 믿는 자에게는 능치 못할 일이 없느니라."(막9:23)

기독교의 기본은 믿음이고 그 믿음이 온전하다면 소원하는 모든 것들이 성취되지 않을 게 없다는 예수의 말씀이다. 어떤 종교나 그렇지만 기독교는 특히 그 같은 '믿음'이 핵심이다. 왜냐하면 우주를 창조한 전능하신 하나님을 믿는 종교이기 때문이다. 다시 말해 우주와 만물을 창조하신 하나님에게는 불가능이란 없다는 것이 팩트처럼 작용하고 있다. 예수 역시도 그와 같은 믿음과 확신이 있었기에 이처럼 말씀하셨던 것 같다.

지구에는 그동안 수많은 종교들이 탄생했다 사라지고 또 현재까지 존재하고 있는 종교들도 많다. 다른 동물들에 비해 지능이 타고났다는 인간이지만, 인간의 능력으로는 물 한 방울, 풀 한 포기도 만들어 낼 수 없는 미약한 존재이기에 신에게 의지하지 않을 수 없다. 예수께서도 그 점을 인식했고 하나님에게 자기의 생명을 의존할 수밖에 없었다. 하지만 하나님은 형상으로 존재하지 않기에 그의 뜻을 무엇인가를 통해 전달하지 않으면 알 수가 없다.

구약성경은 선지자들을 통해서 하나님의 말씀을 기록했고, 예수는 복음서를 통해서 하나님의 뜻을 세상에 알렸다. 그는 부활도 휴거도 심판과 재림도 하나님의 뜻이고 의지이기에 실현되리라 확신했다. 그 모든 것들이 하나님에게는 불가능하지 않다고 믿었다. 그는 천국의 밑그림을 신약성경 복음서를 통해 세상에 남겼다. 그런 뒤 썩은 밀알 역할을 마치고 지상을 떠나 하늘나라로 돌아가 있다가 심판이 임박하면 다시 오게 되리라 확신했다. 그것은 이미 하나님의 뜻이요 계획이기에 변하지 않을 것으로 믿었다.

그는 자신이 계획한 대로 실천하는 것이 하나님의 뜻임을 확신했고 조금도 의심치 않았다. 그렇기에 그는 썩은 밀알이 되고자 십자가 죽음의 길을 선택했다.

그러나 막상 십자가에 못 박히고 보니 그에게도 인간적인 사념이 밀려왔다. 잠시 후에는 무엇과도 바꿀 수 없는 자신의 목숨이 끊어질 것이 확실하게 느껴지는데, 혹시 하나님께서 은혜의 손길을 뻗어 이 고난에서 구원해 주시지 않을까라는 기대도 한 듯하다. 그가 내뱉었던 "아버지여 어찌하여 나를 버리시나이까"(마27:46)라는 그의 말 속에는 하나님의 미온적인 대응에 대한 서운함이 드러나 보인다.

즉, 하나님의 은총과 자비로 이 고난에서 벗어날 수 있지 않을까라는 기대도 가졌었는데 아무런 반응이 없는 것에 대한 서운함이었다고 느껴지기도 한다. 아브라함이 이삭을 제단에 올려놓고 마지막 기도를 올린 후 칼을 빼들었을 때, 일어난 기적 같은 상황을 생각했는지 모른다.

하지만 그는 곧 깨달았다. 과거 구약 속에 펼쳐졌던 수많은 기적들은, 믿음을 갖지 못하던 유대인들에게 믿음을 갖게 하기 위한 지혜였음을! 그 같은 생각이 스치자 그는 스스로를 질책했다. "아! 내가 지금 무슨 헛된 망상을 하는가. 하나님은 그런 분이 아니심을 알면서!" 그리고 그는 돌을 떡이 되게 해 보라는 사탄의 유혹을 물리친 스스로를 떠올려보았다.

하나님은 결코 인간들 앞에서 사사로운 기적 따위를 보이실 분이 아니심을 예수는 일찍이 알고 있지 않았던가. 그것을 알았기에 광야에서의 시험을 무난히 통과할 수 있었음을 기억해 냈다. 그리고 그는 시들어 가는 의식을 가다듬으며 간신히 되뇌었다. "다 이루었다."(요19:30) 그는 잠깐의 갈등이 있었지만 자기의 할 일은 십자가 죽음까지임을 깨달았고, 이것으로 자기의 사명이 다 끝났음을 알아차렸다.

'이제는 잠시 아버지 하나님 곁으로 가 있다가 때가 되면 다시 보내심을 받아 돌아올 것'이라며 아쉬움을 접었다. 그 후 그는 마지막으로 하나님께 기도를 올렸다. "아버지여 내 영혼을 아버지의 손에 부탁하나이다."(눅23:46)라고.

| 에필로그 |

나는 이 한 권의 책을 펴내기 위해 평생을 꿈꾸며 왔다. 이제 독자들에게 귀하고 귀한 내 아들을 안아보라 맡겼다. 조심스럽게 안아 든 독자들의 얼굴을 살핀다. 내 아들의 얼굴을 보는 독자들의 인상이 어떤지, 잘생기고 예뻐서 더 보고 싶어 하는지! 궁금한 마음을 안고 이 에필로그를 쓰고 있다.

책 제목이 좋아서 손에 쥐기는 했으나 제목에 걸맞지 않다고 생각할지도 모르겠다. 혹 여태까지 접하지 못한 새로운 맛에 생소함을 느꼈을 수 있다. 내가 만일 젊었을 때 이런 글을 접했다면 그럴 것 같기에 하는 말이다.

세상에 그 어떤 것도 장점만 있지는 않다는 걸 안다. 독자들 역시 내 글의 좋은 부분과 그렇지 않은 부분을 잘 알 것이라 믿는다. 그리고 이해할 것으로 믿는다.

수필이나 에세이는 공감을 통해 서로를 이해하면서 기쁨을 느끼는 글이라고 하는데, 내 글들은 왠지 '교훈을 앞세우며 훈계를 하려드는 글 같다'라는 말을 많이 들었음을 이 자리를 빌려 말씀드린다. 심지어 내 아들도 그처럼 말하는 것을 주저하지 않았다. 그래서 독자 분들께 호소하고 싶다. 수필이라는 형식의 편식만 하는 것보다 다른 맛도 느껴 보는 게 더 낫지 않겠느냐고!

내 글은 순전한 창작이다. 무에서 유를 찾아가는 마음으로 글을 썼다. 또 우리의 일상에서 사용하는 쉬운 문장으로 구성했다. 어려운 낱말이나 어휘는 없다. 한글을 아는 사람이면 누구나 이해하고도 남음이 있을 것으로 생각한다.

이 글을 쓸 수 있도록 옆에서 전심으로 도와준 아내와 독실한 교인도 아닌 나의 비평적인 기독교사상에 대해 거부하지 않고 따뜻한 마음으로 포용해 주신 박성규 목사님과 이향섭 사모님 그리고 박장희 김민규 집사님의 이해와 도움에 감사드린다. 또한 나의 글쓰기를 이끌어 주시고 애써 주신 시인서가의 림태주 작가와 한국산문의 박상률 교수 그리고 한국작가의 김건중 회장님께도 깊이 감사드린다.

'인생이 무엇인지 왜 사는지 또 어떻게 살아야 하는지'를 고민하는 사람들에게 조금이라도 도움이 되었다면 더 바랄 게 없겠다. 무엇보다도 끝까지 읽어주신 독자님들께 고개 숙여 감사드린다.